Renate Fabel

KNOBLAUCH und LAVENDEL

Renate Fabel

KNOBLAUCH *und* LAVENDEL

Eine Liebe in Nizza

HERBIG

Schutzumschlaggestaltung: Wolfgang Heinzel, München
unter Verwendung des Motivs »Baie des Anges«
von Hans Fischach, München
Satz: Uhl + Massopust, Aalen
Gesetzt aus 10,5/12,75 Punkt New Caledonia
Druck und Binden:
Graphischer Großbetrieb Pößneck
Printed in Germany
ISBN 3-7766-2051-X

1

Niemals hätte sich Swantje eine Beziehung mit Ari vorstellen können. Ganz unmöglich. Es stimmte so gar nichts zwischen ihnen. Nicht nur, daß er fünf, sechs Jahre jünger war (über sein genaues Alter schwieg er sich aus), überragte sie ihn doch um gut anderthalb Köpfe, war sein spärliches Haar so lackschwarz, wie ihres weizenblond leuchtete. Und sein Teint? Der schwankte – je nach Licht – zwischen perlweiß und oliv, während Swantje hauptsächlich durch Sommersprossen auffiel. Aber gleich so viele. Mehr besaß auch ihr Sohn Nils nicht. Es sei denn, er verbrachte einen seiner verbummelten Nachmittage auf dem Segelboot. Danach war sein ganzes feines Gesicht wie ein Kiebitzei gesprenkelt.

Kurz gesagt: Ari, mit vollem Namen Aristote Atachou, war das ganze Gegenteil von Swantje Sievers, die weit droben im Holsteinischen geboren war, aber schon seit ihrer Studienzeit in München lebte. Wo sie gleich im ersten Semester Alexander kennenlernte und bald darauf heiratete, so daß es keinen Grund mehr gab, Bayern den Rücken zu kehren.

Ari dagegen war Franzose, genauer gesagt Südfranzose, stammte aus Nizza an der schönen Côte d'Azur. Nebenbei besaß er eine Wohnung in Paris, aber jetzt war er nach München gekommen, um die deutsche Verlagsszene zu studieren.

In dieser Eigenschaft hatten sie sich kennengelernt. Swantje, halb Sekretärin, halb Lektorin im Pegasus-Verlag, hatte ihm einen Termin bei Dr. Miller vermittelt. Während die beiden eventuelle gemeinsame Buchprojekte diskutierten – Ari besaß in Frankreich einen Verlag –, hielt sie sich diskret im Hintergrund. Dr. Miller, fast ein väterlicher Freund, hatte gewollt, daß sie an der Besprechung teilnahm. Er legte Wert auf ihr Urteil. Swantje erkannte mit einem Blick: Der junge Franzose (oder war er Marokkaner?) hatte kühne Ideen, besaß Phantasie, schien aber den deutschen Buchmarkt völlig falsch einzuschätzen.

»Ein Luxusband über Panamahüte«, sie nahm das schwere Originalexemplar in die Hand, »verkauft sich hier nicht. Nicht für fast hundertfünfzig Mark.« Sie schüttelte den Kopf, schob eine Haarsträhne hinters Ohr. »In Frankreich mag das anders sein. Da gab es immerhin einen Präsidenten, der sich gern mit einem Panama auf dem Kopf fotografieren ließ.«

»Aber so verschieden sind ihr und mein Land nicht«, widersprach er in seinem charmant gefärbten Deutsch. Auf Swantjes Präsidenten-Bemerkung ging er nicht ein. War er anti Mitterrand? »Die beiden Länder kommen sich immer näher. Allerdings – so schöne Frauen wie hier findet man bei uns nicht.« Ein bewundernder Blick aus seinen lebhaften Maulwurfsaugen.

Swantje, die sich neben dem zartgliedrigen Franzosen irgendwie grobknochig vorkam, lachte verlegen. »Gerade Sie in Frankreich! Und was ist mit der Deneuve, Carole Bouquet?« Sie hatte die langhaarige Brünette gerade in einem Film gesehen.

Er fegte ihren Einwand mit einer raschen Bewegung seiner auffallend kleinen Hände weg. »Kunstprodukte, reine Kunstprodukte. Was mich interessiert, ist eine echte Frau.«

Er sagte »une vraie femme«, was Swantje, die seit der Schule nur noch selten Französisch gesprochen hatte, sogar verstand.

Sie wurde rot, was ihre Sommersprossen zum Schimmern brachte. Unwillkürlich ging sie in die Knie, um dem eleganten jungen Mann ein Gefühl von Überlegenheit zu geben, trat gleichzeitig einen Schritt zurück. Sein Parfum kitzelte sie in der Nase, es wirkte teuer und edel. Alles wirkte teuer und edel an Monsieur Atachou: seine sorgfältig polierten Lederschuhe, wahrscheinlich sogar handgenäht, sein lila Polohemd, das er kühn zu einem hellen Gabardineanzug kombiniert hatte, die große Mappe mit dem Hermès-H für seine Buchprojekte. Französischer Chic, ganz anders als der deutsche, selbstverständlicher. Kleideten sich alle Franzosen so? Dem zwanzigjährigen Nils jedenfalls hätte ein Quentchen solcher Eleganz gutgetan. Immer diese »Chiemsee«-Jacken und die Kapuzenshirts, dazu ständig neue Silberringe in Nase und Ohren.

Auch der propere Dr. Miller wirkte in seinem Sommerjackett von der Stange richtig bieder neben dem Südfranzosen. Was ihm nichts auszumachen schien. Amüsiert beobachtete er durch seine Halbbrille die Unterhaltung zwischen seinem Besucher und seiner besten Kraft. Interessant, wie Swantje reagierte. So verlegen hatte er sie lange nicht gesehen. Dann wurde seine Miene geschäftlich.

»Frau Sievers hat recht. Von der Kulturgeschichte der Panamahüte will hier niemand etwas wissen. Wir haben in Deutschland zwar genug Snobs, aber anderer Art. Was haben Sie noch aus Ihrer Connaisseur-Reihe anzubieten? Aha, ein Werk über Cognac. Und Havannazigarren. Das sieht schon anders aus.« Er beugte sich über die Bücher.

Aristote Atachou redete und redete. Mit Händen und Füßen, mit Lippen und Augen, mischte Deutsch mit Französisch, handfeste Argumente mit (hochgegriffenen) Visionen, warf Swantje zwischendurch immer wieder einen ebenso bewundernden wie nachdenklichen Blick zu. Seine Umgangsformen waren fast übertrieben höflich, er mußte eine erstklassige Erziehung genossen haben.

Dieser junge Mann hat etwas, dachte Swantje. Etwas, dem ich seit Ewigkeit nicht mehr begegnet bin. Lebensart. Ja, das ist es. Lebensart. Auf französisch, wenn ich mich recht erinnere, »savoir-vivre«. Das gibt es also auch noch. Vielleicht überflüssig in unserer stillosen Zeit, aber trotzdem so angenehm, so kultiviert. Wie schön wäre es, wenn ich das öfter erlebte. Aber bei wem? Bei Nils? Der macht sich einen Sport daraus, maulfaul und mit hängenden Schultern durchs Leben zu schlurfen. Und Bernd? Der hat zwar das Revoluzzeralter lange hinter sich, ist aber viel zu bequem. Nein, ich bin von Banausen umgeben. Reizenden Menschen, aber Banausen. Weit entfernt von jeder Exklusivität.

Irgendwie machte sie das traurig. »Pardon, aber wo kann man Kaviar essen?« fragte der Franzose nach der Besprechung. Er stand neben Swantjes Schreibtisch, sie notierte den Termin für ein nächstes Treffen.

»Kaviar?« Sie hob verwirrt den Kopf. Wie kam er an diesem blauen Sommertag, der zu einem leichten Salat einlud, ausgerechnet auf Kaviar? Ja, da gab es »Käfer« und vor allem »Boettner«. Oder existierte der Gourmet-Treff nicht mehr? »Ich weiß nicht.« Sie zuckte die Achseln. »Da kenne ich mich nicht so gut aus. Mir ist Essen egal.«

Ein erstaunter Blick streifte sie. »Essen egal? Einer so wunderbaren Frau? Wie bringen Sie es fertig, so schön zu sein, wenn Sie sich nicht sorgfältig ernähren?«

Schön sein? Ein Witz. Gerade heute morgen hatte sie im Spiegel den Ansatz einer neuen Falte zwischen den Augenbrauen entdeckt (das lag an ihrer ewigen Anspannung), und ihre Beine wirkten neuerdings so sehnig. »Ich esse nicht mal so ungesund«, beeilte sie sich zu erklären. »Viel Joghurt und Obst, falls Sie das meinen. Und wenig Fleisch.«

»Und was essen Sie heute mittag?« wollte er wissen, ohne den Blick von ihr zu lassen.

»Gar nichts. Oder eine Semmel. Irgendwas.« Konnte er nicht endlich gehen? Sie liebte diese inquisitorischen Fragen nicht. Außerdem mußte sie sich beim Zahnarzt anmelden.

»Un pauvre pain. O làlà, das ist nicht gut. Man sollte aus jeder Mahlzeit ein kleines Fest machen. Essen ist auch eine Lust.« Er sagte »jouissance«. Hatte das nicht was mit erotischer Lust zu tun? »Mais oui, Madame Sievers. Darf ich Sie also zu Kaviar einladen?«

Swantje überlegte. Kaviar klang gut, sehr gut sogar. Sicherlich meinte er echten Kaviar, nicht dieses glitschige rötliche Zeug in den Glastiegeln, die man so schwer aufbekam. Aber erstens kannte sie kein Restaurant in der Nähe, das echten Kaviar anbot, und zweitens war sie für eine so edle Speise nicht richtig angezogen. Viel zu bäuerlich in dem knöchellangen gefältelten Rock, den Nils verabscheute, mit der schlecht gebügelten Leinenbluse. Ökologisch, erdverbunden, ebenfalls sehr wenig exklusiv. Außerdem war der Absatz ihrer Sandale bis zum Leder heruntergetreten.

»Nein, danke. Vielleicht ein andermal.« Wieder wurde sie rot. Das klang ja so, als wollte sie ihn privat wiedersehen. Und das wollte sie sicher nicht. Er würde an ihrer Seite wie ein Gigolo wirken. Lächerlich. Vor allem war er unverzeihlich klein. Sie lächelte ihm verabschiedend zu. Mit gut versteckter Enttäuschung packte er seine Hermès-Tasche, zog den Reißverschluß zu, bedankte sich noch einmal für den Termin. Dann war er verschwunden.

Beunruhigt blieb Swantje zurück. Das edle Männerparfum hing noch im Raum. Monsieur Atachou hatte eine geheimnisvolle Aura hinterlassen, wie ein Wesen von einem anderen Stern. Nervös fuhr sie Inga an, den Lehrling, die ihr eine Käsesemmel reichte.

»Phantasielos. Fast food. Pauvre pain. Unsinn«, sie tätschelte entschuldigend den dünnen Mädchenarm. »Vielen Dank für die Besorgung. Was bin ich schuldig?«

Ganz brachte sie den Franzosen nicht aus dem Kopf. Er hatte etwas in ihr zum Schwingen gebracht. Als sie später mit Bernd telefonierte, sprach sie nasal, mischte ein »voilà« in die Unterhaltung, was ihn zu einem »Oh, heute hat Madame wohl ihren französischen Tag« veranlaßte.

Am nächsten Tag wurde eine Dose Kaviar (echter) für sie abgegeben. Einen Tag später war es eine Flasche Champagner, »un millésime exceptionel«, dann ein Strauß Rosen in hinreißenden, ganz seltenen Pudertönen. Eine Pracht. Erst jetzt faßte sie sich ein Herz, rief bei ihm an. (Aristote hatte eine feingestochene Visitenkarte beigelegt. Er residierte am Herzogpark – natürlich –, hatte dort auch sein Münchner Büro.)

Sie wagte das erst – ein Glas lauwarmen Weißwein intus – am Abend, und er war nicht da. Das machte sie unruhig. Aha, wahrscheinlich trieb er sich in Schwabings In-Kneipen herum (die sie so gar nicht kannte), hatte eine dieser aufgetakelten Münchnerinnen aufgegabelt, die nicht nur wußten, welcher Nobelwirt gerade welche Nobelfête vorbereitete, sondern auch, wo man den delikatesten Kaviar löffelte. Swantje trank ein zweites Glas vom inzwischen noch wärmeren Wein, räumte im Bad herum, dann versuchte sie es wieder. Diesmal hatte sie Glück.

»Allô!« Er schien hocherfreut. »Gerade habe ich mir von einem Freund erklären lassen, an welchem Ihrer wunderschönen Seen man die besten Renken ißt. Starnberger See, nicht wahr? Wie wäre es am Wochenende mit einem Versuch?«

Wochenende? Da würde Bernd anrücken, mit einer Reisetasche voll schmutziger Wäsche, dem rotangekreuzten Fernsehprogramm (Sport bevorzugt) und auch sonst etlichen Wünschen. Außerdem mußte sie dringend saubermachen.

»Entschuldigen Sie, aber warum verwöhnen Sie mich so?« Sie mußte das einfach fragen.

»Weil eine Frau wie Sie das verdient.« Die simple Antwort.

»Komisch. Das hat noch niemand gesagt.« Mehr fiel ihr nicht ein. War dieses Vorgehen typisch französisch oder die ganz persönliche Masche des Monsieur Atachou? »Wollen Sie mich vielleicht bestechen?«

»Bestechen? Wozu?« Es klang erstaunt.

»Nun, damit wir Ihnen zum Beispiel das Panama-Buch abkaufen.«

»Quelle mauvaise esprit! Nein, chère amie, Sie kennen mich schlecht. Ich will durch meine Arbeit, meine Person überzeugen, faule Tricks lehne ich ab. Im Beruf genauso wie im ›vie privée‹.«

Sie sagte nein zum Wochenende am See. Wie hätte sie das Bernd erklären sollen? Auch Nils erwartete, daß seine Mutter sonntags für ihn da war, wenn er mit seinen eigenen Plänen auch selten Rücksicht auf sie nahm. Apropos – was verstand Aristote unter einem Wochenende? Samstag *und* Sonntag, also inklusive Übernachtung? War das bei Franzosen so üblich? Aber nicht mit ihr, da lag er falsch. Eine bizarre Vorstellung: sie, die blonde Riesin, nordseegetauft, mit einem soviel jüngeren, olivenölgesalbten Zwerg. (Komisch, wenn sie an Aristote dachte, kam ihr unwillkürlich Olivenöl in den Sinn.) Die Leute würden sich die Köpfe verrenken. Ein Witzblatt-Paar. Andererseits eilte Franzosen der Ruf voraus, daß sie besonders viel von der Liebe verstanden. Sie war in dieser Hinsicht so gar nicht verwöhnt. Alexander hatte sie nach sechs Jahren Ehe verlassen. Dann kam längere Zeit niemand, und dann Bernd. Der besaß zwar, wenn er wollte, einen überwältigenden Charme und ein sogar beträchtliches Zärtlichkeitsbedürfnis, doch versteckte er beides meistens geschickt, war doch das eine wie das andere mit einem gewissen Aufwand verbunden. Und Bernd haßte Aufwand in jeder Form. Dr. med. Bernd Neuhaus war ausgesprochen faul und egoistisch. Dabei liebenswert. Aber sein Egoismus überwog. Ihre Liebesbeziehung war seit längerem in einer Sackgasse gelandet, was er nicht zu merken schien. Swantje dafür um so mehr. Vor allem dem Thema Heirat wich Bernd immer öfter aus.

Aristote akzeptierte Swantjes Korb wie ein Gentleman, wenn er auch – wie er wortreich versicherte – die Absage bedauerte. Wollte sie es sich noch mal überlegen? Hinterher war sie unzufrieden mit sich. Da war endlich mal jemand, der sie aufrüttelte, ihr zeigte, wie das Leben auch sein konnte. Und sie? War zu traumduselig, um davon zu profitieren. Jetzt hatte der banale Alltag sie wieder.

Mit Schwung goß sie den letzten Rest Weißwein in den Ausguß. So eine fade warme Brühe tat man sich an der Côte d'Azur bestimmt nicht an. Dort trank man eisgekühlten Rosé oder – in der neuen Generation der Gesundheitsbewußten, sie hatte das kürzlich gelesen – Perrier mit Eiswürfeln und Zitronenschnitzen in einem hohen Glas. Kritisch sah sie sich in der Küche um. Ob sie Aristote gefallen würde? Swantje hatte sie schwedisch möbliert, mit viel Holz, blankgeputztem Messing und überall der Farbe Sonnengelb. Während eines Urlaubs in Värmland (sogar gemeinsam mit Bernd) hatte sie sich in den schwedischen Einrichtungsstil verliebt, ihr ganzes schmuckes Reihenhäuschen nach und nach skandinavisch umgestaltet. Dabei gefiel ihr das Biedermeier à la König Gustav besonders, mit seinen Pastelltönen und den blauweißgestreiften Bezügen. Und wo es mangels Geld für echte Antiquitäten nicht reichte, mußte Ikea einspringen. Eine versponnene und, wie sie fand, urgemütliche kleine Welt, in der sie da hauste. Gerüstet für jedes Wetter, selbst die schneereichsten Winter und heftigsten Herbststürme. Kein Wunder, daß Bernd seine Wochenenden hier verbrachte. War doch viel kuscheliger als seine unordentliche Studentenbude unter den Dächern Schwabings.

Sie schaltete die Spätnachrichten ein. Sturmflut in Nizza. Man sah meterhohe Wellen am Strand, die berühmte »Promenade des Anglais« war überschwemmt. Hilflos liefen die Leute mit Schirmen herum. Der Reporter fragte ein paar Einheimische, was sie zu der Katastrophe meinten. Wild mit den Armen fuchtelnd erklärten sie, so was noch nie erlebt zu haben. »Jamais.« Swantje schmunzelte. Die müßten mal bei Sturmflut an die Nordsee kommen. Wie völlig unterschiedlich doch selbst Nachbarländer waren. Und das sollte einmal zu einem gemeinsamen Europa zusammenwachsen?

Ob sie Aristote (heimlich nannte sie ihn nur noch so) noch einmal anrief, ihm ihr Beileid wegen des Unwetters ausdrückte? Er könnte es falsch verstehen, sie für aufdringlich halten. Warum war sie auch vorhin so abweisend gewesen? Unschlüssig streifte ihr Blick den Rosenstrauß. Wie das Gemälde eines Impressionisten, wenn auch ein paar Stengel schon die Köpfe hängen ließen. Was für ein exquisiter Geschmack! Und den hatte sie sich vielleicht für alle Zeiten verscherzt.

Rosen… Wann hatte ihr das letzte Mal ein Mann Rosen geschenkt? Es war Dr. Miller gewesen. Eine Anerkennung, als sie das Lizenzhonorar für ein Buch über argentische Estancias um ein Viertel heruntergehandelt hatte. Bernd kam nicht auf die Idee. Viel zu mühsam. Außerdem Geldverschwendung. Verwelkten ja doch im Handumdrehen. Lieber lud er sie zu Pizza und Hauswein ein. Der ewige Student. Auf diese Weise würde er es niemals zum Oberarzt bringen. Telefon. Hastig griff sie nach dem Hörer. Aristote? Es war Bernd, der mit fröhlichem Gähnen sein Erscheinen am Samstag auf den späten Nachmittag verschob. Ein Kollege hatte ihm eine Karte für das Bayernspiel besorgt.

»Das sagst du aber spät.« Swantje reagierte gereizt.

»Wieso? Behaupte bloß, du hättest was vorgehabt.« Ungläubiger ging es nicht. Natürlich, Dr. Neuhaus war es gewohnt, daß Frau Sievers mit frisch gewaschenem Haar, frisch gekochtes Gemüse auf dem Herd, im frisch geputzten Häuschen auf ihn wartete, das Badewasser frisch für ihn eingelassen. So war es seit Jahren und würde es, wenn es nach ihm ginge, bis in alle Ewigkeiten bleiben. Entledigte ihn jeder Verantwortung. Ausgesprochen risikofrei. Eine geschiedene Frau mit erwachsenem Sohn und eigenem Einkommen als Lebensgefährtin – was konnte man sich Besseres wünschen? (Es sei denn, es schneite ihm eine Millionenerbin ins Haus.) »Bloß keine Experimente« oder auch »nur keine Veränderung« – Bernds Lieblingssprüche. Aber nicht mit ihr. Nicht länger. Wütend kaute Swantje an ihrem Fingerknöchel. Wenigstens das Thema Heirat würde sie bei nächstbester Gelegenheit aufs Tapet bringen.

Das Wochenende verlief dann doch besser als befürchtet. Das lag vor allem an den Rosen, die Aristote abermals geschickt hatte. Diesmal in dunkelvioletter Farbschattierung, die Stengel wie spielerisch mit dünnem Silberdraht umwunden. Wo hatte er die bloß aufgegabelt? Swantje kannte solche raffinierten Adressen gar nicht.

Den Blick auf den feenhaften Strauß gerichtet, ließ sich auch Bernd besser ertragen. Dabei liebte sie den hochaufgeschossenen schlaksigen Mann, dessen welliges Kastanienhaar langsam anfing grau zu werden. Das Prickeln der ersten Jahre war allerdings lange passé. Wenn er sie umarmte, versetzte sie das nicht mehr in einen Taumel, sondern sie registrierte hellwach die laufende Masche in seinem Pullover, die abgewetzten Kragenecken am Polohemd. Bernd ließ sich neuerdings gehen. Schade. Das hatte er mit Nils gemeinsam, wie sich die beiden überhaupt gut verstanden. Während Nils aber sein schlampiges Äußeres aus einer gewissen Trotzhaltung heraus kultivierte, war es bei Bernd Gleichgültigkeit. Gleichgültigkeit und Trägheit. Gerade daß er noch seinen Beruf mit der nötigen Verantwortung ausübte. Dabei – was hätte er für ein Supermannsbild sein können mit diesen breiten Schultern, dem Grübchen im Kinn, dem lausbubenhaften Lächeln. Irgend etwas lief schief in Bernds Entwicklung.

Zurück zum Samstag. Bernd erklärte sich – *seine* Bayern hatten gewonnen – zu Swantjes Überraschung bereit, eine Wand im Badezimmer neu zu streichen. Im Wohnzimmer entdeckte er den Rosenstrauß, runzelte mit gespieltem Ärger die Stirn. »Du wirst dir doch keinen Verehrer angelacht haben? Svetlana«, so nannte er sie gern, »ich warne dich.«

Sie gab keine Antwort, legte den Badezimmerboden mit Zeitungen aus. Für alle Fälle. Dabei – o Wunder! – gab sich Bernd sogar Mühe, streifte den Pinsel immer wieder am Eimerrand ab. Für eine halbe Stunde gesellte sich Nils – mit neuer, neonblauer Haarsträhne – dazu, wechselte unaufgefordert eine Birne aus. Später verschwand er, um eine

Disco zu besuchen, versprach mürrisch, nicht erst wieder im Morgengrauen nach Hause zu kommen.

Swantje hatte eine Waldmeisterbowle und kaltes Kalbfleisch vorbereitet. Sie setzten sich auf die winzige Terrasse, wo es süß und schwer nach Jasmin duftete. Swantje zündete ein (schwedisches) Windlicht an. Nachtschwärmer surrten heran, auch der garteneigene Frosch, Mr. Green, sah kurz vorbei. Am Himmel blinkten die ersten Sterne.

»Hübsch ist es hier. Ein richtiges Biedermeieridyll.« Bernd, ein paar Farbspritzer am Hemd (Swantje überlegte, ob sie es gleich in die Waschmaschine stecken sollte oder erst morgen), räkelte sich, um gleich darauf die Arme nach Swantje auszustrecken. Ein raffinierter Bewegungsablauf. »Was meinst du? Wir könnten uns doch eigentlich Griechenland sparen.«

Swantje gab es einen Stich. Enttäuscht rutschte sie in ihrem Sessel hin und her. Hätte sie sich gleich denken können, daß Bernd auch in diesem Jahr alles dransetzte, nicht in die Ferien zu fahren. Kontinuierlich fortschreitendes Desinteresse. Andererseits – vielleicht fehlte ihm wirklich das Geld, denn er zahlte für eine uneheliche Tochter und verdiente nicht übermäßig viel in seinem Spital.

Jetzt oder nie. Sie gab sich einen Ruck. »Warum ziehst du dann nicht ganz her, wenn es dir hier so gut gefällt?« begann sie zwischen zwei Bowleschlucken.

Er riß überrascht die grüngesprenkelten Augen auf. »Ganz hierher? Ganz und gar? Ach, Svetlanchen«, eine Stimme wie Honig, »länger als ein Wochenende erträgst du mich schrecklichen Menschen doch nicht. Was belastest du dich mit einem Egoisten? So, wie es ist, ist es doch sehr schön.«

»Für dich vielleicht«, gab Swantje schärfer, als sie wollte, zurück. »Du profitierst rundherum. Aber was ist mit mir?«

»Mit dir?« Er wirkte irritiert. »Du befindest dich in der glücklichen Lage, die Woche über ein völlig freier Mensch zu sein. Womit ich natürlich nur deine geistige Freiheit meine. Was glaubst du, wie viele gestreßte Hausfrauen dich darum beneiden? Kannst in aller Ruhe abends deine Kinderbücher schreiben, dich, ohne von einem krümelnden, klecksenden Kerl belastet zu sein, zu einer zweiten Astrid Lindgren entwickeln. Ist das vielleicht nichts? Und wenn du mich brauchst, bin ich immer für dich da.« Zufrieden mit dieser salomonischen Antwort lehnte er sich zurück.

»Das ist es nicht«, beharrte Swantje, kaute an einem Stück Fleisch.

»Wieso? Was ist es dann? Willst du vielleicht – heiraten?« Das klang so, als hätte sie ihn gebeten, ihr den Kopf abzuschlagen. Nach tiefstem Abscheu.

In Swantje stieg Wut auf. Dieser... dieser Ignorant. Wie konnte er sie nur in eine so demütigende Lage bringen? Sie nahm ihre ganze Kraft zusammen. »So schrecklich ungewöhnlich ist das doch nicht, oder?«

Im Schneckentempo faltete Bernd seine kompliziert ineinander verknoteten Gliedmaßen auseinander, erhob sich mit einem Seufzer, baute sich hinter Swantjes Korbstuhl auf. »Meine kleine Romantikerin will heiraten. Daß ihr Frauen doch alle gleich seid. Mit Pfarrer und Orgelmusik und – nein, mit Schleier wohl nicht mehr, aber sicher mit Goldring. Kennst du doch schon alles, hast du alles schon gehabt. Und? Viel Glück hat es dir nicht gebracht, wenn ich mich recht erinnere. Warum nicht aus den Fehlern lernen?«

Jetzt sprach er wie Pfarrer Fliege. Lange konnte er sich aber nicht in derart salbungsvollen Tönen ergehen, denn aus dem Fernseher – die Tür stand offen – tönte frenetischer Applaus. Eine markige Stimme kündigte prominente Gäste an. Die Sportschau. Zeit für Bernd, sich zurückzuziehen. Mit vollem Glas, drei Kalbfleischröllchen in der hohlen Hand, ein Stück Brot zwischen den Zähnen, bereitete er seinen Abgang vor. »Du gestattest? Dauert nicht lange. Die Fußballergebnisse kenn' ich ja schon. Laß dir inzwischen vom Nachtwind eine schöne Geschichte ins Ohr flüstern, die du mir dann später erzählst.« Seine nackten Füße platschten über den Terrakottaboden.

Wie Mr. Green, dachte Swantje, nur nicht so diskret. Sie war deprimiert. Wozu, zum Teufel, hatte sie sich das Haar mühevoll aufgesteckt, den bestickten Kaftan angezogen? Männer, richtige Büffel! Aber nein – sie legte den Kopf in den Nacken, starrte in den blinkenden Sternenhimmel hinauf –, es gab auch andere. Aristote Atachou zum Beispiel.

Er rief gleich am Montag an, lud sie für den Abend ein. Gegen ihren Willen sagte sie nein, hätte sich am liebsten geohrfeigt. Da begann ein wahrer Rosenregen. Zweimal pro Tag wurden die herrlichsten Sträuße für sie abgegeben, sie fand gar nicht genug Vasen. Beim nächsten Anruf war ihr Widerstand gebrochen. Sie würde mit ihm zum Essen gehen.

Er hatte ein libanesisches Restaurant ausgesucht, das Swantje nicht kannte. (Was nichts besagte. Was kannte sie schon?) Doch er schien hier Stammgast zu sein. Man begrüßte ihn mit Namen, führte das Paar an den reservierten Tisch. Wieder war Swantje von der Eleganz des Franzosen beeindruckt. Diesmal trug er einen tintenblauen Seidenanzug, ein blaßblaues Hemd, dazu eine blauweißgepunktete Krawatte. Der einzige Farbfleck war das purpurne, türkisch gemusterte Einstecktuch.

Sein Benehmen war zuvorkommend wie beim ersten Mal, er behandelte Swantje wie eine Königin. Nur – schön war er immer noch nicht. Heimlich studierte sie ihn von der

Seite. Sein Gesicht war blaß und fast unnatürlich glatt. Darin saßen dunkle, unruhige Augen, die es einem schwermachten, tiefer in sie einzutauchen, so, als besäßen sie keinen Grund. Und dann hatte Ari einen Unterbiß. Zudem war der ganze Mann nicht größer als einsfünfundsechzig.Doch glich er diese Mängel durch sein geschniegeltes Äußeres und eine umwerfende Liebenswürdigkeit aus. Liebenswürdigkeit und – Besorgnis. Besorgnis. Ja, das war es. Er war in einem fort besorgt um Swantje. Fragte, ob sie auch gut plaziert sei, die Klimaanlage nicht störe, der Rotwein ihren Ansprüchen genüge. Und dann fand er sie schön, wunderschön.

»Wie eine Lichterkönigin. Sterne in den Augen, Mondlicht im Haar. Fantastique. Und Sie kommen wirklich aus dem Norden, wo es«, er zog fröstelnd die Schultern zusammen, »immer so entsetzlich kalt ist?«

»Nicht immer.« Sie lachte. »Im Sommer kann durchaus einige Wochen die Sonne scheinen. Dann kommen viele Urlauber zu uns.«

»Auch Franzosen?«

Sie dachte nach. »Eher weniger. Denen ist wahrscheinlich das Meer zu kühl.«

Er zerkrümelte ein Brot, pickte genügsam wie ein Vögelchen von den delikaten Vorspeisen. »Oh, ich liebe die Wärme. Wärme, Sonne, Lachen, leuchtende Farben. An der Côte d'Azur findet man das alles. Waren Sie schon einmal dort?«

»Nur kurz. Auf einer Mittelmeerkreuzfahrt hat das Schiff in Nizza Station gemacht. Aber das ist mindestens zehn Jahre her.«

»Nizza, wie die Deutschen sagen – wir nennen unsere Stadt Nice – hat sich sehr verändert. Der frühere Bürgermeister, nebenbei ein Freund meiner Familie, wollte unbedingt eine Kongreßstadt daraus machen. Viele Hochhäuser, Schnellstraßen, Parkgaragen, viel zu viele Hotels. Aber die Sonne und der Strand und der Karneval sind geblieben. Und natürlich Socca.« Auf Swantjes verwunderten Blick erklärte er, daß Socca das Nationalgericht in Nizza sei, eine Art Crêpe aus Erbsbrei, die man auf der Straße verkaufe. Genauso wie das berühmte »pain bagnat«, ein Sandwich mit einer dicken, tropfenden Paste aus Tomaten,Thunfisch, Gurken, Zwiebeln und sehr viel Öl. Ja, in Nizza verstände man zu leben wie sonst kaum in Europa.

»Warum sind Sie dann nach München gekommen?« fragte Swantje, die leichte Kritik an Deutschland heraushörte.

»Weil ich mein Unternehmen ausweiten möchte. Da kommt man am starken Deutschland«, er verdrehte drollig die Augen, »nicht vorbei. Ein wichtiger Markt. Ich habe große Pläne. Eines Tages, glauben Sie mir, bin ich der bedeutendste Verleger Frankreichs.« Es klang sehr ernst.

Ganz schön von sich überzeugt, der kleine Franzose. Was hatte Dr. Miller über ihn gesagt? »Ein phantasiebegabter junger Mann mit tollkühnen Plänen. Sein Fehler: Er schätzt den Markt nicht realistisch ein. Aber besser zuviel Enthusiasmus als dieser bei den Jungen so in Mode gekommene Pessimismus.«

Sie sprachen über Bücher. Swantje gestand, daß sie zwei Kinderbücher geschrieben habe, sogar ganz erfolgreich, aber von einem großen Roman träume.

»Ach, wirklich?« Das klang nicht sehr interessiert. Es schien ihn eher zu stören, das war etwas, was er nicht wissen wollte. Gleich fing er wieder von seiner Arbeit an, redete und redete. Hatte er etwas dagegen, wenn Frauen auch Karriere machten? Ziemlich machohaft, fand Swantje. Aber vielleicht waren die Männer in Südfrankreich so.

An diesem Abend küßte er sie nicht, auch nicht am nächsten, sondern erst am Samstag, den sie gemeinsam am Starnberger See verbrachten. (Nur den Tag, nicht die Nacht. Swantje hatte Bernd etwas von einem Klassentreffen erzählt.) Er küßte sie im Auto, was ihr nur recht war, denn das ersparte ihr, sich zu ihm hinunterbeugen zu müssen. Er küßte sehr sanft, schloß dabei die Augen mit einem kleinen, glücklichen Seufzen. Seine Haut war weich wie die eines Babies. Mußte er sich überhaupt rasieren? Der Kuß war angenehm, wenn er Swantje auch nicht gerade in Ekstase versetzte. Artig küßte sie zurück.

»Du bist wunderbar, Chérie.« Sein Gesicht leuchtete weiß im Halbdunkel. Wie ein Mond, ging es Swantje durch den Sinn, und sie unterdrückte ein Lachen. Vorsichtig tupfte sie ihm einen Lippenstiftkrümel vom Mund. »Ich würde dich so gern beim Vornamen nennen. Aber Swantje«, er nahm dreimal Anlauf, brachte dann eine Art nasales »Sonde« heraus, »impossible. Une torture. Können wir nicht Suzanne oder Sandrine daraus machen?«

»Swantje«, beharrte sie. Sollte er sich ruhig anstrengen. Also blieb es bei Chérie. Und er war Ari.

2

Zwei Wochen später machte er ihr einen Heiratsantrag. In einem französischen Bistro – sie trafen sich meistens zum Essen, was sich bei Swantje bereits in zwei Zentimeter mehr Taillenumfang ausdrückte –, zwischen Zwiebelsuppe und »côte d'agneau« mit Rosmarin, zum Glück aber ohne Knoblauch, gegen den Swantje eine Aversion hatte. Ihr fiel klirrend die Gabel auf den Teller. Heiraten – sie? Den viel zu kleinen, viel zu jungen Südfranzosen? War er verrückt? Gleichzeitig stieg ein leichtes Triumphgefühl in ihr auf. Das hätte Bernd hören sollen. Wenn er auch neuerdings den Eifersüchtigen spielte und mitten in der Nacht anrief, um zu kontrollieren, ob sie daheim war – seine Meinung, was das Heiraten betraf, hatte sich nicht geändert.

»Heiraten? Du und ich?« Sie stotterte, bis sie sich dann zu einem kräftigen »nein« entschloß. »Völlig unmöglich. ausgeschlossen. Was für ein absurder Einfall. Oder laß mich wenigstens in Ruhe darüber nachdenken«, lenkte sie ein, als sie sein enttäuschtes Gesicht sah, »mich umhören. Aber auch dann …«

»Umhören?« Er verstand nicht. »Bei wem? Bei deinem Freund? Der rät dir davon ab. Naturellement. Du mußt selbst zu dem Entschluß kommen, ja zu sagen. Wenn du mich vielleicht auch nicht liebst, was ich gar nicht anders erwarte, muß dir doch dein Verstand sagen, daß du gut bei mir aufgehoben bist. Sehr gut.« Wärme lag in seinen Augen.

Vorsichtig streckte er den Zeigefinger aus, fuhr zart über ihren Handrücken, immer wieder. »Und dein Gefühl, daß ich dich liebe.«

»Ach bitte, laß …« Aber sie ließ die Hand liegen. Die Berührung erregte sie mehr, als sie sich eingestehen wollte. Hatte er noch mehr dieser Tricks auf Lager? Aber jetzt wollte sie ganz schnell nach Hause, sich unter die eiskalte Dusche stellen und nachdenken, nachdenken … Heiraten. Was für ein Schock! Wie kam er bloß auf eine so verrückte Idee?

Sie sprach mit Dr. Miller über Aris Antrag. Er schien genauso erstaunt, wiegte bedenklich den Kopf hin und her.

»Ein erstaunlicher Mensch, dieser Atachou. Wirklich. Verliert keine Zeit. Rast auf seine Ziele mit der Schnelligkeit einer dieser französischen TGV-Züge zu. Von dem werden wir noch hören. Aber zunächst eine Frage an Sie, Swantje. Möchten Sie noch mal heiraten?«

»Eigentlich schon«, gestand sie kläglich. »Geschieden bin ich lange genug.«

»Gut, das ist eine klare Antwort. Dann steht wenigstens das fest.« Der Chef zündete sich umständlich eine Zigarre an, schlug die Beine übereinander. »Warum dann nicht diesen Atachou? Andere Heiratskandidaten stehen, vermute ich richtig, nicht zur Verfügung?«

»Nein.« Sie schüttelte den Kopf.

»Sicher, wir wissen nicht viel über den Franzosen«, fuhr Dr. Miller nach einer kleinen Pause fort. »Aber das allein spricht nicht dagegen. Versuchen Sie, soviel wie möglich über seine Familienverhältnisse herauszubekommen, seine Eltern, seine Kindheit, seine Ausbildung, und so weiter. Und dann natürlich seinen finanziellen Hintergrund. Ja, ja, ich weiß, daß Sie das nicht interessiert, Swantje, aber Sie können nicht allein von Sonne und Oliven leben.« Komisch, daß alle in Zusammenhang mit Ari von Oliven sprachen.

»Gewiß, äußerlich sind Sie nicht gerade das ideale Paar.« Angestrengt versuchte der Chef seine Zigarre am Brennen zu halten.

»Pat und Patachon« , warf Swantje gequält ein.

»Aber darauf kommt es nicht an. Meine Gitta bringt auch zwanzig Pfund mehr auf die Waage als ich. Um zu einem Resümee zu kommen: Einiges spricht durchaus für eine Verbindung mit Atachou. Und da ist noch Ihr Sohn. Nils braucht eine starke Hand.« Swantje hatte ihm ihre Probleme mit dem aufmüpfigen Jungen anvertraut.

»Eine starke Hand ja. Aber nicht die von Ari. Auf den schaut er in seiner jugendlichen Arroganz doch herab. Nils läßt außer seinem Vater keinen anderen Mann gelten. Höchstens Bernd. Dabei hat sich Alexander seit Wochen nicht bei seinem Sohn gemeldet.«

»Vielleicht könnte ihm Atachou mit seinem brennenden Ehrgeiz sogar ein Vorbild sein. Weiß man nie. Durchaus möglich, daß sich zwischen den beiden Männern eine Art Wettbewerb entwickelt, mit dem Ziel, Ihnen zu imponieren. Ach, Swantje, was soll ich Ihnen raten? Sagen Sie vor allem nicht zu schnell nein. Ein solcher Antrag flattert nicht jeden Tag ins Haus. Wenn es für mich auch ein schwerer Schlag wäre, meine liebste Mitarbeiterin zu verlieren.«

Aber da bestand vorläufig keine Gefahr. Ari hatte in seinem unbändigen Wunsch, Swantje zu seiner Frau zu machen, das Blaue vom Himmel herunter versprochen. Sie würden erst mal in München wohnen bleiben, Swantje sogar in ihrem Häuschen, wenn sie es unbedingt wollte. Dann wäre es am Anfang eben eine Art Wochenendehe. Das Wichtigste: sie sagte ja.

»Du bist die erste Frau, die ich aus voller Überzeugung heiraten möchte. Die erste und – je le jure«, er hob beschwörend zwei Finger, »auch die letzte. Das wußte ich gleich, als ich deine Lavendelaugen sah. Du mußt wissen, Nizza ist die Stadt des Lavendels. Überall in den Straßen duftet es danach, und zwar nicht nur dort, wo man getrockneten Lavendel in Säckchen verkauft. Es duftet nach Lavendel, nach Meer und nach Mimosen.« Er lächelte wehmütig. »Und nach dem Sonnenöl der vielen hübschen Touristinnen.«

Ari schien ein Verehrer schöner Frauen zu sein. Wie sie aus seinen (knappen) Erzählungen heraushörte, hatte er viele gekannt, genauere Details schenkte er sich. Swantje stellte erstaunt fest, daß sie einen Anflug von Eifersucht spürte. Inzwischen hatte sie mit Ari geschlafen. Kein wilder Taumel der Leidenschaft – da war es mit Bernd zu Beginn ihrer Liebe schon anders gewesen –, aber auch nicht unbedingt eine Enttäuschung. Nein, das nicht. Kein Mann war bisher so zärtlich und gleichzeitig so behutsam mit ihr umgegangen, hatte sich so unendliche Geduld genommen, um sie glücklich zu machen. Und das war ihm auch letztendlich gelungen. Woran das elegante Dekor seines Schlafzimmers – alles in Beige und Tabak – und besonders die Seidenbettwäsche mit dem feinen Glencheckmuster nicht ganz unschuldig waren. Savoir-vivre. Wieder einmal.

Mit Bernd hatte sie noch nicht reinen Tisch gemacht. Nils war ihr wichtiger. Wie würde er auf Ari reagieren? Sie hatte richtig Angst davor.

»Nils ist ein kleiner Rebell«, bereitete sie Ari auf ihren Sohn vor. »Was heißt klein? Er ist groß wie sein Vater, also fast ein Zweimetermann. Auch sonst hat er viel von ihm. Diese ewige Unruhe, diese dauernd neuen verrückten Ideen. Gott sei Dank hat Alexander inzwischen in Südamerika eine Frau gefunden, die ihm seine Spleens finanziert. Wie das mit Nils weitergehen soll…« Sie zuckte mit den Achseln. »Dabei ist er ein herzensguter Kerl, nur eben unreif. Im zweiten Anlauf studiert er jetzt Tiermedizin. Wenigstens das scheint ihm zu gefallen.«

Sie arrangierte ein Treffen bei sich zu Hause. Nils zog sich noch nachlässiger an als sonst, ein Affront gegen Ari, von dessen Eleganz ihm seine Mutter vorgeschwärmt hatte. Swantje schämte sich für ihren Sohn, obwohl sie zugeben mußte, daß ihn selbst der schäbigste Aufzug nicht entstellte. Im Gegenteil – seine feingezeichneten Züge, sein athletischer Körperbau kamen in den ausgeblichenen Baumwollklamotten fast besser zur Wirkung als in einem tadellosen Maßanzug, wie Ari ihn trug. Er wirkte gegen Nils wie ein Seifenschachtelprinz.

Aber dann überkam sie doch Ärger, als Nils sich nur andeutungsweise von seinem Stuhl erhob, Ari fast widerwillig die Hand reichte. Auch auf Aris höfliche Fragen gab er halblaute muffige Antworten. Entnervt flüchtete Swantje in die Küche, um Kaffee zu machen. Diesen Psychoterror hielt sie nicht aus.

Als sie mit einem Tablett voller Geschirr zurückkam, hatte sich die Atmosphäre etwas entspannt. Ari, der geborene Diplomat (oder schlaue Fuchs, Swantje war sich da nicht sicher), erzählte von dem jährlichen Rennen der Bootsklasse »Flying Dutchman« in Nizza, die er jedesmal fotografierte. »Im letzten Jahr hätte mein Boot beinahe gesiegt. Da ist meinem Freund unglücklicherweise seine Rolex ins Wasser gefallen. Das hat ihn so irritiert, daß er sich nicht mehr konzentrieren konnte. Quel idiot!« Er lachte.

»Idiot?« Nils bequemte sich endlich, seinen Walkman von den Ohren zu nehmen. »Gibt's das im Französischen auch?«

»Warum nicht? Männer, die ein bißchen verrückt im Kopf sind, findet man überall. Dabei ist Marc normalerweise ein intelligenter Junge, er hat in Montpellier eine Professur. Aber bei dem accident mit seiner Rolex... Ah, merci.« Er nahm Swantje die Kaffeetasse ab.

In Nils, stellte Swantje fest, arbeitete es. Segelboote waren neben allem, was da kreucht und fleucht, seine Leidenschaft. Zu gern hätte er selbst ein Boot besessen. »Und heuer nehmen Sie wieder am Rennen teil?« erkundigte er sich wie nebenbei, knabberte an einem Stück Zucker.

»Ich nicht – ce n'est pas mon métier – aber mein Boot. Nur ist die Mannschaft bisher nicht komplett. Ich hatte keine Zeit, mich darum zu kümmern. Dabei findet das Rennen schon Anfang August statt.«

Nils öffnete den Mund, schloß ihn wieder. Unschlüssig vergrub er die Zunge in seinem Löffel. Er hatte für die Ferien noch keine Pläne. Warum also nicht die Côte d'Azur mit der eventuellen Möglichkeit, an einem Bootsrennen teilzunehmen? Aber er sagte nichts, hielt es wohl für mit seinem Stolz nicht vereinbar. Und da auch Ari schwieg, hütete sich Swantje, einen entsprechenden Vorschlag zu machen. Nichts, was sie gegenüber Ari verpflichtete, solange sie noch zu keiner Entscheidung gekommen war.

Hinterher wollte sie wissen, was ihr Sohn von dem Franzosen hielt. »Interessant, was er alles zu erzählen weiß. Findest du nicht?«

Nils zuckte abfällig mit den Schultern. »Ziemlich oberflächlich und angelernt. Neureiches Blabla. Der Olivenheini hat ja noch nicht mal ein Studium absolviert. Trieb sich dauernd im Ausland herum, deshalb dieses internationale Gehabe. Was willst du mit dem?«

»Ihn eventuell heiraten«, lag es seiner Mutter auf der Zunge, aber sie hielt sich zurück. Den Olivenheini mußte sie erst mal verdauen.

»Ein neuer Verehrer?« Nils zog mißtrauisch die Brauen zusammen. »Das nehm' ich dir nicht ab. Mensch, Mama, du hast doch Geschmack. Weiß du, wie du neben dem Würstchen wirkst? Wie seine persönliche Fitneßtrainerin.« Das bezog sich auf Swantjes gelegentliches Outfit mit Radlerhose, Sweatshirt und Baseballkappe. »Das heißt, wenn dieser Franzose überhaupt sportlich ist, was ich stark bezweifle. Der hat doch Rehknöchelchen. Und überhaupt – Bernd paßt viel besser zu dir.«

»Na klar, weil ich für ihn so herrlich bequem bin. Genauso wie für dich.« Mit Schwung knallte sie ihm einen Hamburger auf den Teller. Jetzt hatte sie alles gehört, was sie im Grunde selbst wußte und nicht hören wollte. Schluß mit dem Thema.

Und doch freundete sich Swantje mehr und mehr mit dem Gedanken an, Madame Atachou zu werden. Warum eigentlich nicht? Was sprach dagegen, außer daß sie äußerlich nicht zueinander paßten, aus verschiedenen Kulturkreisen stammten, sich erst wenige Wochen kannten und ihr Herr Sohn gegen ihn stänkerte? Daß Ari sich peu à peu als Windei, als charakterloser Schuft entpuppen würde, glaubte sie nie und nimmer. Soviel Verstellungskunst traute sie ihm nicht zu. Nein, er mußte sie wirklich lieben. Warum sonst wollte er sie heiraten? Weder verfügte sie über glänzende Verbindungen noch über ein Millionenerbe, war nichts als eine ganz normale, vielleicht nicht unattraktive Neununddreißigjährige mit Kind. Daß Ari mehr in ihr sah, war seine Sache.

Später, als sie Nils die Treppe hinaufstolpern hörte, rief sie ihren Vater an. Seit dem Tod der Mutter lebte er in einem Hamburger Altenheim, was Swantje gar nicht gefiel. Viel lieber hätte sie ihn zu sich nach München geholt, aber dagegen wehrte er sich mit Händen und Füßen. »Einen alten Baum verpflanzt man nicht.« Sein Lieblingsausspruch. Swantje hing mit allen Fasern ihrs Herzens an ihrem Vater, war er doch der einzige Zeuge ihrer Kindheit, der ihr geblieben war. Gottfried Sievers, ehemaliger Studienrat für moderne Sprachen, bezog eine ordentliche Pension, die ausreichte, um die Heimkosten zu bezahlen. Zweimal im Jahr sahen sich Vater und Tochter, zu Weihnachten und irgendwann im Herbst.

Er war gleich am Apparat, erwartete in seinem Lehnstuhl die Tagesschau. »Sievers.« Die geliebte, die tiefe norddeutsche Stimme.

»Ich bin's, deine Tochter. Geht es dir gut?«

»Na ja, wie es einem zwischen lauter Achtzig- und Neunzigjährigen eben so geht. Die meisten von ihnen, wie du selbst gesehen hast, alte Schachteln, immer mit dem Mundwerk vornedran. Kein Vergleich mit deiner Mutter. Manchmal sehne ich mich richtig nach männlicher Verstärkung.« Jetzt flunkerte er, denn Swantje hatte beobachtet, wie er es genoß, Hahn im Korb zu sein. »Eine von den Schachteln, stell dir vor, hat mir gestern einen Heiratsantrag gemacht. Wenn das die anderen wüßten!«

Swantje mußte kichern. Sieh mal an. Was sich bei den Senioren alles tat. Liebe, Graubrot und Eifersucht. War ja auch ein fescher Mann, ihr Vater, mit seiner nach wie vor tadellosen Haltung und dem dichten, schlohweißen Haar. Ein reinrassiger Holsteiner.

»Einen Heiratsantrag. Dir?« Was es für Zufälle gab. »Du wirst es nicht glauben, aber mir ist das gleiche passiert.«

»Von Bernd? Hat er sich endlich besonnen? Wurde auch Zeit.«

»Nein, nicht Bernd. Der nie, sondern ein Franzose. Er kommt aus Nizza.« Ihr schlug das Herz bis zum Hals. Jetzt machte sie die Sache schon bis nach Hamburg publik.

»Nizza, la belle Nice. Donnerwetter.« Der Vater schien beeindruckt. »Dort bin ich während des Krieges kurz gewesen, dann leider nie mehr. Aber ich denke oft an die Côte d'Azur, gerade an das obere Stück. Ein wunderschöner Flecken Erde. ›La baie des anges‹, das Schloß von Nizza, ›le vieux port‹. Und überall das phantastische Blau. Würde mir Spaß machen, wieder einmal Französisch zu sprechen. Du warst darin ja keine Leuchte, oder?«

»Nein«, gestand Swantje wahrheitsgemäß. Ihr bestes Fach war Deutsch gewesen, immer wieder Deutsch. »Also, dann heirate deinen Franzosen. Das heißt, wenn er ein anständiger Kerl ist. Es muß ja nicht für die Ewigkeit sein, so wie das früher üblich war. Wenn es schiefgeht, hast du ein paar schöne Jahre gehabt, und dein Französisch ist perfekt. Wann ist die Hochzeit?«

»Vati, so weit bin ich noch nicht. Ich muß mir den Vorschlag in aller Ruhe überlegen.«

»Aber nicht zu lange. Weißt du, es fällt immer mehr auf, wie viele alleinstehende Frauen es heute gibt. Nicht nur besagte alte Schachteln, sondern auch ihre Töchter, die zu Besuch kommen, und dann auch deren Töchter. Mein Kind, in deinem Alter sollte man in geregelten Verhältnissen leben. Ist besser für die Psyche. Das Alleinsein kommt noch früh genug. Moment, da beginnt die Tagesschau.« Und die wollte er sich in aller Ruhe ansehen, da ließ er nicht mit sich handeln. Swantje schickte ihm einen Kuß durch den Hörer, hängte ein.

Nachdenklich schälte sie sich einen Pfirsich. Er stammte aus dem Obstkorb, den Ari ihr heute ins Haus geschickt hatte, war wie alles, was von ihm kam, allererste Qualität. Genüßlich leckte sie den Saft von den Fingern.

Auf einmal wußte sie, was sie tun würde. Ihr Vater hatte recht. Es mußte ja nicht für die Ewigkeit sein, war es mit Alexander auch nicht gewesen. Es machte wahrhaftig keinen Spaß, seinem vierzigsten Geburtstag ohne jede Zukunftsperspektive entgegenzusehen. Und dann kamen der einundvierzigste, der zweiundvierzigste …

Als Ari sie beim nächsten Treffen fragte, ob sie sich jetzt endgültig entschieden habe – in seinen Augen stand Angst, es könnte ein »Nein« sein –, griff sie liebevoll nach seinen Händen, sah ihm in die Augen.

»Ja, Ari, ich will deine Frau werden. Ton femme.«

»Ma femme, Chérie«, korrigierte er sanft, während sich ein Strahlen über seinem Gesicht ausbreitete. »Aber wenn du unbedingt darauf bestehst, auch mon femme. Meine Frau.« Das sprach er ganz feierlich aus. »Merci. Mille fois merci.«

3

Weder machte Bernd eine Tragödie daraus, noch legte er eine Szene hin, als Swantje ihm mitteilte, sie wolle Ari heiraten. Er war schlichtweg baff.

»Ich fasse es nicht, ich fasse es nicht«, murmelte er kopfschüttelnd, während er in Swantjes Bade- und Schlafzimmer seine Habseligkeiten zusammenräumte. »Es lief mit uns doch so gut. Aber deinem angeblichen Glück geb' ich nicht lange. Ein, zwei Jahre allerhöchstens, mehr nicht. Wenn du unbedingt deine mütterlichen Gefühle ausleben mußt, kannst du das auch bei mir.« Swantje hatte den Fehler gemacht, ihm Aris Alter zu verraten. »Manchmal hätt' ich es richtig gern, wenn du mich ohne weiterreichende Konsequenzen einfach in die Arme nehmen würdest. Eines sollst du wissen, Svetlanchen.« Er trat dicht an sie heran (ein leichter Geruch von Karbol stieg ihr in die Nase), umfaßte mit der Hand ihr Kinn, zwang sie, zu ihm aufzuschauen. Ein neuerdings ungewohntes Gefühl. Zu Ari mußte sie immer herunterblicken. »Ich warte auf dich. Diese ein, zwei Jahre. Du bist nämlich ziemlich lebensnotwendig für mich. Wenn du möchtest, können wir auch nach Griechenland fahren. Im September. Willst du?« Es klang drängend.

Swantje schüttelte den Kopf. Der Vorschlag kam zu spät. Bernd hatte lange genug Zeit gehabt, auf ihre Träume und Hoffnungen einzugehen, hatte seine Chance nicht genutzt. Jetzt war Ari an der Reihe.

Der Franzose konnte sein Glück noch immer nicht fassen. Dauernd rief er Swantje an, aus seiner Wohnung, aus seinem Auto oder einer Telefonzelle, teilte ihr mit, daß er sie liebte, versprach, sie zur glücklichsten Frau unter der Sonne zu machen. Sie sollten ganz schnell heiraten.

»In Nizza?« Ihr kam das normal vor. Er, der Superfranzose.

»Nein, hier in München. Wir heiraten nur standesamtlich, laden ein paar Freunde ein. Im Herbst oder vielleicht auch erst im nächsten Sommer veranstalten wir dann in St. Tropez ein großes Fest.«

St. Tropez. Swantje schwindelte es. In welche feudale Gesellschaft war sie da geraten? Das nahm ja Dimensionen ein. Aber was war mit seiner Familie? Die mußte er doch auch einladen. Wie sie inzwischen aus Ari, der selten von seinem Privatleben erzählte, herausgekitzelt hatte, lebte nur noch seine Mutter. (Sein Vater, ein erfolgreicher Steuerberater, war vor sechzehn Jahren gestorben.) Sie hieß Chouchou – er nannte sie auch so –, lebte mit einem geschiedenen Mann zusammen. Und dann gab es noch eine ältere Schwester, Poussy, verheiratet mit einem Taugenichts, der sich als Kunsthändler bezeichnete, und Mutter zweier Töchter. Diese Familie wohnte in einem etwas kleineren Haus gleich neben der Villa der Mutter.

»Die erfahren noch früh genug von meiner Heirat«, ging Ari über das ihm augenscheinlich nicht angenehme Thema hinweg.

»Irgendwie verstehe ich das nicht.« Swantje war irritiert. »Warum forderst du sie nicht alle auf, nach München zu kommen? Das wäre doch das Natürlichste der Welt.«

»Chérie.« Er streichelte beruhigend ihre Hand, hauchte einen seiner Schmetterlingsküsse darauf. »Du bist wirklich eine typische kleine Deutsche. Mußt allen Dingen auf den

Grund gehen. Sois un peu légère. Mach nicht aus allem ein Problem. Also – um deine curiosité zu befriedigen: Ich bin… äh, der Liebling meiner Mutter. War es schon als Kind, was mir gar nicht gefiel. Wie auch immer – für mich stellt sie sich etwas Besonderes vor. Was du natürlich bist, es gibt keine wundervollere Frau als dich. So groß, so schön, so blond. Aber Chou-chou hat da etwas andere Ansichten. Sie mag – pardon – Deutsche nicht so sehr. Dumm, nicht wahr? Der Krieg ist lange vorbei. Aber so ist es nun einmal. Je le regrette.« Unglücklich zuckte er mit den Achseln.

»Aber warum?« Swantje verstand gar nichts. Dauernd schüttelten sich Kohl und Chirac im Fernsehen die Hände, versicherten, wie nah sich ihre Völker seien.

»Wie du vielleicht weißt, hielten die Deutschen während des letzten Kriegs Nizza besetzt. Das war keine sehr schöne Zeit. Damals nahmen sie auch den Bruder meines Vaters fest. Er kam um.«

»Das tut mir wirklich leid.« Swantje war erschüttert. »Arbeitete er für die Résistance?«

»Nein, er war Jude. Aber das sind uralte Geschichten. Pas très drôle mais au moment sans aucune importance. Viel lieber, Chérie, möchte ich dir zeigen, wie man einen original Salade niçoise zubereitet. Kommst du mit in die Küche?«

Er hatte sich eine große Schürze umgebunden, auf der »chef de la cuisine« stand, schnitt Tomaten und gekochte Eier in Scheiben, zupfte und schleuderte Salat, hobelte Gurken, zerpflückte Anchovis, wählte stirnrunzelnd schwärzliche Oliven aus, goß über die appetitlichen Zutaten ein Spezialdressing. (Aber nicht mit Knoblauch. Swantje roch heimlich daran.) Zu dem Salat servierte er ofenwarmes Weißbrot und gekühlten Rosé. Sie aßen im Salon, der ganz im Stil der dreißiger Jahre eingerichtet war, also chromglitzernd und nüchtern, was Swantje aber nicht störte. Dem so in Mode gekommenen provenzalischen Landhausstil würde sie an der Côte d'Azur noch oft genug begegnen. Das hieß – wenn sie überhaupt dorthin kam. Im Augenblick schien das nicht so sicher.

Nach dem Espresso – köstlich! Eine weitere Spezialität von Ari – führte er sie in sein Schlafzimmer, wo sie sich lange und ausdauernd liebten. Lag es am Alkohol, oder war es die Tatsache, daß sie bald mit ihm verheiratet sein würde – diesmal empfand Swantje sogar so etwas wie Leidenschaft, konnte gar nicht genug von Aris Zärtlichkeiten bekommen.

Hinterher war es ihr unmöglich, einzuschlafen. Sie richtete sich halb auf, knotete das widerspenstige Haar zu einem Haflingerschweif zusammen, betrachtete Ari, der neben ihr lag. Er schlief fest, wirkte fast kindlich mit seinem schmächtigen weißen Körper, dem faltenlosen Gesicht. An seinem Mundwinkel klebte ein winziges Olivenstückchen. Dabei hatte er sich lange und sorgfältig die Zähne geputzt. Ari war, was seine Körperpflege betraf, Perfektionist. Nur seine Fäuste waren geballt. Einmal murmelte er etwas, es klang aufgeregt. Wovon er wohl träumte? Von ihr, ihrem gemeinsamen Leben? Vorsichtig, um ihn nicht zu wecken, legte sie sich in die seidenglänzenden Kissen zurück.

Sein Onkel war Jude gewesen, damit war Ari Halbjude. Warum hatte er ihr das nicht gleich gesagt? Ach was. Kein Grund, daraus eine Staatsaffäre zu machen, war gar nicht wichtig. Wahrscheinlich war er auch jüdisch getauft, wollte beziehungsweise konnte sich deshalb nicht evangelisch trauen lassen. Und sie hatte geglaubt, er sei katholisch, mußte, weil sie, Swantje, geschieden war, auf den Segen der Kirche verzichten. Aber über all das konnte man doch offen sprechen. In Swantjes Familie war es immer üblich gewesen, die Dinge beim Namen zu nennen. Alles andere nannte ihr Vater »verstockt«. Gewiß, Ari stammte aus einem anderen Land, hatte eine andere Erziehung genossen, sie mußte das respektieren. Ihr Vertrauen in ihn jedenfalls war ungebrochen. Sie besaß – weshalb, wußte sie selbst nicht – ein unbegrenztes Vertrauen zu ihrem zukünftigen Mann wie sonst nur noch zu ihrem Vater. Und vielleicht zu Dr. Miller.

Die Hochzeit fand, wie angekündigt, in kleinstem Kreis statt. Auch Swantjes Vater nahm nicht daran teil. Er litt an einer Sommergrippe, hatte ein Glückwunschtelegramm geschickt, in dem er die Hoffnung zum Ausdruck brachte, bald nach Nizza eingeladen zu werden. Ari nahm es lächelnd zur Kenntnis. Aus seinem Freundeskreis erschien Sergej, ein russischer Maler, der in Haut de Cagnes bei Nizza lebte und von Ari gefördert wurde, außerdem dessen Frau Lidia. Swantje hatte Dr. Miller (ohne Frau, sie war zur Kur) dazu gebeten, natürlich Nils und dann ihre Busenfreundin Agnes. Sie feierten im Seerestaurant im Englischen Garten, hatten sich einen großen Tisch im Freien reservieren lassen. Heiß und golden schien die Julisonne herab.

Ari überraschte seine neugebackene Ehefrau mit einem prächtigen Brillantring, für sich selbst hatte er einen betont schmalen Goldreif gewählt. Außer Blumen und einem surrealistischen Bild von Sergej – Dr. Miller hatte ein antiquarisches Buch versprochen, es wegen des schnellen Hochzeitstermins aber noch nicht besorgen können – gab es keine großen Geschenke. Von wem auch und wozu? Es Ari mit seinem exquisiten Geschmack recht zu machen, war sowieso schier aussichtslos. Deswegen hatte ihm Swantje nur ein hübsches Foto von sich im Silberrahmen überreicht. Aus Nizza traf nicht mal ein Telegramm ein.

»Und deine Mutter weiß wirklich nichts von unserer Hochzeit?« erkundigte sich Swantje noch einmal. Ari schüttelte kurz den Kopf. Er wollte über das Thema nicht sprechen. Sie respektierte das, konzentrierte sich zum Ausgleich auf Nils, der sich direkt in Schale geworfen hatte. Ein richtiges Hemd (wenn auch ohne Kragen, so wie Sträflinge es trugen), eine extrem weite und arg zerknitterte Leinenhose und Cowboystiefel. Gott, war er schön! Swantje klopfte heftig das Herz, während sie ihn betrachtete. Das war *ihr* Sohn. Er hatte sie zwar endgültig für verrückt erklärt, als sie ihm schonend (in Wahrheit stockend) mitteilte, daß sie Ari heiraten würde, aber bis jetzt meinte er es gnädig mit ihr, verzog keine Miene.

Neben ihm saß Agnes, Swantjes einzige und deshalb auch beste Freundin. Sie kannten sich vom Studium her. Agnes, eine nixenhafte Person mit verschleierten Augen, war nicht gerade vom Schicksal verwöhnt. Ähnlich früh wie Swantje an einen Ehemann geraten, aber noch früher wieder verlassen, hatte sie sich von diesem Schlag lange nicht erholt, vor allem, da Bodo, ihr Exmann, keinen Pfennig zuviel zahlte. Weder für sie noch für die drei Kinder. Agnes hatte sich als Aushilfslehrerin mühselig an verschiedenen Privatschulen durchgewurstelt, ihren beiden Töchtern und dem Sohn eine gute Ausbildung ermöglicht. Dann endlich ein Lichtblick: Sie verliebte sich Hals über Kopf in einen jungen Spanier, der Deutsch bei ihr lernte. Paco erwiderte die Liebe, nachdem er zunächst ein Auge auf Cilly, Agnes' älteste Tochter, geworfen hatte, die vom Alter her viel besser zu ihm paßte.

Eines Tages nun war das ungleiche Paar einem christlichen Kreis beigetreten, in dessen Mittelpunkt die absolute Liebe zu Jesus Christus stand. Seitdem kannte Agnes nur noch dieses eine Thema. Vor allem, da Paco kürzlich aus der gemeinsamen Wohnung ausgezogen war, um sich, wie er sagte, über seine Zukunft klarzuwerden. Er wollte Kinder. Agnes fühlte sich zu alt dafür, hatte außerdem an ihren dreien genug. Eine Krise bahnte sich an.

Swantje unterstützte Agnes, so oft und so weit es ihr möglich war, allmählich ging ihr deren übertriebene Religiosität aber etwas auf die Nerven. Dauernd wurden ihr christliche Traktätchen in die Hand gedrückt, mit der Auflage, sie genau zu lesen und hinterher mit Agnes über den Inhalt zu diskutieren.

Jetzt hatte Swantje fast ein schlechtes Gewissen, daß sie es – nach der langen Durststrecke mit Bernd – so gut getroffen hatte. Ein junger, ehrgeiziger Mann, der sich nichts Schöneres vorstellen konnte, als sie zu heiraten, mit einer glänzenden Zukunft vor sich und – bestimmt auch nicht unbetucht. (Das ahnte Swantje nur, gefragt hatte sie nicht.) Was wollte sie mehr? Aus alter Freundschaft hatte sie Agnes eingeladen.

Agnes saß in einem handgebatikten tonnenförmigen Gewand – das Nixenhafte beschränkte sich leider nur noch auf ihre Augen – neben der Russin Lidia, unterhielt sich lebhaft mit ihr. Worüber wohl? Als Swantje ihr eine Platte mit »amuses gueules« reichte, warf sie ihr einen so aufrichtig herzlichen Blick zu, daß sich Swantje schämte. Wie hatte sie nur annehmen können, Agnes sei neidisch? Solche Gedanken kannte die gar nicht.

»Ich freue mich für dich«, flüsterte Agnes ihr zu, nahm sich zwei winzige Blätterteigpasteten. »Das hast du verdient. Einen so netten Mann, der dich anbetet. Doch, doch, tut er. Ich brauch' mir nur sein Gesicht anzuschauen. Hoffen wir, daß alle deine Wünsche in Erfüllung gehen. Vielleicht«, sie rückte näher an die Freundin heran, »kannst du ihm ja Jesus Christus, unseres Herren Sohn, ein bißchen näherbringen. Ich hab' deinem Ehemann ein entsprechendes Buch überreicht.«

Swantje lächelte gequält. Alles, aber das bitte nicht. Natürlich hätte sie Agnes erklären können, daß Ari Jude war, aber sie ließ es bleiben. Keine religiösen Diskussionen an ihrem Hochzeitstag. Andererseits hörte sie mit Vergnügen, daß sich Agnes künftig gern um Nils kümmern würde, der mit ihrem Sohn Arthur befreundet war. »Wenn du nach Frankreich fährst. Was ja bestimmt bald der Fall sein wird.«

»So viele schöne Frauen.« Ari, trotz sommerlicher Hitze in einem schwarzen Anzug mit weinroter Krawatte und weinrotem Einstecktuch, das spärliche Haar gelfixiert, den Goldring stolz am Finger, hob das Glas. »Was für ein Kompliment für den Bräutigam. Je suis enchanté. Darf ich auf das Wohl dieser schönen Frauen trinken? Santé.«

Man trank auf die Frauen und auf das Brautpaar und auf die übrigen drei Gäste und fing dann wieder von vorne an. Es flossen Weißwein und roter Bordeaux und Champagner in beachtlichen Mengen, und Swantje schüttete sich ein volles Glas Champagner über ihr Seidenkostüm, was Flecken gab, obwohl auch der Stoff champagnerfarben war. Etwas dunkle Sauce vom Rehfilet hatte es ebenfalls bereits abbekommen.

Trunken von all dem Alkohol und gewiß auch von Glück lächelte sie Nils zu, der Fotos von der Tafel machte. Damals, bei ihrer ersten Hochzeit, war er ein winziges Lebewesen in ihrem Bauch gewesen, und heute war er fast schon erwachsen. Überhaupt war mit Alexander vieles anders gewesen. Sie hatte vor dem Standesbeamten geweint, ihre Tränen einfach nicht zurückhalten können. Inzwischen hatte sie sich besser im Griff. Wie eine Außenstehende, die das Geschehen kühl beobachtete, hatte sie die Zeremonie über sich ergehen lassen, trotzdem Emotionen gespürt. Als der Standesbeamte sie dann fragte, ob sie gewillt sei, Aristote André Atachou zu heiraten, zu ihm zu halten in guten wie in bösen Tagen, ihm treu zu sein, überlegte sie gerade, wie Ari es geschafft hatte, seine Papiere so schnell herbeizubringen. Er war wirklich ein Zauberer. Deshalb sagte sie erst mit einiger Verzögerung »ja«, was bei Ari fast eine »crise des nerfs« auslöste. Und er antwortete mit »oui«. Vielleicht aus Versehen, vielleicht auch, um zu unterstreichen, daß er Franzose war.

»Atachou«, sagte sie nach dem Ringwechsel fast erstaunt. »So heiße ich jetzt wirklich?«

»Swantje Atachou«, bekräftigte Ari selig. Sein Gesicht war rot vor Glück. Diesmal sprach er Swantje schon besser aus, wenn auch immer noch sehr französisch. »Das klingt wunderschön. Wie ein Künstlername. ›Nom de plume‹ sagte man bei uns. Ich könnte dich wegen deines langen Halses auch Swan nennen.« Er küßte sie zärtlich unters Ohr, was Nils zu einem mißbilligenden Räuspern veranlaßte. Demonstrativ erhob er sich, schlenderte zum See, warf den majestätisch heransegelnden Schwänen Brotkrumen zu. Sein stummer Rücken tat Swantje weh. Wann würde er Ari endgültig akzeptieren?

Als Braut und Bräutigam später zwischen den Tischen zu den Klängen einer Harmonika tanzten – eine Überraschung von Ari –, sah es jeder: Sie waren absolut kein harmonisches Paar. Swantje mit ihren halbhohen Absätzen überragte ihren Mann um anderthalb Kopf. Auf Nils' Fotos trat das dann auch deutlich hervor. Dr. Miller dagegen hatte einen sehr nette Aufnahme gemacht, als das Ehepaar das Standesamt verließ und Ari eine hohe Stufe über Swantje stand. Darauf wirkte er fast hübsch. Die besten Hochzeitsfotos aber stammten von Ari selbst. Aus einer unscheinbaren Kamera, die er wie nebenbei bediente, während er sich mit den Gästen unterhielt. Kleine Meisterwerke, ungewöhnlich im Ausschnitt und in der Beleuchtung, auf extrem grobem Papier abgezogen. Siehe da, das konnte der kleine Franzose also auch. Swantje war voller Hochachtung.

Und jetzt war sie also verheiratet mit ihm. Die Hochzeitsnacht verbrachte das Paar in Aris Wohnung, er servierte am nächsten Morgen ein Champagnerfrühstück, dann kehrte Swantje in ihr Häuschen zurück, wo Nils tat, als hätte sich nichts verändert. Sie führten eine dieser modernen Wochenendehen, mit dem Unterschied, daß sie in der gleichen Stadt wohnten und sich, wenn sie wollten, jederzeit sehen konnten. Und Ari wollte seine Frau andauernd sehen. Unentwegt schrillte das Telefon, schneiten Rosen ins Haus, mit der Einladung zu einem Dîner à deux und einer anschließenden gemeinsamen Nacht. Andererseits war Ari so in seine Arbeit eingespannt, daß Swantje genug Zeit für sich selbst blieb. Sie kümmerte sich ausgiebig um Nils, kochte ihm seine Lieblingsgerichte, im übrigen ging sie viel zum Reiten.

Das Reiten, ein Sport, den sie von klein auf ausübte und der ihr sehr viel bedeutete, war Ari ein Dorn im Auge. Natürlich, sie konnte ihn sich nur schwer auf einem Pferd vorstellen, oder wenn, dann höchstens als Jockey. Nicht daß ihr Ari das Reiten verbot – das hätte er nie getan –, es war der Enthusiasmus, mit dem Swantje von ihrem Hobby erzählte, der ihn mißtrauisch machte. Vielleicht durfte er sie einmal im Stall besuchen?

Und dann saß er plötzlich unangemeldet auf der Tribüne der leicht baufälligen Reithalle, wo die Katzen ihn umstrichen, miauend auf seinem Schoß Platz nahmen und die teure olvifarbene Hose verhaarten. Swantje auf ihrem Big Ben konnte ein Lachen nicht verbeißen, als sich Ari mit Händen und Füßen gegen den Überfall wehrte. Einer seiner wenigen Fehler: Er mochte keine Tiere. Trotzdem hielt er tapfer eine Stunde aus.

»Du siehst sehr schön aus auf dem Pferd«, lobte er hinterher. »Eine richtige Amazone. Aber fühlst du dich in dieser…«, er suchte nach Worten, »dieser bescheidenen Atmosphäre wohl? Très modeste, Chérie. Ich könnte dir ein eigenes Pferd kaufen. Sicher finden wir auch einen nobleren Stall.«

»Hier bin ich seit fast zwanzig Jahren und hier bleibe ich.« Energisch pflückte Swantje ein weißes Katzenhaar von seinem Pepitajackett. »Meine Mitreiterinnen lasse ich nicht im Stich. Wir sind eine eingeschworene Gruppe. Und was heißt ›ein eigenes Pferd‹? Da müßte ich ja jeden Abend reiten. Was wird dann aus dir?«

Das sah Ari notgedrungen ein. Er öffnete für die Runde zwei Flaschen Champagner, hatte Gläser mitgebracht. Swantje stellte etwas verlegen ihren Ehemann vor. Sie hatte nichts von ihrer Heirat erzählt, die Reiterinnen unterhielten sich kaum über Privates. Das einzige, was interessierte, waren die Pferde.

Man gratulierte ihr herzlich, wenn auch einige kritische Blicke Ari streiften. »So klein und so herausgeputzt« oder auch »Mit Sport hat der anscheinend nicht viel am Hut« konnte Swantje herauslesen, aber es fiel kein beleidigendes Wort. Dazu war die Gruppe zu eng zusammengeschweißt und der Champagner zu gut. Erst als Swantje das nächste Mal mit einer Springgerte von Hermès auftauchte – Aris Geschenk, und sie mußte versprechen, sie zu benutzen –, gab es Getuschel.

Swantje und Luxus. Das war neu.

Swantje begann sich mehr und mehr für die Arbeit ihres Mannes zu interessieren. Er hatte in Nizza – mit einer Filiale in Paris – einen Verlag für Kunst- und andere aufwendige Bücher gegründet. Sogenannte »coffee table books«, alle über hundert Mark und prächtig aufgemacht. Da gab es die Reihe »la légende«, zu der ein Werk mit braunstichigen Gesellschaftsfotos aus Monte Carlos Glanzzeiten gehörte, außerdem ein Buch mit Schnappschüssen aus dem intellektuellen New York der dreißiger Jahre. Da wurden unter dem Titel »Connaisseur« kostspielige Hobbies vorgestellt; es gab Almanache von Mode- und Schmuckhäusern, herrliche Bildbände von englischen Gärten, schottischen Schlössern, Schweizer Chalets. Manchmal glaubte Swantje, ähnlichen Sujets schon unter hiesigen Verlagen begegnet zu sein, aber Ari stritt das ab. Alles original Atachou, daran ließ er keinen Zweifel. Kritik liebte er nicht. Jetzt versuchte er in Deutschland Lizenzpartner für seine Werke zu finden, was gar nicht so einfach war.

»Wenn du willst, schreibe ich dir Bücher, die du exklusiv verlegst«, scherzte Swantje. »Gar nicht so schlecht: Die Starautorin in der eigenen Familie.«

Aber Ari hörte auf diesem Ohr schlecht, er gab keine Antwort. Dabei sollte seine Frau durchaus für ihn arbeiten, er hatte da bereits eine präzise Idee. Sie besaß doch gute Kontakte zu den Medien, warum sie nicht für die »Editions Atachou« nützen? Erst mal in Deutschland, solange sie hier noch lebten, später könnte sie dann versuchen, Verbindungen zur französischen Presse aufzubauen. Außerdem Autoren finden, die seine Projekte verwirklichten. Oh, er hatte zwanzig, fünfzig, nein, hundert Ideen. Ari redete sich richtig in Feuer, gestikulierte mit Händen und Füßen. Gemeinsam seien sie unschlagbar. Er mit seiner Kreativität, Swantje mit ihrer Schönheit, ihrer Persönlichkeit. Er würde ihr auch ein gutes Gehalt zahlen.

»Aber ich liebe meinen Job«, wandte Swantje ein. Um Gottes willen, sie wollte erstens nicht freiberuflich und zweitens nicht für ihren Mann arbeiten. »Der Verlag ist mein zweites Zuhause.«

Was Ari nicht weiter zu beeindrucken schien. Sentimentalitäten existierten für ihn nicht, es sei denn, es betraf die

Liebe zu seiner Frau. Da konnte er zu Tränen gerührt sein. Im Leben mußte man sich immer neu arrangieren, jede sich bietende Chance nutzen, sonst blieb man auf der Strecke. Aristote Atachous Philosophie. Swantje hörte sie sich schweigend an. Mußte sie der gleichen Meinung sein?

Abgesehen von solchen Kleinigkeiten ging es ihr gut. Sehr gut sogar. Kein Ärger mit Bernd mehr, keine finanziellen Engpässe, keine Angst vor der Einsamkeit, sondern ein Mann, der sich tagtäglich den Kopf neu zerbrach, wie er sie verwöhnen konnte. Das mußte sogar Nils anerkennen. Inzwischen profitierte er genauso von Aris Großzügigkeit. Ari hatte ihm eine Staffelei ins Zimmer gestellt, von der der Junge nicht mehr wegzubringen war. Eintritt – auch für die Mutter – streng verboten. Als sie dann Nils' ersten Malversuch – Schwäne auf einem See (!) – sah, war sie überrascht. Er malte ja besser als sein Vater. Fehlte bloß noch die Frau, die ihm eine Existenz als Künstler ermöglichte.

4

Ari flog nach Paris, bat Swantje, ihn zu begleiten. Ausnahmsweise ging es nicht. Dr. Miller brauchte sie dringend. Ari war enttäuscht, machte aber keine Anstalten, seine Reise zu verschieben. Das verstimmte Swantje, die in letzter Zeit überempfindlich war. Obwohl er täglich einige Male anrief, ihr versicherte, wie sehr sie ihm fehlte, steigerte sie sich in eine Hysterie hinein, redete sich ein, er würde sich mit ihr schämen. Natürlich, eine starke Teutonin mit Haaren wie züngelnde Schlangen und Reiterbeinen – das paßte so gar nicht in das Paris der Musette-Walzer und kokett klappernden Wimpern, blieb besser am heimischen Herd. Ganz klar: Ari hatte seine Wahl bereut. Und das so schnell. Wie sollte es weitergehen? Aus alter Gewohnheit kaufte sich Swantje eine Zweiliterflasche billigen Wein (Ari hätte sich die spärlichen Haare gerauft), süffelte verbissen vor sich hin. Gleich wenn Ari zurück war, wollte sie ihn zur Rede stellen.

Da kam etwas dazwischen: Swantje fühlte sich schwanger. Zuerst glaubte sie, die Natur hielte sie zum Narren. Zuviel war in den letzten Wochen und Monaten passiert, jetzt revoltierte ihr Körper, spielte nicht mehr mit. Einmal hatte die Periode ausgesetzt, dann stellte sich morgens Übelkeit ein. Und plötzlich mußte sie während einer Verlagsbesprechung aufspringen, zur Toilette laufen und sich heftig übergeben. Entgeistert musterte sie ihr blasses schweißüberströmtes Gesicht im Spiegel. Wenn das nicht die ersten

Anzeichen der Wechseljahre waren, konnte es nur das Gegenteil bedeuten: Schwangerschaft.

Ihr zitterten die Knie, sie hielt sich am Waschbecken fest. Daran hatte sie nie gedacht, niemals, nie! Naiv vielleicht, aber sie hatte mit Ari nie über Verhütung gesprochen, so als wäre das kein Thema. Schließlich wurde sie nächsten April vierzig. Sie wußte nicht einmal, ob Ari Kinder wollte, er hatte nie eine Andeutung gemacht. Und sie? Vor zwanzig Jahren hatte sie einen Sohn geboren, damit war dieses Kapitel abgehakt. Und jetzt erwartete sie wieder ein Kind!

Ein Kind von einem Franzosen, den sie ohne überschäumende Leidenschaft geheiratet hatte, mehr aus Vernunft, einer gewissen Anhänglichkeit. Gezeugt in einer ihrer nicht gerade himmelstürmenden Liebesnächte. Verrückt! Das war das letzte, was sie erwartet hatte – und im Grunde auch wollte. Sie ging zum Arzt, und er bestätigte ihren Verdacht. Madame Atachou war im zweiten Monat schwanger. Das Baby mußte in der Hochzeitsnacht gezeugt worden sein.

Ari rief an, schwor ihr seine Liebe, kündigte an, seinen Paris-Aufenthalt verlängern zu müssen. Könnte sie ihm ausnahmsweise verzeihen? Sie konnte, war sogar froh, denn damit blieb ihr mehr Zeit zum Nachdenken. Ihre Gedanken rasten. Ein Kind von einem Südfranzosen, der wahrscheinlich – da war sich Swantje immer sicherer – marokkanische Vorfahren hatte. Wie würde es aussehen? Groß und flachsblond wie sie oder klein und olivfarben wie sein Vater? Bei Nils war es einfach gewesen, Alexander und sie waren sich zu ähnlich. Als man ihr Nils in die Arme legte, wußte sie: Das ist mein Baby, genauso muß es sein. Aber mit Ari? Damit war ihr Baby also Halbfranzose oder -französin, ein Vierteljude. Was würde sich durchsetzen? Seine Liebe zum heiteren Mittelmeer oder ihre zur rauhen Nordsee? Wessen Gene waren stärker?

Wie würde Ari die Nachricht aufnehmen? Er, der so eitel war, so sehr mit sich selbst beschäftigt? Würde er glauben, sie hätte ihn hereingelegt? Komisch, sie hatten sich über so viele Dinge unterhalten, Malerei, Musik, Philosophie, Politik, das Thema Kinder hatten sie ausgespart. Mit Absicht? Ari beherrschte meisterhaft die Kunst, nur über das zu reden, was ihm angenehm war. So hatte er nur höflich zugehört, als Swantje mit ihrem traditionellen Geschmack von Malern wie Lovis Corinth, Adolf Menzel und Caspar David Friedrich schwärmte. Er war ein Fan der Avantgardisten, würde seine Frau – dabei hatte er sie feierlich und gleichzeitig beschwörend angesehen – eines Tages von der Moderne überzeugen. In Frankreich wollte er mit ihr in einem lichtdurchfluteten Haus mit überlebensgroßen modernen Gemälden an den Wänden wohnen.

Und da hinein ein Kind mit Rassel und Stubenwagen? Das ging doch gar nicht, war ein Widerspruch. Nein, sie wollte kein Kind. Hundertmal nein! Es brachte sie völlig durcheinander, warf ihre ganze Lebensplanung über den Haufen.

Ari überraschte sie mit dem neuesten Pariser Parfum, außerdem mit einer Flasche Anisschnaps. Als sie beides artig an die Nase hielt, wurde ihr schlecht.

Ari war bestürzt. »Chérie, was hast du denn? Du bist so blaß. Comme Blanche-Neige, du weißt doch, die Schöne mit dem vergifteten Apfel und den sieben Zwergen. Hat dich Dr. Miller zu sehr geschunden? Du brauchst – wie sagt ihr doch dazu? – ja, Tapetenwechsel. Ecoute, ich lade dich an einem der nächsten Wochenenden nach Madrid ein. Nein?«

Madrid mit seinen starken Düften, lauten Geräuschen, dem Temperament seiner Bewohner? Swantje schüttelte matt den Kopf. Dann holte sie tief Luft, gestand ihrem

Mann, daß sie ein Kind erwartete. Er wurde noch blasser als sie, seine Pupillen weiteten sich. Völlig unvermittelt stürzten Tränenbäche aus seinen Augen, tropften heiß auf ihre Hände, die Ari mit einer heftigen Bewegung gepackt hatte.

»Un bébé, Chérie, un bébé? Ist das wirklich wahr? Eine größere Freude kannst du mir nicht machen. Ich zittere, ich fasse es nicht. Ja, ja, jetzt haben wir den Beweis: Ich habe die einzig richtige Frau geheiratet. Schenkt mir neun Monate nach unserer Hochzeit un bébé. Das ist formidable, c'est fantastique …«

Jetzt weinte er wie ein Kind. Swantje betrachtete ihn gerührt. Wie unverkrampft er sich freuen konnte. Und manchmal hatte sie geglaubt, er besäße, abgesehen von seiner Liebe zu ihr, keine großen Gefühle, kontrolliere alles mit dem Verstand. Seine Freude steckte an. Plötzlich freute sie sich auch. Es wurde ihr ganz heiß vor Glück. Im Ernst – was gab es für eine Frau Schöneres, als ein Kind zu erwarten? Das Schicksal meinte es wirklich gut mit ihr. »Ja, Nils bekommt ein Geschwisterchen«, sagte sie lächelnd. »Früher hat er sich das mal sehr gewünscht. Wie er heute dazu steht …?«

»Er muß sich mit uns freuen, ich erwarte das von ihm. Un bébé, Chérie. Damit ändert sich unser ganzes Leben. Wir ziehen auf der Stelle nach Frankreich, an die Côte d'Azur. Mein Sohn muß in Frankreich zur Welt kommen.« Das klang wie Napoleon. Passend warf er den Kopf in den Nacken, streckte stolz seine schmächtige Gestalt. In Frankreich? Wo sie niemanden kannte, die Sprache nur ungenügend beherrschte? Wie sollte sie sich mit der Hebamme verständigen, mit den Ärzten? Nein, nein, da hatte sie auch noch ein Wörtchen mitzureden. Und was war mit ihrer Arbeit. Und vor allem mit Nils?

Ari, der ihre Zweifel spürte, lenkte ein. Auf eine schwangere Frau, noch dazu schwanger mit *seinem* Kind, durfte man wohl keinen zu starken Druck ausüben. Deshalb bemerkte er nur: »Aber das Reiten gibst du bitte auf der Stelle auf, n'est-ce pas?«, dann rannte er davon, um Blumen zu besorgen. Rosen natürlich. Dunkelrote waren es diesmal, und dazwischen weiße und rosafarbene. »Für dich und das bébé. Aber glaub' nicht, daß es ein Mädchen wird. Es wird ein Junge, das weiß ich genau, nur konnte ich keine hellblauen Rosen auftreiben.«

Peu à peu freundete sich Swantje mit dem Gedanken an, noch einmal Mutter zu werden. Zu gern hätte sie sich in Muße darauf vorbereitet, in alten Mutter-und-Kind-Büchern geblättert, neue gekauft, aber es gab soviel zu organisieren, zu klären. Eines hatte sie jedenfalls durchgesetzt: Sie würden bis zur Geburt des Kindes in München bleiben, vielleicht auch noch etwas länger. Kam ganz darauf an, wann sie sich stark genug fühlte, ein neues Leben an der Côte d'Azur anzufangen. Wie sich Ari inzwischen mit seiner Familie einigte, war seine Sache.

Sie erzählte Nils, was geschehen war. Es war ihr irgendwie peinlich, und sie vermied seinen Blick. Würde er sie für verrückt erklären?

»Jetzt spinnst du total. Ein Kind in deinem Alter. Einfach lächerlich. Was glaubst du, wie ich vor meinen Freunden dastehe? Also, von mir erfährt das kein Mensch.« Erbost schloß er sich in sein Zimmer ein, ließ stundenlang seine Rap-Platten laufen. Abends kam er nicht zum Essen herunter. Aber ein paar Tage später überraschte er sie dann mit puppenhaft winzigen Segelschuhen. »Hab ich zufällig gesehen. Geil, was? Können dem Troll ja vielleicht passen.«

Troll. Wenn er sich da nicht irrte. Trolle hatten flachsblondes Haar und große blaue Augen. Was da in ihr wuchs, schien ihr vom Typ her ganz anders zu sein. Aber wie? Zu gern hätte sie mal ein Foto von Aris Mutter, dieser Chou-chou, gesehen, aber wie sie ihren Mann kannte, fand er einen Grund, es ihr vorzuenthalten. Jedenfalls bedankte sie sich ganz herzlich bei Nils. War letztendlich immer Verlaß auf ihren Großen.

Die Aussprache mit Dr. Miller verlief ohne Komplikation. Natürlich bedauerte er, seine Mitarbeiterin zu verlieren, aber ihr Privatleben ging zweifellos vor. »Überlegen Sie doch mal, wie völlig sich Ihr Leben innerhalb der letzten Monate geändert hat. Sensationell. Ich kenne keinen vergleichbaren Fall. Natürlich, es kommen neue Herausforderungen auf Sie zu, aber das schaffen Sie schon. Besser das, als tagaus, tagein der gleiche Trott ohne Hoffnung auf Besserung. Besonders weil dieser Trott Sie zermürbte. Und noch etwas«, er trat näher an sie heran, legte ihr väterlich die Hand auf die Schulter. »Wenn Sie eines Tages in Schwierigkeiten geraten, was ich nicht hoffen will, ist hier für Sie immer eine Stelle frei. Immer oder wenigstens solange es mich gibt. Aber jetzt wünsche ich Ihnen erst mal das Allerbeste für die Zukunft.«

Sie war traurig, als sie den Verlag verließ. Fast ein Jahrzehnt war sie hier täglich ein- und ausgegangen, meistens freudig. Ein wichtiges Kapitel in ihrem Leben ging zu Ende. Adieu Ruhe, Gemütlichkeit, gelegentlich auch Trägheit, bonjour Probleme, Probleme, Probleme. Kein eigenes Geld mehr, keine Unabhängigkeit, dafür Hektik, eine andere Sprache, ein anderes Land, ein zweites Kind. Ihr Leben als Swantje Sievers war endgültig vorbei, von jetzt an war sie ausschließlich Madame Atachou. Wann würde sie je ihren Roman schreiben können? Lange nicht, wenn überhaupt. Jetzt mußte sie erst mal ihre gesamte Kraft dem kleinen Wesen widmen, das sich da in ihrem Bauch entwickelte. Aber – sie legte eine Hand auf den leicht gespannten Rock – sie war ja nicht allein, sie hatte Ari. Und er – davon war sie felsenfest überzeugt – würde alles tun, um sie und das Kind glücklich zu machen. In diesem Augenblick stieß es heftig gegen die Bauchdecke. Der kleine Junge. Zeigte mit aller Kraft, daß mit ihm zu rechnen war. Sie lächelte zärtlich. Auf einmal konnte sie es gar nicht mehr erwarten, ihn in ihren Armen zu halten.

Ari machte zwei Kurzreisen nach Nizza. Unterrichtete er dort seine Mutter von der neuen Situation? Wurde Swantje endlich erwähnt? Er antwortete ausweichend, meinte nur: »Es geht alles in Ordnung. Mach dir keine Sorgen. Du sollst dir überhaupt nie mehr Sorgen machen. Jamais. Schadet nicht nur dir, sondern auch unserem Sohn.«

Swantje sorgte sich trotzdem. Da war beispielsweise das Wohnungsproblem. Ari mußte sich rechtzeitig um ein Appartement kümmern. Ob das in Nizza so einfach war? Ihr Münchner Häuschen wollte sie jedenfalls behalten. Zunächst würde Nils dort wohnen bleiben, zusammen mit Agnes, der man die Wohnung gekündigt hatte. Er sollte sein Studium zunächst beenden, dann sah man weiter. In der Zwischenzeit hatte auch Alexander wieder von sich hören lassen. Er überwies seinem Sohn eine schöne Summe Geld (doch wohl nicht selbstverdientes?), lud ihn für die nächsten Semesterfeerien nach Südamerika ein. Nils war außer sich vor Freude, was sich auch positiv auf sein Verhältnis zu Swantje auswirkte.

»Eine Wohnung?« Ari, umringt von einem Berg französischer Zeitungen, die er eine nach der anderen las, um sie dann sorgfältig zusammenzufalten, sah kurz auf. »Aber, Chérie, wir ziehen fürs erste ins Haus meiner Mutter. Sie hat enorm viel Platz, dort gibt es zwei Mädchen für den Service und außerdem einen riesigen Garten mit Swimmingpool. Mein Sohn soll inmitten einer großen Familie aufwachsen. Vor allem, wenn du mir später bei meiner Arbeit hilfst.«

»Bei deiner Arbeit?« Sie hatte fest angenommen, daß er seine Pläne geändert hatte. Sicher wünschte er sich für sein Kind eine Mutter rund um die Uhr. Die sie eigentlich auch sein wollte.

»Du willst doch nicht den Tag mit Windelnwechseln und Waschen verbringen, non? Ein solcher Macho bin ich nicht. Solange der Junge ganz klein ist und dich braucht, bleibst du selbstverständlich bei ihm. Später engagieren wir dann eine Bonne für ihn, am besten aus Marokko. Auf die ist am meisten Verlaß. Elles sont formidables. Und du hilfst mir, wie wir das besprochen haben, in meinem Verlag. Damit wir endlich«, er lächelte, wobei sein Unterbiß deutlich hervortrat, »die gesamte Konkurrenz schlagen. Meine Familie wird sich wundern.«

Hatte er sie vor allem wegen ihrer Verlagserfahrung geheiratet? Swantje war voller Zweifel. Aber Ari umarmte sie so liebevoll, legte ihr eine Decke auf die Knie, süßte ihre Tasse Verveine dick mit Honig, daß ihre Bedenken schwanden. Am liebsten hätte er sie noch vom Sessel zum Sofa getragen, aber dafür war sie inzwischen zu schwer. Statt dessen hielt er sein Ohr dicht an ihren Bauch, wo der kleine Atachou wild um sich schlug, meinte erfreut, da entwickle sich ja ein Rugby-Spieler.

»Rugby?« Warum nicht Fußball?

»Rugby hat in Frankreich große Tradition. Mein Cousin ist Trainer der Mannschaft in Nizza, sein Bruder spielt im Nationalteam. Jeder, der in der Familie Atachou etwas gelten will, muß Rugby spielen.« Das klang bitter.

Im Februar verbrachte er eine volle Woche in Nizza. Am Telefon berichtete er, daß der Himmel herrlich blau sei und einige Leute schon badeten. (Und in München – Swantje warf einen Blick durchs Fenster – wirbelten die Schneeflocken durch die Luft. Für die Nacht war abermals Frost angesagt.) Zum erstenmal erzählte er auch von seiner Familie. »Chérie, tout est bien. Presque parfait. Perfekt, hast du verstanden? Chou-chou ist außer sich vor Freude über einen Enkel. Ich habe ihr so viel von dir vorgeschwärmt, daß sie dich unbedingt kennenlernen will. Vielleicht kannst du ja bis dahin noch ein wenig dein Französisch verbessern.«

Damit es nicht zu offensichtlich ist, daß ich Deutsche bin, dachte Swantje.

»Poussy, meine verrückte Schwester, hat kaum zugehört, als ich ihr von meiner Heirat erzählte. Sie hat Streit mit Max, dem Freund meiner Mutter, außerdem ist ihr Mann wieder einmal verschwunden. Dieser salaud. Dafür sind ihre Kleinen sehr begierig auf einen Cousin. Und wie geht es dir? Arbeitest du auch nicht zuviel? Warte mit dem Umräumen, bis ich wieder da bin.«

Mußte sie notgedrungen, denn ihr ging es nicht gut. Hatte sie ihrem Körper mit der Schwangerschaft zuviel zugemutet? So jung war sie nicht mehr. Mühselig schleppte sie sich durchs Haus, tat gerade das Notwendigste. Dabei hätte sie zu gern das Kämmerchen im zweiten Stock als Kinderzimmer hergerichtet, aber ihr fehlte die Kraft. Das merkte sogar Nils, und er bot an, einzukaufen und das Kochen zu übernehmen. Ein Schatz, ihr Sohn. Und den würde sie bald nicht mehr täglich um sich haben? Das Herz krampfte sich ihr zusammen. Nein, nein, das war noch nicht ausgemacht. Ari mußte in Nizza schleunigst ein Haus suchen, mit einem Zimmer für Nils, damit er sie oft besuchen kam.

In einer stürmischen Märznacht wurde ihr zweiter Sohn geboren. Ari hatte vorgeschlagen, die letzten Wochen bei ihr im Reihenhäuschen zu wohnen, aber sie lehnte ab. Ein Mann im Haus genügte. Und von seiner Idee, bei der Geburt dabeizusein, ihre Hand zu halten, hielt sie auch nicht viel. Sie wußte nicht, ob seine empfindlichen Nerven und sein ausgeprägtes ästhetisches Gefühl eine Geburt aushielten. Außerdem existierte da nach wie vor eine Scheu ihm gegenüber. Sie waren sich nicht so nahe (beziehungsweise Swantje fühlte sich ihm nicht so nahe), wie Liebespaare das sein sollten. Nein, nein, sie wollte das Baby allein auf die Welt bringen.

Und es war wirklich ein Sohn, wie Ari vorausgesagt hatte. Er war winzig klein, denn er kam sieben Wochen zu früh auf die Welt. Unglücklich lag Swantje in ihrem Krankenhausbett. Gleich nach der Geburt hatte man ihr den Kleinen weggenommen, in einen Brutkasten gesteckt. Seitdem hatte sie ihn nicht wiedergesehen. Wann durfte sie ihn endlich in den Armen halten?

»Bald, sehr bald«, tröstete Ari mit feuchten Augen. »Sobald er ein bißchen größer ist. Chérie, ich danke dir. Du hast mir einen wundervollen Sohn geschenkt. Ich habe ihn gerade durch die Scheibe kennengelernt.Er ist ein ganz besonderes bébé.«

»Wie sieht er aus?« flüsterte Swantje.

»Wie ein Engel. Très, très beau.«

Ari streute Blumen über Swantjes Bettdecke, so viele und so schwer duftende, daß sie niesen mußte. Die Schwester warf Ari einen strafenden Blick zu. Worauf er die Blumen wieder einsammelte und den Strauß hinter der Gardine versteckte.

»Hat er blondes oder dunkles Haar?«

»Bisher gar keins. Aber das kommt schon noch. Er ist ja so klein. Seine Augen hat er mir noch nicht gezeigt.«

Die mußten blau sein, wie bei allen Babies. Später würden sie dann unter Umständen die Farbe wechseln, nachdunkeln. Swantje schloß unglücklich die Augen. Sie hatte so große Sehnsucht nach ihrem Sohn, gleichzeitig war sie todmüde. Erst einmal schlafen, schlafen, schlafen, Kräfte sammeln.

Nach einer Woche durfte sie nach Hause, ohne das Baby. Aber es bestand keine Gefahr für das Kind, versicherten die Ärzte. Nur war es in der Klinik momentan besser aufgehoben. Er sollte Basil heißen. Ari hatte den Namen ausgesucht. Basil klang international, eine gute Voraussetzung für sein zukünftiges Leben, das sich nach Aris Vorstellungen in Deutschland, Frankreich (das bevorzugt) und eventuell auch in den USA abspielen sollte. Swantje war mehr für Wilhelm oder Ferdinand gewesen – so hatten ihre Großväter geheißen –, aber sie setzte sich nicht durch. War vielleicht auch nicht das richtige für einen kleinen Südfranzosen.

»Tut mir leid für dich, daß er nicht in Nizza geboren ist.« Dabei war sie heilfroh.

»Mein Sohn ist trotzdem ein Franzose.« Wie stolz das klang. Allons enfants… Gleich würde die Nationalhymne erklingen. Leidenschaftliche Patrioten, diese Franzosen. »Ich werde das, wenn wir erst mal an der Côte leben, in Ordnung bringen lassen. Aber mir eilt es gar nicht mit dem Umzug. Zunächst müßt ihr beide zu Kräften kommen. Meine liebe kleine Familie.« Wie Schokolinsen rollten die Worte von seiner Zunge. Swantje hatte niemals einen glücklicheren Menschen gesehen.

Sie stillte ihren Sohn, so wie sie auch früher Nils gestillt hatte. Der Kleine war noch so schwach, kaum eine halbe Portion, da sollte er von seiner Mutter nur das Beste bekommen, was sie ihm geben konnte. Während er an ihrer Brust lag, sie mit beiden krebsroten Fäustchen umfaßte und daran zog (Ari filmte die Szene aus einem diskreten Blickwinkel), streichelte Swantje mit zwei Fingern den winzigen kahlen Kopf. Schön war er nicht, ihr Sohn, aber das mußte für die Zukunft nichts besagen. Seine Augen standen eng beieinander, die Nase war ein flaches Knöpfchen. Dagegen war Nils bei seiner Geburt ein Prachtexemplar gewesen. Doch Nils fand zu Swantjes Überraschung seinen kleinen Bruder drollig, hätte ihm am liebsten schon die Seglerschuhe übergezogen.

Swantje gewöhnte sich schnell wieder an ihre Mutterrolle. Es war, als läge ihre letzte Geburt erst ein paar Monate zurück, so vertraut waren ihr alle Handgriffe. Dabei – was hatte sich bei der Babypflege und -nahrung inzwischen alles getan! Kein Windelwaschen mehr, kein kompliziertes Anziehen von Unterhemdchen und Jöppchen, kein Anrühren von Brei – der Fortschritt erleichterte den Müttern vieles. Nur mit den modernen Kinderwagen konnte sich Swantje nicht anfreunden. Richtig scheußlich! Sie erstand auf dem Flohmarkt (brauchte Ari nicht zu wissen) eine guterhaltene Karre mit hohen Rädern, polsterte sie ganz altmodisch mit blütenweißer Spitzenwäsche aus, fuhr Basil darin spazieren.

Ihre Freundin Agnes machte um den Kleinen einen Wirbel, als sei er ihr eigenes Baby oder wenigstens Enkelchen. Nein, war er süß! Swantje mußte dem Herrn Jesus von ganzem Herzen dankbar sein. Wann sollte denn die Taufe sein? Sie bot sich gern als Taufpatin an.

Swantje wand sich. Basil würde jüdisch getauft werden, daran hatte Ari keinen Zweifel gelassen. Hing die jüdische Taufe nicht mit der Beschneidung zusammen? Im Augenblick wollte sie das gar nicht wissen, sonst wäre sie auf Ari wütend geworden. Fürs erste wehrte sie Agnes ab, murmelte etwas von einer Taufe in Nizza. Das eilte doch nicht. Viele Kinder wurden erst im Alter von fünf oder sechs getauft.

»Hauptsache, sie bekennen sich zu unserem Herrn Jesus Christus, der uns alle so sehr liebt, daß er sein Leben für uns gelassen hat.« Agnes' von Kummer geprägtes Gesicht wirkte wie mit heiligem Licht übergossen. Swantje beeilte sich, von dem Thema wegzukommen.

Ihre Reitkameradinnen schickten ihr eine Karte, die eine weidende Stute mit ihrem Fohlen zeigte. Sehr passend. Alle acht hatten unterschrieben, gratulierten, meinten, daß sie Swantje sehr vermißten. Wann würde sie wieder dabeisein? – Ja, wann wohl? Vielleicht überhaupt nie wieder. Dieser Gedanke tat Swantje weh. Wie unklompliziert war ihr früheres Leben gewesen.

Auch von Bernd kam ein Brief. Er schrieb sehr nett, verbiß sich jede Spitze. »Ich wünsche Dir und Deiner Familie alles Gute. Erst jetzt merke ich, was ich für ein Idiot gewesen bin. Aber ob ich noch die Geduld für Nachwuchs hätte? Ehrlich gesagt, ich weiß es nicht. Laß mal von Dir hören, wenn Du in Nizza lebst. Würde mich interessieren, wie Du mit der französischen Mentalität zurechtkommst. Ist nicht ganz einfach. Mit Nils halte ich weiterhin Kontakt. Und wenn dann – vielleicht, eines Tages – sich doch etwas in Deinem Leben ändern sollte …«

Er zweifelte also auch, daß ihr Glück von Dauer sein würde. Alle taten das: Dr. Miller, Nils, sogar ihr Vater. Natürlich war er glücklich und stolz über einen zweiten Enkel, freute sich darauf, ihn kennenzulernen. Trotzdem hatte er Zweifel an Swantjes Ehe, tat das aber mit ein paar harmlosen Bemerkungen ab. »Und wenn schon. Alleinerziehende Mütter sind heute die Regel. Hab nur Vertrauen zu deinem Vater. Ein bißchen Familienvermögen ist auch noch da.«

Spökenkieker alle miteinander. Sie, Swantje, wollte zusammen mit Ari leben und alt werden. Mit Ari und ihrem

Sohn. (Den er ihr bei einer eventuellen Scheidung sowieso nie überlassen würde. Schon allein deshalb kam eine Trennung nicht in Frage.) Er gebärdete sich wie närrisch mit dem Kleinen, badete ihn, fütterte ihn, hatte kleine Spielchen erfunden, die Basil aufjuchzen ließen. Andererseits besaß Ari nicht viel Geduld mit Kindern. Eine halbe Stunde mit Basil, und er legte das Baby erschöpft in Swantjes Arme zurück. Würde er nächtliches Kindergeschrei ertragen?

Noch stellte sich die Frage nicht, hier in München, wo Ari weiterhin abgeschirmt in seiner noblen Wohnung am Herzogpark residierte. Aber wie würde es in Nizza sein? Wie viele Räume standen ihnen dort zur Verfügung? Trübe Gedanken, die Swantje überfielen, wenn sie sich nachmittags, während Basil schlief, eigentlich ausruhen sollte.

»Ich schaffe es, ich schaffe es. Nein, wir schaffen es, mein Sohn und ich«, sprach sie sich dann Mut zu, ballte die Fäuste. Oder sie schlich, um sich Trost zu holen, an Basils Körbchen, drückte einen sanften Kuß auf den kleinen Kopf, der sich allmählich mit dunklem Flaum zu überziehen begann. Jetzt sah er wie eine winzige Ausgabe von Ari aus, eine Mini-Olive. Deshalb schlug sie Olivier als zweiten Namen vor.

5

Das also war Nizza. Swantje blähte die Wangen auf, atmete tief durch. Ihr Gesicht war schweißüberströmt, die Kleider klebten ihr am Körper. Das lag vor allem an der schwülen Hitze, die sich beim Verlassen des Flugzeugs wie eine Kunststoffschicht über sie legte, dazu kam die Aufregung oder auch Angst, ihr neues Zuhause kennenzulernen.

Der Streß hatte bereits am Münchner Flughafen begonnen. Als sie kurz nach sieben (das Flugzeug ging punkt acht) mit dem Baby auf dem Arm heranhechelte, mußte sie sich am Ende einer langen Schlange anstellen, die sich im Schneckentempo vorwärtsbewegte. Zeit schien für die Nizza-Reisenden keine Rolle zu spielen. Ein pittoreskes, ein schillerndes, fast exotisches Grüppchen, ganz anders als die Fluggäste an den anderen Countern. Die Männer gebräunt und in Kapitänsjacken, das blauweißgestreifte Hemd fast bis zur Taille geöffnet, damit auch das Medaillon auf der Kräuselhaarbrust zur Geltung kam, eine abenteuerliche Sonnenbrille auf die Stirn geschoben, über der Schulter eine dieser gräßlichen Umhängetaschen. (Das waren meistens Deutsche, die Franzosen kleideten sich doch etwas dezenter.) Und die dazugehörigen Frauen fuhren auf die Farben Weiß und Gold ab. Aber total. Zumindest der Gürtel, das Täschchen oder die hochhackigen Sandalen mußten gülden blitzen, am besten alles zusammen, dazu kamen goldgestickte Herzen, Phantasieorden oder sonstige Ornamente auf Blusen und Jacken. Und alle hatten sie tiefschwarz oder platinblond gefärbtes Haar.

Mißtrauisch musterte ein zerklüftetes Wesen mit tizianrotem Pferdeschwanz – es war mindestens siebzig – Swantjes natürliche Weizenpracht. Dafür war Swantje längst nicht so perfekt durchgestylt wie sie, trug beige Jeans und eine gestreifte Bluse, die man nicht bügeln mußte. Ari, der schon in Nizza war, hatte sie inständig gebeten, sich etwas schicker zu kleiden als sonst. Er nannte das: »un petit peu plus à la française«, setzte, damit es versöhnlicher klang, noch sein unvermeidliches »Chérie« hinzu. Swantje fand das übertrieben. Schließlich kleckste und sabberte Basil munter auf ihrer Brust herum. Wenn es denn absolut notwendig war, konnte sie sich ja in Nizza neu einkleiden. Jetzt hatte sie erst einmal Basil »à la française« herausgeputzt. Mit einer winzigen karierten Latzhose, Modell »petit bâteau«, und einem Witz von einer Matrosenmütze auf dem Kopf, weiß mit einem feuerroten Pompon. Diesmal sah er wirklich putzig aus, wie ihn auch die meisten Freunde nannten. (Niedlich oder gar hübsch hatte noch niemand gesagt.)

Der Flug war ohne große Zwischenfälle verlaufen. Basil hatte brav auf ihrem Schoß geschlafen – er war überhaupt ein braves Kind –, war nur einmal aufgeschreckt, als sie eine »passage avec des turbulences« durchflogen, später hatte er angestrengt an seiner Milchflasche genuckelt. Auf Stillen im Flugzeug verzichtete Swantje, so modern war sie auch wieder nicht. Die Stewardessen waren begeistert von dem mustergültigen Minipassagier. Sie servierten der Mutter ein kleines feines Frühstück mit frisch gepreßtem Orangensaft, Schinken aus Bayonne, dreierlei Fruchtmarmelade, Obsttörtchen und ofenwarmen Brioches. Alles vorzüglich. Swantje flog erster Klasse, weil Ari darauf bestanden hatte. Sie fand, Touristenklasse hätte es genauso getan. Natürlich, sie konnte Champagner trinken, soviel sie wollte. Aber dafür war es einwandfrei zu früh, was die weiß-goldenen Damen, die sie süffelnd und parfumduftend umgaben, offenbar anders sahen. Gott, was die sich alles zu erzählen hatten! Swantje drehte den Kopf. Konnten sie nicht ein paar Minuten ruhig sein?

Swantje war nervös. Ihr Herz hämmerte. Sie fühlte sich wie in einer Falle, aus der es kein Entkommen gab. Um sich zu beruhigen, betrachete sie den schlafenden Basil, dann beobachtete sie die Wolken, die immer schneller davonsegelten, bis sie plötzlich von einer strahlenden Sonne geblendet wurde. Unter ihr ragte ein gewaltiges Alpenmassiv in den Himmel, auf manchen Gipfeln schimmerte Schnee. So viel wunderschönes Naturtheater. Kaum war sie ein bißchen eingeschlafen, wurde sie von den Stimmen hinter sich geweckt.

»Und Weihnachten feiern Sie auch an der Côte?« fragte eine Weiß-Goldene mit schwäbischem Akzent. Wie Swantje inzwischen wußte, hatte ihr Mann, Hersteller von Garagentüren, gerade ein Haus in Mougins gekauft.

»Natürlich.« Die Nachbarin aus dem noch tieferen Schwaben knallte ihr Champagnerglas so temperamentvoll aufs Tablett, daß Basil erschrocken die Blauaugen aufklappte. »Aber ehrlich gesagt, mit richtigem Weihnachten hat das nichts zu tun. Kein Schnee, keine echte Tanne, keine echten Kerzen, nur – entschuldigen Sie den Ausdruck – Fresserei. Vom Feinsten natürlich. Trotzdem … Das letzte Mal bin ich in die Küche gerannt und hab' heimlich ein paar Tränen verdrückt. Herbert durfte das natürlich nicht sehen.«

Schöne Aussichten. Weihnachten würde sie, Swantje, sicher nicht an der Côte verbringen (sie benutzte die Kurzform bereits wie eine Insiderin), schließlich gab es da noch ihr Häuschen in München. Aber jetzt war erst einmal Sommer, und da mußte das Mittelmeer ein Traum sein.

Und dann stand sie am Gepäckband und wartete auf ihre zwei Koffer, die ihre und Basils wichtigste Sommersachen enthielten. Mehr hatte sie vorerst nicht eingepackt. Hinter dem Zoll spazierten kleine, nußbraun gegerbte Männer auf und ab, Sandalen an den schwieligen Füßen, die Morgenzeitung in der Hand, manche mit nacktem Oberkörper. Abholer oder Leute, die nichts zu tun hatten? Niemand drängte, niemand hetzte, man beobachtete, registrierte, observierte. Die hochgewachsene Swantje mit ihrem klaren Friesengesicht zog natürlich Blicke auf sich, sie waren mehr respektvoll als bewundernd. Also, einem Mann fiel bei ihrem Anblick nicht die Zigarette aus dem Mund oder die Zeitung aus der Hand. Ari hatte recht gehabt, sie mußte sich besser anziehen.

Aber da gab es jemanden, der nicht alle Zeit der Welt hatte, sondern unruhig hin- und herzappelte, Ari. Bis er seine beiden Liebsten sah. Da ging in seinem Gesicht die Sonne auf. Er schob zwei Gepäckwägelchen vor sich her. In einem lag ein Rosenstrauß, im anderen eine riesige weiße Plüschrobbe.

»Bienvenue à Nice.« Trotz seiner Freude wirkte er blaß. Ging er nie an die Sonne? Heute trug er zu einem leichten Glencheckanzug ein türkisfarbenes Polohemd mit Krokodil. Keine Spur von Hitze, von feuchten Flecken, peinlich akkurat wie eh und je. Wie er das nur machte? Swantje sah immer so schnell derangiert aus. Hoffentlich war Basil in diesem Punkt seinem Vater nachgeraten.

»Schön, euch in so blendender Form zu sehen.« Er breitete theatralisch die Arme aus. Zuerst umarmte er seine Frau (sie knickste leicht) und dann seinen Sohn, der ihn zahnlos anlachte. Die Matrosenmütze hing ihm halb über die Augen. »Un vrai plaisir. Und wie sich mein Sohn prächtig entwickelt. Un très beau bébé.«

Fand Swantje trotz aller Mutterliebe nicht, aber sie sagte nichts. Auf alle Fälle war Basil ein ungewöhnliches Kind, er hatte bereits etwas sehr Eigenes an sich, eine richtige kleine Persönlichkeit. Swantje war es heiß, und ihre Arme schmerzten von der Schlepperei. Deshalb war sie froh, als Ari vorschlug, irgendwo einen Kaffee zu trinken. Gab ihr eine kleine Galgenfrist.

Er führte sie zu seinem Wagen, einem Mercedes 300, der draußen unter Palmen parkte, verstaute das Gepäck.

»Der gehört dir?« Swantje war beeindruckt.

»Ja. Ich habe noch einen Oldtimer, aber der steht meistens in der Garage. Trop délicat. Am besten sollte ich für uns drei einen Geländewagen kaufen. Da haben wir alle Platz. Dir macht es bestimmt Spaß, ihn zu chauffieren.«

Auf der vierspurigen »Promenade des Anglais«, die sie hinunterglitten, garantiert nicht. Wahrhaftig eine Prachtstraße mit Blick auf Meer und Strand, wo sich am Morgen bereits die ersten Badenden tummelten und blauweiße Sonnenzelte winkten, aber wie die Leute fuhren! Beängstigend. Wechselten permanent die Spur, tauchten wieselflink mal links, mal rechts auf, ohne vorher Zeichen zu geben.

»Der dort ist der Allerschlimmste.« Swantje wies erbost auf einen weißen Audi.

»Tut mir leid, Chérie, aber der kommt aus Deutschland. Aus Aachen.« Kam es Swantje nur so vor, oder lächelte er ein bißchen süffisant?

Wildes Gehupe, flanierende Passanten, die meisten knapp bekleidet und mit der Badetasche in der Hand, Schlagen der Wellen gegen den Strand, Hochhäuser, die sich aus dem Morgendunst schälten – Nizza erschien wie eine exotische

Großstadt, eine Großstadt direkt am Meer. Und es war schon jetzt so heiß. Wie würde es erst gegen Mittag sein?

Ari parkte den Mercedes in einer Großgarage. Hand in Hand liefen sie durch eine ganz auf Touristen ausgerichtete Fußgängerzone, wo Händler getrockente Sträuße, pastellfarbene Seifen und bemalte Tonkrüge anboten, wo die ersten Pizzen aus dem Ofen gezogen wurden und Hausfrauen in Stretchkleidern und auf schwindelerregend hohen Absätzen sich lautstark den neuesten Klatsch erzählten. Neugierige Blicke folgten dem ungleichen Paar, das zwischen sich die Tasche mit dem Baby trug. »Ingrid Bergman und Roberto Rossellini«, sagte eine von der Sonne ausgedörrte Blondine mit buntem Ohrgehänge.

Swantje verstand das zunächst nicht, weil die amerikanischen Namen französisch ausgesprochen wurden, immer schön die Betonung auf der letzten Silbe, was sie für Außenstehende unverständlich machte, aber Ari lachte und meinte, ja, ja, die Leute hier nähmen kein Blatt vor den Mund. Sagt man nicht im Deutschen so?

»Ich kann in Zukunft gern flache Schuhe tragen«, bot Swantje an. Sie fürchtete, Ari sei verletzt.

»Aber nein, Chérie, im Gegenteil. Von mir aus können es die höchsten Absätze sein. Mir macht das gar nichts aus.« Er reckte sich stolz. »Da kommen deine hübschen Beine noch besser zur Geltung. Was glaubst du, wie glücklich es mich macht, mich mit so einer schönen Familie zu zeigen?«

Basil, die Mütze jetzt halb auf der Nase, was ihn sehr zu amüsieren schien, krähte fröhlich aus seiner Tasche. Ihm gefielen die bunten Farben und Gerüche.

»Lavendel. Riechst du?« Ari hob den Zeigefinder. »Wie ich gesagt habe. Die ganze Stadt riecht nach Lavendel.«

»Aber auch nach Knoblauch. Puh.« Swantje schüttelte sich. Sie haßte Knoblauch. Nicht nur, weil er ihr schwer im

Magen lag, es war vor allem der penetrante Geruch. »Das kommt aus den Küchen.«

In den vielen kleinen Restaurants, deren Türen offenstanden, waren junge kraushaarige Männer in weißen Schürzen damit beschäftigt, die Mahlzeiten für die Mittagstafel vorzubereiten. Muscheln und Fischgerichte, wie Ari ihr erklärte. Und da ginge es nicht ohne Knoblauch. Außerdem gehöre der nun mal an jedes gute Gericht. Ari konnte seine mediterrane Abstammung eben doch nicht verleugnen.

Sie nahmen vor einem Café Platz. Ari, ein leidenschaftlicher Zeitungsleser, steckte die Nase gleich in seinen »Nice Matin«, während Swantje Basil wiegte. Die Croissants schmeckten köstlich, wenn man sie, wie Ari empfahl, mit einem Hauch Butter bestrich und dann tief in Konfitüre tauchte. Sie erntete ein Lob des Kellners, der rasch und aufmerksam bediente und seinen Kollegen Scherzworte zuwarf. Die ganze Stadt war in Urlaubslaune.

»Und deine Familie? Ich meine, wie findet sie es, wenn wir sie so einfach überfallen?« fing Swantje vorsichtig zwischen zwei Kaffeeschlucken an. Sie konnte nicht die Unbekümmerte spielen, während ihr die Probleme unter den Nägeln brannten.

»Wie bitte, Chérie?« Ari hob höflich sein Gesicht hinter der Zeitungsseite. »Meine Familie? Die ist sehr erfreut, besonders natürlich über das bébé. Wir wohnen zunächst im Souterrain. Dort hatte ich als Gymnasiast auch mein Zimmer. Ist angenehm kühl, und niemand stört uns. Von dort aus sind wir gleich im Garten.«

»Souterrain?« Sollte er doch gleich Keller sagen. Eine Kellerwohnung! Das hatte sie nicht erwartet.

»Es gibt dort zwar keine Küche, aber die brauchen wir nicht. Die große Küche fürs ganze Haus befindet sich im

Rez de Chausée. Dort regiert Saida. Sie ist très speciale, liebt es nicht, wenn man sich in ihre Angelegenheiten mischt.«

»Um die Babynahrung möchte ich mich schon selbst kümmern.« Swantje hatte nicht vor, sich den Gesetzen eines fremden Haushalts kampflos zu unterwerfen.

»Es wird sich alles finden.« Typisch für Ari: Er ließ sich auf keine Diskussion ein. Lief eine Unterhaltung in eine ihm nicht angenehme Richtung, steckte er vorübergehend zurück oder schwieg einfach. Aber so, fand Swantje, konnte man Probleme nicht immer lösen. Sie zog es vor, mit offenem Visier zu kämpfen.

Sie schrieb eine Karte an Nils (»Vermisse Dich sehr«) und eine an ihren Vater (»Jetzt bin ich hier, in Deinem geliebten Nizza. Ich hoffe, wir können es demnächst gemeinsam erleben.«), dann schlenderten sie zum Auto zurück. Basil schlief selig, hängte einen Arm aus der Tasche.

Nach einem halben Kilometer weiter auf der »Promenade des Anglais«, wo der Verkehr inzwischen fast zum Erliegen gekommen war, wo es hupte, schrie und jedermann protestierte (bis auf die nußbraunen Gaffer, die sich gemächlich die nackten Schultern kratzten), um eine große Kurve herum, und da lag der berühmte Hafen in seiner ganzen Pracht. Ein großer Passagierdampfer legte gerade an, Segelboote dümpelten. Swantje dachte wehmütig an Nils. Warum war er nicht bei ihr? Saß über seinen Büchern und mußte sich von Agnes belabern lassen. Hoffentlich kochte sie ihm wenigstens etwas Anständiges.

Der Mercedes bog in eine Straße ein, die, wie ein Schild anzeigte, nach Villefranche, Beaulieu, Monte Carlo führte. Monte Carlo. Befand sie sich also ganz in der Nähe des Millionärsghettos, dort, wo die wilden Töchter hausten. Kennenlernen wollte sie es auf jeden Fall.

Ari blinkte links. Mühelos bewegte sich der Wagen eine enge, steile Straße hinauf, die von weißen Villen gesäumt war, alle mit herabgelassenen Jalousien, als ob sie schliefen. Jedes Haus war durch ein schweres Zaungitter geschützt, die Gartentore wirkten wie gepanzert. Palmen reckten sich dem indigoblauen Himmel entgegen, überall blühten exotische Blumen. Es war mucksmäuschenstill.

Vor einer der weißen Villen hielt Ari. Er hupte dreimal. Kurzes Warten, dann rollte das Tor in Zeitlupentempo auf. Ein Schäferhund trottete auf Swantje zu, die ihre Tür aufgestoßen hatte, die Füße zum erstenmal auf den heiligen Familienboden setzte. Voilà. Sie war bereit.

»Das ist Hugues«, erklärte Ari, half ihr aus dem Wagen. »Er ist schon sehr alt. Seine Schwester ist kürzlich gestorben, jetzt fühlt er sich einsam. Faß ihn bitte nicht an. Vor allem darf das bébé mit ihm nicht in Berührung kommen.« Er stieß den schnuppernden Hund nicht direkt unfreundlich, doch recht bestimmt zur Seite.

In Swantje revoltierte es. So ging man mit Tieren nicht um. Selbstverständlich würde sie sich von Hugues nicht die Hände ablecken lassen und gleich darauf Basil betatschen, aber der Hund brauchte doch Zuwendung, gerade jetzt, wo er allein war. Herrschten hier, was den Umgang mit Tieren betraf, bereits italienische Verhältnisse?

»Bonjour, Madame. Je suis Saida.« Eine ältliche, dürre Frau mit Knopfaugen, in ein undefinierbares bräunliches Gewand gehüllt, nahm ihr die beiden Koffer ab, schleppte sie an den Hauseingang. »Voulez-vous une tasse de thé?«

»Merci, Saida. Wir haben in der Stadt schon einen Kaffee getrunken«, erklärte Ari freundlich. Als Swantje ihr die Hand geben wollte, schüttelte er unmerklich den Kopf. »Das tun wir hier nicht. Saida erwartet das auch gar nicht.« Er machte auch keine Anstalten, ihr den schweren Koffer abzunehmen. Sicher erwartete sie *das auch* nicht. »Chérie, komm mit ins Haus.«

»Vielleicht müßte ich Basil die Windeln wechseln.« Das Baby hing wie ein schlaffes Bündel in ihrem Arm. Die Hitze machte ihm zu schaffen.

»Kannst du gleich. Erst mal möchte ich dir unsere Wohnung zeigen.« Sie betraten die düstere Halle, wo es frisch nach Putzmitteln roch und Zierstühle herumstanden. In einer Glasvitrine waren spärlich ein paar Steinbrocken verteilt, auf der Kommode die berühmten chinesischen Krieger mit ihren Pferden angeordnet. Nicht unbedingt originell. Ari öffnete eine Tür, die in den Keller, pardon, in das »Souterrain« führte. Saida ging mit den Koffern voraus, machte Licht.

»Ist Madame schon auf?« fragte Ari. Nein, Monsieur. Madame hat Migräne, reimte sich Swantje zusammen.

»Sie ist noch im Bett. Später kommt ihre Masseuse.«

»Und Monsieur Max?«

»Monsieur Max nimmt gerade seine Dusche. Danach liest er Zeitungen. Monsieur und Madame haben mich gebeten, bis zwölf Uhr dreißig nicht gestört zu werden. Dann ist Apéritif im kleinen Salon.«

Ari nickte. Er schien keineswegs erstaunt. Swantje biß sich amüsiert auf die Lippen. Hier ging es ja zu wie bei Fürstens. Und mitten hinein in dieses feierliche Zeremoniell platzte eine schwere Deutsche mit ihrem bébé. Wenn das mal gutging.

Im Keller war es kühl, und es gab viele Zimmer. Alle mit schweren, sicher teuren Möbeln eingerichtet, mit handgeknüpften Teppichen und Lederpuffs. In den Schränken herrschte Luxus, stapelten sich superflauschige Handtücher, feinste Seidenbettwäsche und gestickte Tischdecken, sonst war das Dekor eher orientalisch. Kunstblumen steckten in grellbemalten Vasen, von den niedrigen, weißgekalkten Wänden schrillten Bilder mit Beduinen und Kamelen. Hatte Swantje mit den marokkanischen Vorfahren doch recht gehabt. Nichts dagegen einzuwenden, nur erschlug sie dieser pompöse Kitsch.

»Können wir ändern«, tröstete Ari, der ihre zweifelnden Blicke sah. »Mein Geschmack ist das auch nicht. Mais qu'est-ce que tu veux? Chou-chou hatte diese nordafrikanische Phase. Wir werden hier nicht ewig wohnen. Eine Agentur sucht in meinem Auftrag bereits nach einem großen Haus.«

Für das sie dann die Verantwortung hatte? Das war ja grundsätzlich schön und gut, ging Swantje aber ein bißchen zu schnell. Erst einmal mußte sie die Sprache besser beherrschen und sich an die südfranzösische Mentalität gewöhnen. Für Nils – sie hatte ein kleines Eckzimmer ins Auge gefaßt – gab es hier auch Platz.

Sie hängte ihre Kleider in den Schrank, der nach schwülem Sandelholz duftete, baute ihre Kosmetikutensilien im Badezimmer auf. Es war giftgrün gekachelt – auf eine solche Farbe mußte man erst mal kommen –, mit scheußlich wiesengrünen Handtüchern und Vorlegern. Aber es gab einen niedrigen Tisch, auf dem sie das Baby wickeln konnte.

»Chérie, ich muß dringend ein paar Anrufe erledigen. In einer halben Stunde sehen wir uns im kleinen Salon. Wenn du die Treppe hinaufgehst, die zweite Tür rechts. Wäre es dir möglich, etwas anderes anzuziehen? Etwas, was nicht zerknittert ist, und keine Jeans. Aufgesteckte Haare oder ein Chignon stehen dir auch sehr gut. Tu me fais le plaisir?« Er legte den Kopf schief, wirkte zum erstenmal kleinlaut, wie ein Schuljunge, der seine Mama um etwas bittet.

Swantje nickte. Warum nicht, wenn es ihm so wichtig war. Während sie den Kleiderschrank nach etwas Passendem durchstöberte, hörte sie lautes Lachen vor den Fenstern, von denen aus man, wenn man sich auf die Zehenspitzen stellte, direkt auf den Swimmingpool sah. Zwei kleine braune Wesen huschten vorbei. Das mußten die Töchter von Aris Schwester sein. Sicher waren sie schrecklich neugierig auf ihren Cousin.

Nach längerem Überlegen entschloß sie sich schließlich für ein weißes Leinenkleid mit Goldknöpfen, das Ari noch nicht kannte. Der Clou daran war ein verdeckter Vorderschlitz, der erst beim Gehen und noch viel mehr beim Sitzen zum Vorschein kam und dann die Beine bis zum Oberschenkel enthüllte. Ari, der sehr prüde sein konnte, würde kopfstehen. Andererseits – zeigten nicht auch die Südfranzösinnen viel mehr, als man sehen wollte, von ihren sonnengedörrten Körpern? Dann hatte sie dazu auch das Recht.

Noch zwanzig Minuten bis zum großen Familientreffen. Vielleicht sollte sie sich inzwischen draußen umsehen. Sie nahm Basil auf den Arm, stieg die wenigen Stufen bis zum Garten hinauf.

Die Sonne traf sie wie ein Schock. Sie schloß geblendet die Augen, flüchtete mit ihrem Baby in den Schatten. Ein phantastisches Grundstück, in der Tat. Auf einem herrlich gepflegten Rasen standen zwei weiße Häuser, ein großes und ein kleineres, im typisch mediterranen Stil, der etwas Zuckerbäckerhaftes an sich hatte. Das kleinere war halb von Zypressen verdeckt, aus den offenen Fenstern drang Disco-Musik, so laut, daß Basil zusammenzuckte. Ein paar Meter rechts vom großen Haus war ein grünweißgestreiftes Sonnensegel gespannt, darunter standen ein langer Tisch und Stühle. Aha, hier nahm die Familie also ihre Mahlzeiten ein. Wie im Film. Gar nicht so schlecht. Fast freute sie sich auf das Mittagessen.

Die Attraktion des Grundstücks war aber der Swimmingpool. Von beinahe olympischen Ausmaßen lag er türkisfarben in der prallen Sonne, kein Lufthauch kräuselte das Wasser. Ruhebetten waren neben dem Becken aufgestellt, Spielzeug lag herum, Kissen, Badelaken und auch ein Plastikkrokodil. »Zigeunerlager« hätte ihre Mutter gesagt und aufgeräumt. Aber hier durfte man eben keine strengen deutschen Maßstäbe anlegen.

Das kristallklare Wasser machte Swantje Lust aufs Schwimmen. Sie verlagerte Basil auf ihre Hüfte, bückte sich, steckte die Hand hinein. Mindestens fünfundzwanzig Grad. Von Abkühlung konnte keine Rede sein.

»Hauhauhau.« Hinter ihr bellte es. Hugues? Sie wandte sich um. Ein kleines Mädchen mit einer Dalmatiner-Spange im gescheitelten Haar und im rosa T-Shirt stand vor ihr, krümmte sich vor Lachen.

»Hast du wirklich geglaubt, ich sei ein Hund?« fragte es auf französisch.

»Aber ja.« Swantje nickte.

»Wie heißt du?« Dabei warf die Kleine einen begehrlichen Blick auf das Baby, das zufrieden vor sich hin brabbelte.

»Ich bin Swantje, und das ist Basil.« Swantje hielt dem Mädchen die Hand hin. Es nahm sie erstaunt.

»Und ich bin Elaine. Darf ich mal das Baby halten?« Es klang fast flehend.

Swantje überlegte. Sie überließ Basil nicht gern anderen. Andererseits wollte sie nicht zickig erscheinen. So was sprach sich schnell herum. »Ja, wenn du es ganz fest hältst. Versprichst du mir das?«

Elaine nickte, streckte die Arme aus. Swantje legte ihr Baby hinein. Sorgsam drückte Elaine den Kleinen an sich, spazierte auf Zehenspitzen auf und ab.

»Wie süß er ist. Und so klein. Ich hätte gern ein Brüderchen, das ich im Puppenwagen ausfahren kann. Ist das mein Cousin, von dem Poussy erzählt hat?« Sie zog sich mit dem nackten Fuß einen Hocker heran, nahm mit Basil darauf Platz.

»Ja, das ist er. Und ich bin deine Tante.« Jetzt hatte sie sich wenigstens einem Familienmitglied vorgestellt.

»Und warum sprichst du so komisch?« Elaine sah nicht auf, spielte verzückt mit Basils Fingerchen.

»Weil ich eine Deutsche bin. Aber das hat dir deine Mutter bestimmt auch gesagt.«

»Sie hat nicht Deutsche, sondern ›boche‹ gesagt. Ist es das gleiche?«

Swantje lächelte gequält. Oh, diese französischen Vorurteile. Hatten die sich auch auf die junge Generation vererbt? Das konnte ja heiter werden.

»Vergiß das ›boche‹, ich bin eine Frau wie jede andere. Aber sag mal, wer hört da so laut Musik? Das zerreißt einem ja die Ohren.«

»Poussy. Sie tut es, um Mad Max zu ärgern.« Elaine kicherte.

»Mad Max?«

»Chou-chous Freund. Er wohnt bei ihr. Sie machen Liebe miteinander, hat Chantal gesagt. Machst du auch Liebe mit Ari?« Da sie die Frage so brennend interessierte, hob Elaine den Kopf, sah Swantje voll ins Gesicht. Sie hatte ein fliehendes Kinn und Mäusezähnchen, besaß aber eine gewisse Anmut.

Swantje zuckte mit den Achseln. Auf solche Fragen war sie nicht vorbereitet. »Was du alles wissen willst. Erzähl mir lieber von diesem Mad Max.«

»Chantal und ich sagen Babar, der Elefant zu ihm, weil er so dick ist. Aber er hat einen lieben Bruder, wirklich lieb.

Nur kommt der nicht oft her. – Schau mal, Chantal, was ich habe!« Sie schwenkte ihrer Schwester, die hinter einem Hibiskusbaum auftauchte und langsam näher kam, das Baby entgegen. »Das ist Basil, unser Cousin.«

Chantal warf Swantje, die sich inzwischen auf einen Liegestuhl gesetzt hatte, einen prüfenden Blick zu. »Bonjour, ich bin Chantal«, sagte sie höflich. Sie übersah Swantjes Hand, drängte sich an sie heran, küßte sie auf beide Wangen. Süße, klebrige Kinderküsse. Zutraulich, die beiden kleinen Mädchen.

Chantal war, der Größe nach zu urteilen, die jüngere. Sie trug das gleiche T-Shirt, über der Hüfte seitlich gebunden, wie Elaine, hatte aber eine Pocahontas-Spange im Haar. Ihre Züge waren feiner als die der Schwester, dafür fiel am Kinn ein großer brauner Fleck auf. »Und jetzt bekomme ich Basil?« fragte sie artig.

Swantje war im Zwiespalt. Aus Gerechtigkeit hätte sie ja sagen müssen, auf der anderen Seite war ihr Sohn kein Spielzeug. Aber die Entscheidung wurde ihr abgenommen. Blitzschnell war Elaine aufgesprungen, drückte Basil fest an sich und rannte um den Swmmingpool. Chantal starrte ihr wütend hinterher.

»Ich gebe ihn dir nicht, ich gebe ihn dir nicht«, sang Elaine. Ihre kleinen Füße tanzten über das Gras. Sie würde doch hoffentlich nicht ausrutschen? Gleich kam eine Pfütze. Swantje erhob sich. Das ging ihr jetzt zu weit. Natürlich wollte sie sich bei ihrer neuen Verwandtschaft gut einführen, aber nicht auf Kosten des Babies. Als Elaine an ihr vorbeilief, hielt sie das Mädchen energisch an, nahm ihr Basil aus den Armen. Dieser Basil. Ein kleiner Lebenskünstler. Immer gut gelaunt. Hatte das Heckmeck kein bißchen übelgenommen, sondern gähnte »bien reposé« seiner Mutter entgegen.

»Er gähnt.« Chantal war entzückt.

Sie durfte ihn streicheln, und Elaine durfte den Schnuller aufheben, der ihm aus dem Mund gefallen war. Die Harmonie war wiederhergestellt.

Jetzt aber war es höchste Zeit, den gnädigen Herrschaften die Aufwartung zu machen. Swantje legte einen Schritt zu.

6

Der sogenannte »petit salon« – es war eigentlich das Fernsehzimmer; der richtige Salon befand sich daneben, war mit Louis-XVI.-Möbeln vollgestopft und wurde nur bei den berühmten Soireen benutzt – machte seinem Namen alle Ehre. Er war außergewöhnlich klein, dazu dunkel, denn er besaß nur ein einziges Fenster, dessen Jalousien heruntergelassen waren. Dafür brannte der Lüster. Im Raum befanden sich drei Personen: Ari und wohl besagter Mad Max, beide mit Gläsern in der Hand, außerdem eine ältere Dame, die auf der Chaiselongue saß. Das mußte Chou-chou sein. Aris leicht angespannte Miene verriet Swantje, daß sie einen Fehler begangen hatte. Sie war erstens zwei Minuten zu spät und wirkte zweitens erhitzt, weil sie in der Sonne herumzigeunert und nicht ruhig im Zimmer geblieben war, wie sich das für eine Dame – und junge Mutter dazu – gehörte. Null zu eins für sie.

»Bonjour et pardon.« Sie lächelte verlegen. Fast hätte sie geknickst. So ein Blödsinn! Wem sollte sie als erstes die Hand geben? Chou-chou war so weit weg. Wieder falsch. Hier gab man ja nicht die Hand, man küßte sich auf die Wangen, auch wenn einem die Person noch so unsympathisch war.

Ari half ihr aus der Patsche. »Darf ich vorstellen? Das ist meine Frau. Swantje», wieder zerbrach er sich fast die Zunge dabei. »Und das ist mein Sohn Basil.«

Es klang wie eine Siegesfanfare. Er nahm Swantje das Baby aus dem Arm, hielt es stolz in die Höhe. Die Dame auf dem Sofa erwachte aus ihrer Lethargie, ließ den Blick von Swantje, auf der er ausdruckslos geruht hatte, seufzte selig. »Basiiil. Mon petit bijou. Comme il est beau.« Sie ließ sich von ihrem Sohn das Bündel reichen, beugte sich schnurrend und schnalzend darüber.

Die Kindesmutter war vergessen. Aber da war ja noch Mad Max mit seinem halbleeren Glas, und er musterte Swantje eingehend. Ein blöndlicher Hüne von fast einsneunzig, dessen mächtigen Oberkörper ein vanillegelbes Hemd umspannte, darüber trug er ein mimosenfarbenes Jackett. Er besaß eine fleischige Nase und freundliche blaue Augen, doch die zusammengepreßten Lippen verrieten, daß er wie ein Dampfkessel unter Druck stand, jede Sekunde explodieren konnte.

»Bonjour.« Er streckte Swantje sein glattrasiertes Gesicht entgegen, das sie beidseitig küßte. Dabei stießen ihre Nasen aneinander, was Max gar nicht komisch fand. Trotzdem fragte er höflich, ob sie ein Glas Champagner wollte.

»Champagner? Immer.« Swantje zwinkerte ihm zu. Gut pariert. Kurz wich die Anspannung aus seinen Zügen. Er schenkte ein, betrachtete dabei Swantjes lange Beine, die – sie hatte eine rasche Bewegung gemacht – der Rockschlitz voll zur Besichtigung freigab. Ari hüstelte. Vorsichtig näherte sich Swantje ihrer Schwiegermutter. Höchste Zeit, sich ihr bekannt zu machen. Aber die war so mit ihrem Enkel beschäftigt, daß sie die Welt um sich vergaß. Unsicher zuckte Swantje mit den Schultern. Bis Max überraschend scharf bemerkte: »Chou-chou, deine Schwiegertochter möchte dich begrüßen.«

Die Angesprochene fuhr zusammen, bedeutete Swantje mit einer Geste, neben ihr Platz zu nehmen. Das gab ihr

Gelegenheit, Chou-chou auf beide Wangen zu küssen. Sie fühlte nicht mehr junge, künstlich gestraffte Haut. Chou-chou war geliftet, und zwar erst kürzlich. Swantje saß jetzt so dicht neben ihr, daß sie ihre Nachbarin in aller Ruhe betrachten konnte. Früher mußte sie einmal schön gewesen sein, eine sehr französische Brünette. Doch war ihr Gesicht inzwischen eine starre Maske mit müden braunen Augen und einem überschminkten Mund. Sie wirkte weich, fast lieb, aber im Augenblick vor allem verängstigt. Angst vor Ari oder vor Max?

Doch wohl vor Max, denn er fuhr sehr bestimmt mit Blick auf die Wanduhr fort: »Trinkt eure Gläser aus oder nehmt sie mit. Punkt ein Uhr wird gegessen.«

Jetzt endlich konnte Swantje auch etwas beitragen. »Ach, draußen unter dem Sonnendach? Ich habe den Platz schon bewundert. Quasi déjeuner sur l'herbe. Sehr romantisch.«

»Nein, wir essen im Speisezimmer«, gab Max kurz zurück, klingelte mit einem silbernen Glöckchen.

»Da werden die beiden kleinen Mädchen aber sehr enttäuscht sein«, wandte Swantje ein.

»Elaine und Chantal essen nicht mit uns. Sie bleiben bei ihrer Mutter. Wenn die wenigstens beim Déjeuner ihre Höllenmusik abstellen würde. Eine Unverschämtheit.« Er war rot vor Zorn.

»Aber, Max, es ist auch Poussys Zuhause«, wandte Chou-chou leise ein, schaute Ari an, als ob sie Hilfe suchte.

Max schnaubte. »Sag das noch einmal, dann nehme ich meine Sachen und verlasse dieses Haus. Endgültig.« Seine Stimme stieg in die Höhe.

»Beruhige dich doch«, versuchte Ari zu beschwichtigen. Er war ganz anders als in München, fand Swantje, viel formeller und gleichzeitig angespannt. Was für eine Atmosphäre. Strindberghaft. Und das an einem der schönsten

Flecken Europas. Wenn Swantje etwas haßte, waren es Unstimmigkeiten. Sie schlugen ihr aufs Gemüt. Deshalb gab sie auch so oft nach.

Aber diesmal würde Basil den rettenden Engel spielen. Seinem Charme konnte niemand widerstehen. »Wo darf denn der Kleine sitzen? Gibt es hier einen Kinderstuhl?«

»Chou-Chou, übergib Saida das bébé. Sie wird sich darum kümmern.« Wieder Max.

Die Großmutter machte ein unglückliches Gesicht. Aber es nützte nichts. Ari nahm den Kleinen, drückte ihm einen Kuß auf die Stirn, um ihn an die Marokkanerin weiterzureichen, die auf das Klingeln herbeigeeilt war. Swantje blutete das Herz. Saida war ihr nicht besonders sympathisch. Sie mußte später mit Ari darüber reden. War sie denn ganz und gar entrechtet?

Sie betraten den »salle à manger«, wo der Tisch in Weiß und Hellgrün für vier Personen gedeckt war. Wieder so ein kleiner dunkler Raum, spärlich möbliert und kaum dekoriert. Sie befanden sich hier in einem von der Sonne verwöhnten Land, noch dazu auf einem ausgesprochen sonnenüberfluteten Grundstück, und versteckten sich in düsteren Zimmern. Komisch. Auch das mußte sie mit Ari besprechen.

Während Max ihr den Platz zwischen sich und Ari zuwies, musterte sie flüchtig die drei gemalten Porträts an den Wänden. Eines, das größte, schien Chou-chou darzustellen, eine blutjunge Chou-chou, die in einem bunten Kleid und mit bis auf die Hüften fließendem Haar in einem Gartenstuhl saß, der Blick ähnlich teilnahmslos wie heute. Ein Bild zeigte ein eigenwilliges, nicht sehr hübsches kleines Mädchen, und das dritte? Swantje mußte lachen. Der niedliche kleine Junge mit dem Ponyhaarschnitt war doch nicht etwa Ari? Doch ja, sie erkannte seinen Unterbiß. Wie zutraulich er wirkte.

Max schenkte Weißwein ein, reichte die Karaffe mit Eiswasser herum Er war ein sehr aufmerksamer Gastgeber, bemühte sich besonders um Swantje, ließ auch ab und zu ein paar deutsche Brocken fallen. Trotzdem hatte sie den Eindruck, er meinte, sie käme aus der Barbarei, hätte sich bisher nur von Kartoffeln und Rüben ernährt, dürfte hier zum erstenmal an einer zivilisierten Mahlzeit teilnehmen, so eingehend erklärte er jedes Gericht. Deutschland – Entwicklungsland. Seltsam, kein Mensch fragte sie, wie es sich so in München lebte, wie das Wetter dort war, was man dort aß und dergleichen mehr. Wußte man das alles von Ari, oder hatte man kein Interese daran? Wohl eher das. Als Max erklärte, daß die Brotscheibe, die sie zerkrümelte, Olivenbrot sei, berühmt für die Region, und sie lebhaft bemerkte: »Ach, Olivenbrot? Das haben wir in München nicht, obwohl es dort fast dreißig Brotsorten gibt«, machte er nur »Ah, oui?«, während die anderen stumm geradeaus starrten.

Das Essen war ausgezeichnet und der Hitze entsprechend leicht. Als Vorspeise ein Sommersalat aus Grapefruits, Artischockenherzen, Avocados, garniert mit den berühmten Mesclun-Blättern – Ari hatte ihr davon in München erzählt –, danach einem gedünsteten Dorade-Fisch, den Chouchou heute morgen extra – auf einmal war Max richtig galant, wofür Chou-chou sich mit einem müden Lächeln bedankte – bei ihrem »poissonnier«, ihrem persönlichen Fischhändler, bestellt hatte. Es folgten vier verschiedene Arten des besten Käses, den Swantje je gegessen hatte (Max bediente sich besonders reichlich), zuletzt zwei kleine Eistorten mit Himbeermark (Max verzichtete). Nach dem Weißwein gab es Bordeaux, zum Abschluß Mokka.

Saida servierte mit niedergeschlagenen Augen, was Swantje beunruhigte. Nicht ihre Servilität, die paßte zu ihr, aber Swantje grübelte, wer sich inzwischen um Basil kümmerte. Ari erkundigte sich zwar vorsichtig danach, bekam aber nur zur Antwort: »Die beiden Mädchen passen auf das bébé auf, Monsieur.«

Welche Mädchen? Elaine und Chantal? Die waren dafür eindeutig zu klein, aber Ari trat seiner Frau, die protestierend den Mund öffente, leicht auf den Fuß. Wie anders er doch hier war. An sie richtete er kaum das Wort, sondern unterhielt sich halblaut mit seiner Mutter über gemeinsame Freunde und Bekannte. Einmal fragte er, ob man etwas von Dany gehört habe. Bekümmert schüttelte Chou-chou den Kopf.

Swantje zwang sich, die nicht gerade beschwingte Atmosphäre zu ignorieren, griff kräftig bei den Speisen zu. »Formidable«, »comme ça c'est bien« oder auch »une glace comme un baiser« sagte sie ab und zu höflich, doch solche Komplimente erwartete hier niemand (und Poesie kam schon gar nicht an). Man aß anscheinend immer auf diesem Niveau. Max gab bei Tisch den Ton an. Er klingelte Saida herbei, weil er den Fisch zu kalt fand und das Eiswasser nicht genug gekühlt, mäkelte herum. Trotz seiner Zuvorkommenheit Swantje gegenüber: Er war ein Tyrann.

Beim Käse verdunkelte sich plötzlich das Fenster. Ein Kopf streckte sich in den Raum, es folgten Arme, Beine und ein nußbraun gebrannter Körper. Eine junge Frau mit einer Frisur wie ein Mop und dem kürzesten und engsten Stretch-Rock, den Swantje je gesehen hatte, stand im Zimmer, griff stürmisch nach dem Korb mit dem Olivenbrot. »Genau das fehlt uns. Also her damit. Ihr habt ja genug.« Sie nickte Swantje kurz und nicht unfreundlich zu, verschwand mit dem Brot durch die Tür. Auf der Stirn von Max schwoll eine Ader an. »Was sind das für Manieren? Hat man nicht mal mehr beim Essen seine Ruhe?«

Chou-chou, die wie ein Vögelchen von ihrem Teller pickte und nur Wasser trank, wollte etwas sagen. Wahrscheinlich – kombinierte Swantje – wieder »Es ist auch Poussys Zuhause«, denn daß die Brotdiebin Aris Schwester war, war nicht schwer zu erraten. Doch sie atmete nur tief durch, verkündete leise, sie habe ihre Enkelinnen für morgen zum Mittagessen eingeladen.

»Dann essen wir vielleicht im Garten?« rief Swantje enthusiastisch, um Stimmung zu machen.

»Bei dieser Musik?! Und den vielen Fremden sämtlicher Hautfarben und Haartrachten, alles angeblich Freunde von Poussy, die sich am Swimmingpool herumtreiben? Niemals.« Hugh, Häuptling Mad Max hatte gesprochen.

Beim Cognac ergriff Swantje die Gelegenheit, sich unauffällig zurückzuziehen. Sie machte sich Sorgen um Basil. Ari, sonst höchst besorgt um seinen Sohn, begleitete sie nicht. Eilfertig nahm er neben seiner Mutter Platz. Mußte er sie über den Schock hinwegtrösten, mit einer Deutschen zu Mittag gegessen zu haben? Fragen über Fragen. Jetzt aber erst mal das Baby.

Es lag, wie einstmals Moses, in einem geflochteten Weidenkörbchen unter einem Zitronenbaum, wurde von einer blutjungen Afrikanerin mit glänzenden schwarzen Zöpfen bewacht.

»Basil«, atmete Swantje erleichtert auf, strich ihm liebevoll über die Wange. Er atmete tief im Schlaf, bewegte die kleinen Fäuste. Seine dunklen Augenbrauen wirkten wie gepinselt.

»Sind Sie die Maman?« fragte das junge Mädchen neugierig, legte sein Flickzeug beiseite. »So ein süßes bébé. Nur schade, daß es nicht Ihr goldenes Haar hat.« Mit dem Finger wies sie auf Swantjes brav hochgesteckte Frisur.

»Dafür sieht mein anderer Sohn aus wie ich.« So, jetzt hatte sie endlich Nils ins Spiel gebracht. Natürlich bei der falschen Person, denn einer Hausangestellten – das hatte ihr Ari eingeschärft – vertraute man um Himmels willen keine Familienangelegenheiten an. Nie, nie, nie. »Entschuldige, wie heißt du?«

»Djamila.« Das Mädchen zeigte blendendweiße Zähne. »Ich arbeite für Madame Poussy. Zwei Jahre schon. Damals war Chantal noch so klein.« Sie zeigte mit der Hand die Größe eines Kükens an.

Für Poussy. Dann wußte sie sicher über die Querelen in den beiden Familien Bescheid. Und wer war Dany? Poussys Mann, mutmaßte Swantje. Aber sie wollte aus der Afrikanerin keine Geheimnisse herauslocken. Hätte Chouchous Vorurteile ihr gegenüber noch mehr verstärkt. War auch nicht nötig, denn Djamila erzählte von ganz allein. Daß es ihr hier gut gefiel, die Herrschaften alle sehr freundlich seien, die Kinder kleine Engel, sie bloß mit Saida im Dauerstreit läge. »Sie ist eifersüchtig, eine böse Person. Dauernd macht sie mich bei Madame Chou-chou schlecht. Aber die hört Gott sei Dank kaum hin.«

Wohl eine Angewohnheit der Schwiegermutter. (Schwiegermutter. Wie hochtrabend das klang!) An Swantje hatte sie das Wort kein einziges Mal gerichtet. Wohl nicht absichtlich, sie wollte sicher nicht verletzen, es herrschte ihrerseits einfach null Interesse an der Fremden, die ihr den Sohn abspenstig gemacht hatte. Oder war der Druck von Mad Max zu groß?

Swantje ging in die Küche, groß wie ein Tanzsaal und ordentlich aufgeräumt, ließ sich von Saida ein Fläschchen wärmen. Dabei tönte ihr der klagende Singsang ins Ohr, wieviel Saida heute schon gearbeitet hätte und gestern erst und noch bis in die Nacht arbeiten würde. Aber – ein ergebenes Achselzucken – das sei ja ihre Pflicht. Swantje schaltete auf stur. Vielleicht konnte man in diesem Haus nur auf diese Art überleben.

Sie fütterte Basil, legte sich mit ihm zusammen in das ihr zugeteilte Doppelbett. Auf einmal war sie todmüde. Während sie die grellbunt geblümte Bettdecke über die Schulter zog, schweifte ihr Blick im Zeitlupentempo durchs Zimmer, nahm sämtliche geschmacklosen Einzelheiten auf. Das also war jetzt ihr neues Zuhause. Prost Mahlzeit!

Vor ihrem Fenster tönte Techno-Musik. Ein Hund – Hugues? – bellte. Kinder schrien. Eine ungeduldige Stimme – Poussy? – schrie zurück. Also, Französisch klang nicht immer charmant, es konnte etwas sehr Keifiges haben.

Aber da war ja zum Glück Basil, der freundlich lächelnd schlief. Ein richtiger Schatz. Swantje wartete, daß Ari auftauchte. Aber er erschien nicht. So schlief sie ein, die Lippen auf den dunklen Babyflaum gedrückt, trunken von Weißwein und Bordeaux und viel zu vielen, nicht nur positiven Eindrücken.

7

Das Leben in Nizza pendelte sich langsam ein. Es war so ganz anders als das in München, nahm Swantje so heftig in Beschlag, daß sie nur schwer sagen konnte, ob sie hier nun ihr Glück gefunden hatte. Was spielte das auch für eine Rolle? Sie besaß eine Familie, der sie verpflichtet war, da mußte sie ihre eigenen Hoffnungen und Wünsche zurückstellen. Zuerst kam Basil, der sie am nötigsten brauchte, dann Ari, ihr Mann, der ihr ein sorgenfreies Leben ermöglichte, alles tat, damit sie sich im Haus seiner Mutter wohl fühlte.

Tat er wirklich alles? Manchmal zweifelte Swantje. Sie sah ihn nicht oft, er war dauernd unterwegs. Frischte alte Freundschaften auf, traf sich mit seinen vielen Cousins, und – das vor allem – kümmerte sich um den Verlag. Zu gern hätte er seine Frau überallhin mitgenommen – eine so große, so schöne Frau –, aber das ging nicht. Swantje hatte sich wenigstens in einer Beziehung durchgesetzt: Ihr Baby gehörte ihr. Mochte das in der Familie Atachou auch nicht üblich sein, sie brauchte keine Bonne, kümmerte sich allein um ihren Sohn.

Ari war wie gesagt nicht oft greifbar. Dabei hätte Swantje so vieles mit ihm zu besprechen gehabt – sie fühlte sich unfrei, wurde dauernd reglementiert –, aber auf diesem Ohr hörte er nicht gut. Sein ständiges Argument, wenn er nicht weiterwußte: »Sie meinen es alle gut mit dir.« Ihr blieb nichts übrig, als sich mit den Gegebenheiten abzufinden.

Nur ein einziges Mal bekannte er Farbe, als sie sich über Max beschwerte. Da trat er so nahe an sie heran, daß sein blasses Gesicht ihres fast berührte, zischte zwischen zusammengebissenen Zähnen: »Verstehst du jetzt, warum ich Nizza verlassen habe? Ich hatte meine Gründe.« Aber zurückkehren nach München wollte er auch nicht. Nicht so schnell. Basil sollte in Frankreich aufwachsen, schon der Sprache wegen. Nebenbei konnte Swantje ihm ja Deutsch beibringen.

Für Swantje war es oft mühsam, sich mit Aris Familie zu arrangieren. Dabei hatte sie eigentlich kein Recht, sich zu beklagen. Eine Wohnung in einer weißen Villa, nur einen Steinwurf entfernt vom Meer, mit mehreren Hausangestellten – neben Saida gab es noch einen Gärtner und eine ältere Libanesin für die Wäsche –, dazu ein Garten so groß wie ein Park und dieser immense Swimmingpool – es gab Schlimmeres. Und, auch nicht zu verachten, so viel Geld in der Tasche, wie sie nur wollte. Aris Wunsch: Swantje sollte durch die Straßen flanieren und sich alles kaufen, wonach es sie gelüstete. Sehr lieb, typisch Ari, nur kam sie nie in die Stadt. Nizza blieb für sie eine schöne Fremde.

Dafür hatte sie Chou-chou ein wenig besser kennengelernt. Man sah Madame selten, weil sie dauernd an irgendwelchen Krankheiten litt. Meistens war es Migräne, es konnten aber auch der Rücken, die Beine oder die Nebenhöhlen sein. Wenn man sich nach ihrem Befinden erkundigte, erhielt man immer die gleiche Antwort: »Je ne peux pas plus.« Ich kann nicht mehr. Aber warum? Swantje verstand das nicht. Chou-chou hatte – abgesehen davon, die Launen ihres Liebhabers zu ertragen – nichts zu tun. Gut, sie beschäftigte sich mit ihren Enkelinnen und besonders mit Basil, an dem sie einen Narren gefressen hatte, telefonierte mit ihren Freundinnen, arrangierte hin und wieder ein Déjeuner, das war's dann schon. Ach nein, gelegentlich spielte sie mit Max Golf im exklusiven Club Mougins. Anscheinend wurde sie dort auch tyrannisiert, denn in der Regel kehrten die beiden blaß und erschöpft zurück, sprachen nicht mehr miteinander.

Warum ließ sie sich das gefallen, grübelte Swantje. Vielleicht besaß Chou-chou ja einen masochistischen Zug, ließ sich gern demütigen, das wäre eine Erklärung. Ari wehrte empört ab, als Swantje ihm ihre Theorie entwickelte. Für ihn war Max ein Schmarotzer, der sich auf Kosten seiner Mutter ein schönes Leben machte. Andererseits, milderte er ab, durfte man nicht vergessen, daß Max es gewesen war, der sie von ihren schweren Depressionen befreit hatte, die mit dem Tod ihres Mannes zusammenhingen. Die Ehe war sehr glücklich gewesen.

Durch Zufall kam Swantje mit Chou-chou ein paarmal ins Gespräch. Sie plauderten über Belanglosigkeiten. Beziehungsweise – Chou-chou stellte die Fragen, während sie mit schläfrigem Blick Swantjes bescheidenen Schmuck und die unlackierten Fingernägel abtastete (Aris Hochzeitsgeschenk, den herrlichen Diamantring, trug sie nur zu besonderen Anlässen), und Swantje gab brav Antwort. Daß sie lange Jahre berufstätig gewesen war und gerne schrieb, kam dabei nicht zur Sprache. Dafür wollte Chou-chou alles über Nils wissen. Wann würde er Nizza besuchen? Er sei in der Villa herzlich willkommen.

Kinder, lernte Swantje, besaßen hier einen ganz anderen Stellenwert als in Deutschland. Sie wurden vergöttert, auf ein Podest gestellt. Der Wert einer Frau stieg mit der Anzahl der Kinder, die sie geboren hatte. Fast wie im tiefen Afrika. Swantje ohne Basil wäre ein Nichts gewesen, nicht akzeptabel; mit dem Baby, das noch dazu bis auf die blauen Augen seinem Vater jeden Tag ähnlicher wurde, hatte sie sich für die Familie Atachou akkreditiert.

Swantje machte auch nähere Bekanntschaft mit Poussy. Am Swimmingpool, an einem ausnahmsweise ruhigen Tag ohne Musik und lärmende Freunde. Es war nach dem Mittagessen. Chantal und Elaine spielten mit dem Gummikrokodil, führten der neuen Tante vor, wie gut sie tauchen konnten. Würde Basil das auch so schnell lernen? Vorsichtig tauchte Swantje seinen kleinen Arm ins Wasser. Und wirklich – er jauchzte, paddelte heftig mit ihm hin und her.

»Das hat er nicht von seinem Vater. Mein Bruder ist wasserscheu«, ertönte eine heisere Frauenstimme. Swantje drehte sich um. Da stand die junge Frau, die sich das Olivenbrot genommen hatte, die Arme in die Hüften gestemmt, musterte sie kritisch von oben bis unten. »Oh, eine waschechte Germanin.« Sie spannte die Muskeln. »So was kommt hier selten ins Haus.« Amüsiert nahm sie einen Schluck aus ihrem Glas, in dem, wie Swantje riechen konnte, Whisky war, zog heftig an einer Zigarette.

»Maman, du sollst nicht rauchen«, kreischte Elaine in ihrem mit amerikanischen Flaggen bedruckten Badeanzug, versuchte ihrer Mutter die Zigarette aus der Hand zu ziehen. »Papa hat es verboten.«

»Shut up«, gab Poussy nicht unfreundlich, aber bestimmt zurück, fuhr der Tochter flüchtig übers Haar. »Der hat mir gar nichts zu verbieten. Hast du verstanden?« Sie hockte sich auf eine der Liegen, stieß den Rauch durch die Nase. »Sie also sind die berühmte Swantje.« Sie sprach den Namen wie Ari aus. »Was für ein absurder Name. Ich mache Sue daraus, ist einfacher. Wie finden Sie Max?«

Swantje holte tief Atem. Poussy schien – ganz und gar

nicht französisch – direkt auf ihr Ziel loszugehen, sehr offen zu sein. Konnte sie ihr trauen? Prüfend betrachtete sie das trotz ihrer höchstens fünfunddreißig Jahre gefurchte Gesicht. Es wirkte unglücklich. Aufreizend dagegen der schmale Körper in dem hautengen Badeanzug mit dem extrem hohen Beinausschnitt. Doch als Poussy unerwartet das Oberteil herunterrollte, kamen zwei nahtlos gebräunte, aber schlaffe Brüste zum Vorschein. Geniert schaute Swantje zur Seite.

»Gehen Sie doch auch topless«, schlug Poussy vor. »Das tun hier alle. Oder haben Sie Angst vor Max?«

Hatte sie vielleicht sogar, denn er konnte verletzend sein. Aber auch ohne seinen Spott hätte sie ihren Busen nicht gezeigt. Erstens stillte sie noch, und zweitens wäre das sicher nicht in Aris Sinne gewesen.

Poussy erwartete wohl keine Antwort. Sie wirkte rastlos. Aus einer plötzlichen Laune heraus flocht sie Elaines pitschnasses Haar zu winzigen Rastazöpfen, was Chantal veranlaßte, sich das gleiche zu wünschen. Dann tätschelte sie Basil, fand ihn etwas klein, um unversehens mit einem eleganten Hechtsprung ins Becken zu springen und erst am anderen Ende wieder aufzutauchen. Sie schwamm wie ein Profi.

Themawechsel. »Wie gefällt Ihnen Nizza?« Poussy hatte sich Apfelkuchen aus der Küche geholt, kaute.

»Bisher hab' ich nicht viel davon gesehen«, gestand Swantje. »Aber es interessiert mich sehr.«

»Geben Sie mir Bescheid, wenn Sie Zeit haben, Sue. Ich spiele gern Ihre Fremdenführerin. Langweile mich sowieso den ganzen Tag. Vielleicht – wäre gar nicht schlecht – könnten wir ja ein paar schöne Jungs anbaggern. Was?« Sie zwinkerte Swantje vielsagend zu . In diesem Augenblick erklang ein schrilles Piepsen. Poussy griff nach ihrem Handy, zündete sich unter dem Protest ihrer Töchter eine neue Zigarette an, verschwand unter den Zypressen. Später sah Swantje sie mit einem perfekt geschlagenen Rad ins Innere ihres Hauses verschwinden.

Ein Tollhaus, weiß Gott. Swantje griff sich an den Kopf. In was für eine Falle war sie jetzt wieder geraten? Sicher war Ari dagegen, daß seine unstete Schwester ihre Fremdenführerin spielte, noch dazu in Nizza, wo angeblich die Mafia zu Hause war. Andererseits wollte sie nicht unhöflich sein. Aber das Problem löste sich von selbst. Eine südamerikanische Band quartierte sich bei Poussy ein. Man servierte Drinks am Swimmingpool, behängte die Palmen mit Lampions, tanzte auf dem Rasen. Max schäumte, Chouchou vermittelte, Ari schüttelte den Kopf, und Poussy war so in Anspruch genommen, daß sie nicht mehr auf ihr Angebot zurückkam.

Swantje hatte, außer daß sie sich allein um Basil kümmerte, noch einen zweiten Sieg errungen. Wenn Max und Chou-chou im engen, muffigen Speisezimmer Gäste empfingen, speiste sie mit Ari und Basil in einem offenen Gartenhäuschen. Nur sie drei allein. Hier war es sonnengeschützt, und sie saßen trotzdem halb im Freien. Um nicht von Saida gestört zu sein, trug Swantje selbst die Schüsseln hin und her, unterstützt von Ari, der streng darüber wachte, daß sich seine Frau bloß nicht überanstrengte.

Es waren friedliche Stunden, die Swantje sehr genoß. Basil lag, nur mit einem Windelhöschen bekleidet, in seinem Wagen, schlug glucksend die tiefblauen Augen auf, wenn sich ein Gesicht über ihn beugte. Er war ein bißchen gebräunt, ganz anders als sein Vater, der sorgfältig die Sonne mied, sich bisher keinmal in der Badehose gezeigt hatte.

»Wie eine Szene aus einem französischen Film.« Swantje, einen Pareo um den Badeanzug geschlungen, lehnte sich aufatmend zurück. »Weißbrot, Selleriestangen, Tomaten, allerlei rosa Meeresgetier und die unvermeidliche Rotweinflasche auf dem Tisch. Fehlt nur noch Alain Delon, der die hübsche Romy lüstern ins Schwimmbecken zieht, bis dann ein Mord geschieht.«

»Du hast vielleicht eine makabre Phantasie«, zog Ari sie auf. Sie sprachen, seit sie in Nizza waren, ausschließlich französisch miteinander, damit Swantje schneller Fortschritte machte. »Achtung, da taucht hinter dem Mimosenstrauch eine schlanke Männergestalt auf. Der göttliche Delon? Nein, bloß der langhaarige Drogenjüngling aus der Band. Trägt eine Trompete in der Hand. Sieht ganz so aus, als wollte er üben.«

»Und das kann man ihm nicht verbieten?« begehrte Swantje auf. Ihre gute Laune war verflogen. Sie hatte sich auf eine ruhige Siesta gefreut.

»Wie denn?« Ari, die Mokkatasse in der Hand, zuckte mit den Schultern. »Noch ein wenig Geduld, Chérie. Wenn es mit meinem Verlag weiter so rapide aufwärts geht, kaufe ich ein großes Haus nur für uns drei.«

»Und wenn dir deine Mutter das Geld vorstrecken würde«, klopfte Swantje leise an. Zur Zeit gingen ihr der ständige Lärm, das ewige Kommen und Gehen ziemlich auf die Nerven.

Ari schaute sie erstaunt an. Was war in seine Frau gefahren? »Nie, in meinem ganzen Leben nicht«, sagte er nach einer Weile. Es klang sehr bestimmt. »Was glaubst du, was sie allein für Poussy ausgibt? Dieser Dany zahlt doch keinen Sou. Da ist die teure Schule der Kinder, ihre ständigen Reisen, Poussys Garderobe, Djamila. Max darf die genaue Summe nicht wissen, aber ich bin ziemlich gut informiert. Nein, ich lasse mich nicht von meiner Mutter aushalten. Damit gäbe ich nachträglich meinem Vater recht.«

Hatte er einen Vaterkomplex? Es sah ganz danach aus.

Weshalb sonst diese Heimlichtuerei, was seine Heirat betraf, dieser brennende Ehrgeiz, ein großer Verleger zu werden? Familiengeheimnisse, in die Swantje noch nicht eingedrungen war, aber bei dieser Hitze – fünfunddreißig Grad im Schatten – auch nicht eindringen wollte. Lieber noch eine Crème de Menthe mit viel Eis und Wasser.

Nachmittags, wenn Basil schlief und Ari unterwegs war, lag Swantje meistens auf ihrem Bett oder, falls es dort nicht zu überfüllt war, am Swimmingpool. Sie wählte den Platz an der hinteren Grenze des Grundstücks, hörte von hier aus den Verkehr vorbeirauschen. Rings um sie herum war Nizza; war die blaue Küste, wo sich die Touristen für viel Geld erholten, wo die Einheimischen lebten, liebten und lachten, und sie nahm so gar nicht daran teil.

Wenn sie sich auf die Fußspitzen stellte, erspähte sie gegenüber das oberste Stockwerk des Hotels »Mireille«, ein blaßgrünes Haus mit scharzen Balkongittern, die wie ein Spitzenmuster wirkten. Auf einem Balkon zeigte sich über Wochen hinweg ein junges Paar. Der Mann rauchte eine Zigarette, während seine Frau oder Freundin nasse Badesachen aufhängte. Manchmal führte sie ihm auch vor, was sie in der Stadt gekauft hatte. Er nickte, nahm sie in die Arme. Anschließend verschwanden die beiden im Zimmer. Man sah schemenhafte Silhouetten, einmal schlug das splitternackte Mädchen lachend die Tür zu.

Szenen wie aus einer anderen Welt, und doch nur einen Steinwurf weit entfernt. War Swantje ganz kühn, kletterte sie auf den Gartenstuhl, erkannte in der Ferne einen schimmernden Zipfel des Meeres, auf dem weiße Segel tanzten. Wann würde sie das aus der Nähe bewundern?

8

Die Gelegenheit kam. Swantje mußte dringend zum Friseur, sich die Haarspitzen schneiden lassen. Chouchou meldete sie, assistiert von Max, mit großem Getue bei ihrem Hauscoiffeur an, dem besten der Stadt. (Wie konnte es anders sein?) Aber bitte, Swantje sollte dort anständig gekleidet erscheinen, nicht in ihren ewigen Bermudas und dem immer gleichen Safarihemd, das schickte sich nicht.

Okay, okay. Swantje, inzwischen zahmer geworden – vielleicht machte das auch die Mutterrolle – kramte einen nougatfarbenen Leinenanzug hervor, kombinierte ebensolche Sandalen damit, sogar – hurra – mit einem Goldriemchen quer über dem Knöchel.

Alle zufrieden? Sicher, sie würde ein Taxi nehmen, aber erst unten am Hafen, die paar Schritte bis dahin ging sie zu Fuß.

Drei besorgte Augenpaare schauten ihr nach, als sie das Haus verließ. »Immer geradeaus und dann rechts um die Ecke. Und laß dich von niemandem ansprechen«, rief Ari hinterher. Max machte eine Miene, als wenn er damit fest rechnete, während Chou-chou überhaupt nichts verstand. Normalerweise ließ man das Taxi doch an die Tür kommen, oder? Djamila, die ausnahmsweise das Baby hütete, war im Garten, fütterte Basil mit in Milch aufgelösten Bisquits.

»Endlich frei, enfin libre«, summte Swantje vor sich hin, während sie leichtfüßig die Straße hinunterlief. Tat gut, einmal richtig ausschreiten zu können. Außer den täglichen Schwimmrunden hatte sie nicht viel Bewegung, das Reiten fehlte ihr sehr.

Jetzt war sie an der Küstenstraße angelangt. Ein kurzer Blick auf das Hotel »Mireille«, das sie zum erstenmal in voller Größe sah, und sie bog in Richtung Hafen ein. Auto um Auto brauste an ihr vorbei, die meisten mit offenem Verdeck. Schicke Leute saßen darin, die Männer mit weißen Schirmmützen, die Mädchen mit Sonnenbrillen und wehendem Haar. Ja, Ari hatte in München mit seiner Schilderung recht gehabt. Es roch nach Sonnenöl, aber auch nach Meer und ganz, ganz schwach nach Knoblauch (das kam aus einem koreanischen Restaurant).

Am Hafen standen drei Taxis. Swantje beschloß, sie zu ignorieren, zu Fuß zum Friseur zu gehen. Zeit hatte sie genug. Aber erst mal die Aussicht bewundern, die nach allen Richtungen hin gleich prachtvoll war. Im Hafenbecken drängten sich Segelboote neben luxuriösen Jachten, ein großes Kreuzfahrschiff hatte gerade angelegt. Musik ertönte, weiße Uniformen zeigten sich inmitten eifrig fotografierender Passiere. Die Stadtseite entzückte vor allem durch ihre Häuserfront. Palastartige Häuser aus dem letzten Jahrhundert in Siena, Ocker, Brombeerrot oder sanftem Rosé, mit müden kleinen Fenstern, die Fassade wie mit Schaumgebäck verziert. Das ideale Motiv für Maler.

Vom Hafen weg schlängelten sich verwinkelte Straßen in Richtung Innenstadt. Swantje wählte eine davon. Zunächst mal der Nase nach, sie konnte immer noch fragen. Auffällig die vielen alten Damen mit Pudeln, die ihr entgegenkamen; die Hunde mit glitzernden Halsbändern, die Damen mit knallrot geschminkten Lippen. Immer wieder blieben Frauchen und Pudel stehen, holten Luft. Nizza schien auch ein Witwenparadies zu sein.

Swantje lief weiter und weiter, begierig zu sehen, zu hören, zu schnuppern. Sie passierte Antiquitätenläden, Stoffgeschäfte, Gewürzhandlungen, wurde von knatternden Motorrädern umtobt, schnappte Wortfetzen auf, Lachen, Neckerein. Es war fast wie in Italien, die Leute platzten vor Mitteilungsbedürfnis. Ob sie aus dem Fenster lehnten, in einem Hauseingang standen oder vor dem »supermarché« – jeder teilte jedem das Neueste mit, aus der Familie, über die Gesundheit und – vor allem – wo man das letzte Mal so gut gegessen hatte. Swantje lächelte amüsiert. Ihr Französisch hatte sich gebessert, sie verstand das meiste.

Nach etwa zwanzig Minuten öffnete sich die Straße, und sie stand vor einem langgestreckten Platz. »Marché aux fleurs« war auf einem Schild angeschrieben. Aber das mußte ein Irrtum sein. Was Swantje da an unzähligen kleinen Buden und Ständen erkannte, waren keine Tulpen und Mimosen, keine Kakteen und auch kein blühender Lavendel, sondern silberglänzender und genauso verstaubter Trödel.

Ihr Herz schlug höher. Das würde doch kein Flohmarkt sein? Sie trat näher. »Marché aux puces?« fragte sie einen baumlangen Schwarzen, der Holzfiguren auf das Pflaster gestellt hatte.

Er nickte gemächlich, hielt ihr einen kunstvoll gefleckten Tiger entgegen. »Oui, Madame, aber nur montags. Gefällt Ihnen der Tiger? Nur hundertfünfzig Francs.«

Sie schüttelte freundlich den Kopf. Bloß nicht noch mehr Afrikanisches in die Kellerwohnung, sie hatte genug davon. Lieber etwas hübsches Europäisch-Nostalgisches, auch um Basils Geschmack zu formen. Wer weiß, vielleicht fand sie ja etwas, einen ungehobenen Schatz. Aber erst mal sich in Ruhe umschauen.

Swantje war ein leidenschaftlicher Fan von Floh-, Antiquitäten- und Raritätenmärkten, in Hallen, unter freiem Himmel, wie auch immer. Es erregte sie, von Stand zu Stand zu wandern, auf der Suche nach dem nie Dagewesenen, ganz Besonderen, und das für wenig Geld. Vieles hatte sie im Laufe der Jahre heimgetragen, besonders, als sie damals ihr Häuschen einrichtete, der ganz große Fund war ihr nie untergekommen. Dafür hatte sie begeistert Zeugen ihrer Kindheit ausgekramt: Bücher, die sie als Schulkind gelesen, eine Puderdose, wie ihre Mutter sie benützt hatte, altes Spielzeug. Und noch eine Erfahrung hatte sie gemacht: Auf einem Flohmarkt lernte man die Kultur eines Landes, seine Sitten und Gebräuche am besten kennen. Wie verschieden war doch ein englischer Markt von einem deutschen, einem ländlich bayerischen noch dazu, ein schwedischer im Vergleich zu einem portugiesischen. Und jetzt befand sie sich – eine Premiere – auf einem original »marché aux puces«. An der Côte d'Azur.

Der Markt war größer, als sie glaubte, erstreckte sich noch über einen zweiten Platz mit einer Kirche. Dort gab es die ganz besonderen »occasions«, wie Swantje mit geübtem Blick feststellte, alte Zeitschriften, Fotoapparate, Gläser im Dutzend, Serviceteile, Schallplatten. Ein heller, mit Hoteletiketten beklebter Überseekoffer stach ihr ins Auge. Er wirkte gut erhalten, besaß Stil.

»Wieviel?'» fragte sie den Mann mit Bart, der ein Käsesandwich aß.

»Fünfhundert Francs.« Als er ihr unschlüssiges Gesicht sah, ging er auf vierhundertzwanzig herunter. Ungefähr hundertfünfunddreißig Mark. Nicht viel, in München würde sie mehr dafür bezahlen, wenn sie eine solche Rarität überhaupt gefunden hätte. Trotzdem ließ sie es sein. Chou-chou und erst recht Max hätten die Hände über die Köpfe zusammengeschlagen.

Weil ihr heiß war, trank sie einen Ricard. War er so stark, oder hatte sie ihn zuwenig verdünnt? Hinterher war ihr schwindlig, sie schwankte richtig, fühlte sich gleichzeitig aber wie von einem Druck befreit.

»Sie schränkt mich ein, diese Familie, sie nimmt mir den Atem«, murmelte sie vor sich hin, während sie Jugendstillampen, zerbrochene Bilderrahmen, kitschige Marinegemälde, kosende Schäferpaare musterte. »Ich muß unbedingt wieder meine Freiheit finden. Auch für Basil.«

Und da heute ein ganz besonderer Tag war, kaufte sie in einem »tabac« eine Telefonkarte, rief Nils an. Er war zu Hause, pflegte seinen Sonnenbrand. Ja, Agnes kümmerte sich um ihn, ging aber mehr und mehr in ihrem christlichen Kreis auf. Gestern hatte im Wohnzimmer eine Bibelstunde stattgefunden. Was machte Basil? Nils schien richtig Sehnsucht nach seinem Bruder zu haben, den er so wenig kannte. Wenn alles planmäßig lief, würde er noch vor Semesteranfang, also vor dem ersten November, nach Nizza kommen. Zur Zeit half er bei einem Tierarzt aus.

Die Freude, die Stimme ihres Sohnes zu hören, verstärkte noch die Wirkung des Ricard. Euphorisch stürzte sich Swantje ein zweites Mal ins Marktgeschehen, eilte von Stand zu Stand, um endlich eine alte Hutschachtel zu erstehen. Sie kam aus Paris, besaß ein violettfarbenes Samtband und war mit winzigen Streublumen bedruckt. Der Kauf wirkte beflügelnd. Also erhandelte sie noch ein altmodisch besticktes Lätzchen (für Basil), für Ari ein Paar fast ungetragene Lederhandschuhe, für Nils eine Schiffsuhr. Das alles für lächerliche Summen. Mußte sie die anderen Familienmitglieder auch beschenken? Besser nicht. Sie besaßen einen so ganz anderen Geschmack als sie. Alles mußte vor allem teuer sein, auf Originalität oder Nostalgie legte man weniger Wert.

Viele Händler hatten ihre Hunde dabei, die im Schatten lagen, vor sich hindösten. Aber es gab auch eine Katze, eine betagte Siamesin mit schrägem Blick, die, ein Spitzenband um den Hals, in einer Puppenwiege ruhte und selig schlief. Die Katze gehörte einer rundlichen Frau im Charleston-Kleid und mit Pagenkopf, die wunderschöne Objekte aus der Zeit des »Art déco« verkaufte. Die Preise waren hoch, aber gerechtfertigt.

Was für ein hübsches Tintenfaß mit Feder? Swantje beugte sich über die Vitrine. Mit dieser Feder könnte sie ihren Roman beginnen, wenigstens die ersten Seiten, bis die Geschichte dann in Fluß kam und sie zur Schreibmaschine übergehen konnte. (Laptops lehnte sie ab.) Gerade wollte sie die Charleston-Dame ansprechen, da wies ein Männerfinger auf das Tintenfaß. Er gehörte zu einer kräftigen, zuverlässigen Hand, wie sie ihr Vater besaß. Sie schaute auf. Vor ihr stand ein mächtiger Mann im weißen Hemd und mit seltsamen weißen Hosen, die etwas mit Reiten zu tun haben mußten. Sie hatte diese Hosen in einem Film gesehen, der in Südamerika spielte. Also ein Südamerikaner? Nein, dazu waren seine Augen zu blau, die größten, blauesten Augen, von langen Wimpern eingerahmt, die sie je bei einem Mann gesehen hatte. Sein Haar war dicht und grau, wenigstens das, was unter seinem Sombrero herausschaute.

»Aber, Ginette«, sagte er mit tiefer angenehmer Stimme. »Das Schreibutensil habe ich beim letzten Mal nicht gesehen.«

Die Händlerin lachte. »Ist auch nicht gut möglich, Monsieur Lucas. Ich habe es gestern erst erstanden. Bei einer Wohnungsauflösung in Grasse.«

»Schön, wirklich schön. Legen Sie mir das Tintenfaß beiseite. Und wie geht's Cléo? Ist ihr nicht zu heiß?« Er wies auf die Katze, die aufgewacht war, ihm entgegenschnurrte.

»Sie ist das gewohnt. Wir sind das alle gewohnt. In Südamerika wird es noch heißer gewesen sein.« Ginette rückte sich das gefältelte Oberteil zurecht.

»Das kann man wohl sagen. Adios.« Er lüpfte seinen Hut, neigte leicht den Kopf, entfernt sich mit wiegendem Schritt. Aus Versehen streifte er Swantje, die traumverloren dastand, dem Tintenfaß nachtrauerte.

»Pardon, Madame.« Wieder lüpfte er den Sombrero, warf ihr einen entschuldigenden Blick zu, zögerte kurz, musterte sie noch einmal, diesmal aufmerksam, und ging dann weiter. Ein komischer Typ. Wirkte gar nicht französisch, mit seinen mindestens Einmeterfünfundachtzig. Sah eher aus wie der Besitzer einer großen Estanzia in Argentinien. (Seit Dr. Miller ein Buch über die riesigen Ländereien in der Pampa herausgebracht hatte, kannte sich Swantje in diesem Milieu aus.)

Was man so alles auf einem Flohmarkt erlebte! In einer Stunde hatte sich hier mehr getan als die ganze letzte Woche bei Chou-chou. Jetzt aber im gestreckten Galopp zum Coiffeur. Sie war viel zu spät dran. Sicherlich hatte man ihren Termin bereits vergeben. Chou-chou würde das der Schwiegertochter nie verzeihen. Und erst Max...!

Zwanzig Minuten später stand sie vor einem piekfeinen Salon, dem man von außen ansah, wie teuer er war. Diskret an einem Schaufenster angebracht, entdeckte Swantje die Preisliste. Sie zuckte nicht zusammen, denn sie war von München her Wahnsinnspreise gewöhnt, aber das hier war der Hammer: sechshundert Francs für Schneiden, Waschen und Legen. Völlig verrückt. Das bezahlte sie nicht.

Mit schlechtem Gewissen – normalerweise hielt sie alle Termine ein – drehte sie sich auf dem Absatz um, machte sich auf den Weg zurück zum Hafen. Unterwegs entdeckte sie einen kleinen Friseursalon, der sympathisch wirkte.

Junge Mädchen unter zwanzig und ältere Damen über siebzig zahlten nur die Hälfte. In beide Altersgruppen gehörte sie nicht, aber sicher würde man ihr kein Vermögen abnehmen. Eine Japanerin im rosa Kittel empfing sie mit liebenswürdigem Kopfnicken. Swantje konnte gleich Platz nehmen. Oh, was für schönes blondes Haar!

Man sprach Englisch mit ihr, was Swantje etwas deprimierte. War ihr Französisch so schlecht? Die Japanerin namens Keiko schnitt professionell, behandelte Swantjes Haarpracht so vorsichtig, als handele es sich um gesponnene Zuckerwatte. Das dauerte natürlich seine Zeit, und so verließ Swantje, um gerade mal hundertfünfzig Francs erleichtert, nicht vor ein Uhr dreißig den Laden.

Zwischen eins und drei – französische Essenszeit. Die Straßen waren leergefegt. Dafür drängten sich die Leute in den Restaurants – vor einigen hatte sich sogar eine Schlange gebildet –, zerkrümelten Brot, nippten am Wein, warteten ungeduldig auf ihr Entrecôte, ihre Blutwurst oder ihren Fischspieß. Schnell eine Schinkensemmel herunterwürgen – soviel hatte Swantje inzwischen gelernt – gab es in Frankreich nicht, außer bei den ganz Jungen, die ernährten sich, wenn gerade nichts Besseres da war, von Maxisandwiches oder Burgern wie alle Jugendlichen der Welt. Essen war eine heilige Handlung, der Höhepunkt des Tages, auf den man sich vom Moment des Aufstehens an vorbereitete, auf den man hinlebte. Und seltsam – Swantje hatte sich in dieser Beziehung (aber nur in der) bereits etwas französisiert. Ab elf Uhr freute sie sich aufs Mittagessen, überlegte, was Saida wohl kochen würde, aß mit großem Appetit. Und hatte trotzdem kein Gramm zugenommen. Das machte die ausgewogene Ernährung, wie Ari immer betonte.

Jetzt merkte sie, daß sie Hunger hatte. Sollte sie sich in ein Restaurant setzen? Würde zu lange dauern. Lieber im

Stehen eine Socca verschlingen, diesen dünnen Pfannkuchen aus Erbsmehl, von dem Ari so geschwärmt hatte. Der Duft stieg ihr in die Nase. Ein pockennarbiger Araber teilte mit einem gewaltigen Messer die gelblichgrüne Crêpe blitzschnell in winzigkleine Schnipsel, salzte, reichte Swantje einen Teller voll. Ari hatte nicht übertrieben. Socca schmeckte köstlich, besonders in Verbindung mit einem Glas offenen Rotwein (vor dem Ari stets heftig warnte).

Lag es am Wein, oder war es immer noch der Ricard, in Verbindung mit der glühenden Mittagssonne? Auf dem Heimweg wurde ihr schlecht, wie mit Eisenhämmern klopfte es gegen ihren Schädel, sie mußte sich an eine Toreinfahrt lehnen. In diesem Augenblick merkte Swantje, daß sie die Hutschachtel, in der alle anderen Flohmarkteinkäufe steckten, verloren hatte. Aber wo? In der Socca-Bude oder beim Friseur? Also noch mal zurück. Beim Friseur war sie erfolgreich. Mit einem merkwürdigen kleinen Lächeln reichte ihr Keiko die Schachtel. Hatte sie den Inhalt untersucht? Und fand sie das leicht vergilbte Babylätzchen lächerlich?

Punkt zehn Uhr hatte Swantje das Haus verlassen, jetzt war es fast drei. Sie begann zu rennen.

Das Haus lag wie schlafend da, auch am Swimmingpool herrschte himmlische Ruhe. Wo steckte Basil?

Bloß jetzt nicht läuten, die Pferde scheu machen beziehungsweise die Herrschaften aus ihrer Siesta wecken. Voller Nervosität umkreiste sie das Haus, wollte durch den rückwärtigen Eingang, der meistens nicht abgeschlossen war, ihre Wohnung betreten. Pech gehabt. Diesmal war er verschlossen. Also blieb ihr nichts übrig, als mit pochendem Kopf, die Hutschachtel auf den Knien, zu warten, bis sie jemand hereinließ (und darüber nachzugrübeln, ob man sie womöglich mit Absicht ausgesperrt hatte). Am liebsten hätte sie sich, damit das Pochen nachließ, Hals über Kopf in den Swimmingpool gestürzt, aber dafür war sie schließlich nicht beim Friseur gewesen.

Und dann stand mit einemmal Ari vor ihr, noch blasser als sonst, in schwarzem Polohemd und weißer Leinenhose. Er starrte sie an wie eine Erscheinung. »Chérie, du bist da? Wo um Himmels willen bist du gewesen? Ich bin vor Angst fast gestorben. Gerade habe ich die Nummer der Polizei herausgesucht.«

»Die Polizei.« Swantje verstand nicht. »Warum Polizei?«

»Weil du seit mehr als zwei Stunden überfällig bist. Deshalb. Chérie, jetzt hör mir mal gut zu, ich bitte dich. Du bist erst seit einem Monat in Nizza, kennst Land und Leute noch nicht. Nizza hat sich verändert, ist gefährlich geworden. Die Mafia gewinnt immer mehr an Einfluß. Dauernd verschwinden junge Mädchen. Kürzlich erst eine bildhübsche Pharmazievertreterin samt ihrem Auto. Und das am hellichten Tag. Wenn ich mir vorstelle …« Tränen traten ihm in die Augen. Aufgeregt griff er nach ihrer Hand, streichelte sie.

Swantje schüttelte den Kopf. »Ari, bitte, entschuldige. Ich möchte bei Gott nicht, daß du dir Sorgen machst, aber ich habe so viel erlebt. Nichts Schlimmes, nein, sondern lauter hübsche, harmlose kleine Dinge. Und noch etwas: Ich bin erstens nicht blutjung und zweitens nicht bildhübsch. Kein Mensch hat Interesse an mir, man nimmt mich auf der Straße nicht mal wahr.« Bis auf einen Estanzia-Besitzer mit riesenhaften blauen Augen, hätte sie fast hinzugefügt, ließ es aber sein. Ari würde es garantiert falsch verstehen. »Noch einmal, entschuldige. Die Zeit ist wie im Flug vergangen. Ich war auf dem Flohmarkt und habe Socca gegessen und … Nizza ist ein Traum. Ich möchte schnellstens mehr von der Stadt kennenlernen.«

Ari freute sich, das zu hören. Er versprach hoch und heilig, sich mehr Zeit zu nehmen, seiner Frau Nizza bei nächster Gelegenheit ausführlich zu zeigen. Vielleicht sollten sie doch irgendwann ein Kindermädchen für Basil engagieren. Jetzt müßte sie aber erst einmal versuchen, Chou-chou und Max zu beruhigen. Besonders Max sei außer sich.

»Mein Privatleben geht ihn gar nichts an«, wollte Swantje auftrumpfen, begnügte sich aber mit einem Achselzucken. Sie würde die Sache in Ordnung bringen. Trotzdem war ihr mulmig zumute.

Als Max dann, um seine Vier-Uhr-Zigarre zu rauchen (hier lief alles nach strengem Zeremoniell ab), kurz im Garten auftauchte, gab es eine Szene. Nicht, daß man sich Sorgen um Swantje gemacht hätte, der Skandal war, daß sie den Friseurtermin hatte platzen lassen. Man hatte bei Chouchou angerufen, seiner Verwunderung Ausdruck gegeben. Jetzt war sie blamiert.

»Und das, obwohl man sich so viel Mühe mit Ihnen gibt.« Die Schwiegermutter – sie hatte Swantje bisher nicht das Du angeboten – zitterte vor Empörung. »Ich verstehe das nicht. Bei Ihnen in München mag so was ja üblich sein. Hier nicht.«

Voilà, die erste offene Spitze gegen Deutschland.

9

Ari hielt Wort. Er befreite Swantje, soweit ihm seine Arbeit Zeit dazu ließ, aus ihrer Isolation, machte sie mit seiner geliebten Heimatstadt bekannt. Das Baby entpuppte sich dabei kaum als Hinderungsgrund. Basil war pflegeleicht. Nachdem er Taufe (und Beschneidung) problemlos überstanden hatte, zum Liebling aller Freundinnen und Cousinen seiner Großmutter avanciert war, schaute er zufriedener denn je aus seinem Körbchen.

»Was für ein Gottesgeschenk, so einen Sohn zu haben«, sagte sich Swantje oft, wenn sie ihn an sich drückte. »Und wenn ich Ari nun nicht kennengelernt hätte? Dann lebte ich nach wie vor in München, wo ich ja nicht unglücklich war, aber es gäbe Basil nicht. Unvorstellbar.«

Basil lachte zahnlos zu ihr herauf. Noch immer war er nicht hübscher geworden – sein stumpfes Näschen gab zu allerlei Deutungen Anlaß –, doch glich er dieses Manko durch das Leuchten seiner blauen Augen und seine Drolligkeit aus. Er weinte selten, kannte keine Kapricen, schien mit allem zufrieden zu sein. Deshalb nahm Swantje ihn meistens auf ihre Besichtigungstouren mit. Stolz trug der Papa die Babytasche.

Als erstes zeigte Ari seiner Familie die Verlagsräume. Sie befanden sich in der Nähe des Flughafens in einem hochmodernen Büroviertel, das genauso in Boston oder Chicago hätte stehen können. Jungmanager mit flott geschnittener

Frisur und wehender Krawatte liefen wichtig durch die Stockwerke, Telefone schrillten, Faxe tickerten, Geisterstimmen tönten aus Computern. Aber – das gab es nun weder in Boston noch in Chicago – vom neunten Stock aus, wo die Räume der »Editions Atachou« waren, hatte man einen herrlichen Blick auf Palmen und Meer und, sehr viel weiter weg, auf schroffe Berge.

»Les Alpes maritimes«, erklärte Ari, während er nebenbei ein Fax überflog. »Du hast sicher von den Seealpen gehört. Die bekanntesten Orte sind Auron und Isola 2000. Dort gibt es bis in den April hinein Schnee. Wo findest du das sonst in Europa? Innerhalb eines Vormittags kannst du auf den Skiern stehen und im Meer schwimmen.« Es klang so stolz, als wäre Ari persönlich für diese Attraktion verantwortlich.

»Basil könnte dort Ski laufen lernen«, meinte Swantje versonnen, warf einen Blick auf das Baby, das Nadine, Aris Sekretärin, auf dem Arm trug. Nils hatte es seinerzeit als Vierjähriger am Spitzingsee gelernt, während Swantje, das Nordlicht, selbst erst im fortgeschrittenen Alter das erste Mal auf Brettern gestanden hatte, was sie bis heute daran hinderte, eine furchtlose Fahrerin zu sein. Aber bei seinen Kindern wollte man ja alles besser machen. »Er müßte nur ein bißchen schneller wachsen.«

Ari warf ihr einen befremdeten Blick zu. Ausnahmsweise war er mit seiner Frau nicht d'accord. Was sie nur immer hatte? Basil würde sich schon noch entwickeln. Kräftig genug war er, nur eben ein wenig kleiner als andere Babies seines Alters. Und Skifahren… Ari hoffte mehr auf einen kreativen, einen phantasiebegabten Sohn als einen mit sportlichen Ambitionen.

»Ich möchte dir die neuen Bücher aus der Verlagsproduktion zeigen. Sie erscheinen zu Weihnachten. Hier habe ich eine Reihe über die namhaftesten Pariser Modeschöpfer der Vor- und Nachkriegszeit entwickelt. Die Rechte sind bereits in sechs Länder verkauft.«

Paul Poiret, Elsa Schiaparelli, Jacques Fath, Christian Dior – Swantje kannte die Namen. Interessiert nahm sie die quadratischen kleinen Bücher in die Hand. Sie bestanden aus Schwarzweißfotos, klassischen Aufnahmen in großer Pose, daneben gab es einen kurzen Abriß der Firmengeschichte, eine Vita des Couturiers und ausführliche Bildunterschriften.

»Was kostet ein Band?«

»Achtzig Francs. Das ist nicht viel. Aber für mich ist es ein gutes Geschäft. Ich habe die meisten Fotos kostenlos von den Modehäusern bekommen. Und Dior nimmt mir fünfhundert Exemplare ab.«

Ari wirkte sehr zufrieden.

Wie geschickt er war, fast gerissen, ging es Swantje durch den Kopf, und sie lächelte. Aber etwas störte sie an den Büchern. Sie spitzte den Mund, kniff nachdenklich die Augen zusammen. Gewiß, die Fotos waren schön und reichlich, doch der Text wirkte dürftig. Sie suchte nach dem Autorennamen. Nadine Debré.

»Sind Sie Mademoiselle Debré?« fragte sie die Sekretärin, ein freundliches Mädchen mit Brille und breitem Hinterteil, das Basil gerade einen aus Schreibmaschinenpapier gebastelten Dreispitz auf den Kopf setzte.

»Ja, Madame.« Nadine war geschmeichelt. »Aber nennen Sie mich Nadine.«

Das war nicht das Problem.

»Sie haben sehr hübsche Texte geschrieben, aber –«, Swantje wandte sich an Ari, »meiner Ansicht nach reicht das nicht. Man muß den Lesern mehr bieten. Sicher finden sich in den Firmenarchiven Briefe berühmter Zeitgenossen,

Filmstars zum Beispiel, die ihre Bewunderung für eine besonders prachtvolle Robe ausdrücken, oder ähnliches. Solche Komplimente würde ich zitieren oder persönliche Erlebnisse mit den Designern. Das macht die Bücher lebendiger. Aber«, sie zuckte mit den Achseln, »dazu ist es jetzt zu spät.«

Ari überlegte. Er liebte, das wußte seine Frau, keine Kritik an seiner Arbeit, da war er sehr empfindlich. Andererseits hatte sie so lange in der Verlagsbranche gearbeitet, kannte sich aus. Da konnte sie nicht so einfach den Mund halten. Auf einmal merkte sie, daß sie ihren Job vermißte.

»Zu spät für diese Bücher, ja«, sagte er nach einer kleinen Weile, »aber ich plane weitere. Wenn die Reihe gut einschlägt, wovon ich überzeugt bin, werde ich die Modeschöpfer der sechziger und siebziger Jahre vorstellen. Paco Rabanne, Courrèges, Per Spook. Wie wäre es, Chérie, wenn du dabei die Textpassagen übernimmst?« Er legte den Kopf schief.

Swantje atmete tief durch. Das hatte sie nun ganz und gar nicht gewollt. Sich in einer fremden Sprache in eine fremde Branche einarbeiten – o weh. Andererseits – warum eigentlich nicht? »Und mein Roman?« Sie mußte ihn daran erinnern.

»Wieso – dein Roman?« Ari spielte mit einem Lineal. »Willst du dir wirklich die Tortur antun, ein Buch zu schreiben? Es gibt so viele, viel zu viele. Und über welches Thema? Über«, er lächelte, »Mad Max? Oder den Unterschied zwischen Deutschland und Frankreich? Chérie, heb dir das auf, bis Basil groß und aus dem Haus ist und ich mit dem Kopf wackle, dann hast du genug Zeit dazu. Jetzt würde ich mir wünschen, daß du erst mal mir hilfst. So habe ich mir eine Ehe immer vorgestellt.«

»Aber nur gemeinsam mit Nadine«, setzte Swantje rasch

hinzu. Sie hatte das enttäuschte Gesicht der Sekretärin bemerkt.

»Sie wird dir die Adressen geben und Kontakte herstellen.« Punktum, das war's. Ari schien, was seine Arbeit betraf, unerbittlich zu sein.

Später gingen sie essen. In ein typisches Lokal der Region, wo Touristen normalerweise nicht hinkamen. Swantje aß lauter panierte Gerichte, darunter die berühmten Blüten der hiesigen »courgettes«, außerdem püriertes Gemüse und passiertes Fleisch. Es schmeckte gut, lag aber schwer im Magen. Im Hintergrund sang ein Mann im Matrosenhemd »Nice la belle«. Ari sang mit. Bei der Serviererin vergaß er sein feines Französisch, verfiel in den ortsüblichen »patois«, der hart und schwerfällig klingt, sehr »bourgeois«, und bei dem man das normalerweise stumme Endsilben-E ausspricht. Ein Patriot, ihr Mann. Aber welcher Franzose war das nicht?

Hinterher mußte Ari zu einer geschäftlichen Besprechung, nahm – ganz stolzer Vater – das Baby mit, während Swantje die Kaufhäuser durchforstete. Es gab in der Stadtmitte zwei große, »Galéries Lafayette« und »Etoile«, letzteres mehr ein Shoppingzentrum, das auch »C & A« beherbergte, was Swantje amüsierte. Ob sie hier die gleichen Schnäppchen wie in München hatten?

Sie schaute, informierte sich, kaufte aber nichts. Später besuchte sie den »Marché aux fleurs«, der heute wirklich nur Blumen und Grünpflanzen offerierte. Auch sehr malerisch, die Stände voller bunter Sträuße, manche davon richtig exotisch, trotzdem hatten ihr die Antiquitäten mehr zugesagt. Ein paarmal sah sie sich heimlich um. Ob Monsieur Lucas, der Mann mit dem Sombrero und den komischen weißen Reithosen, hier heute wieder sein Unwesen trieb? Nein, hauptsächlich Feriengäste spazierten herum, bewunderten die Farbenpracht, dazwischen ein paar Einheimische. Die Händler waren eine Spezies für sich. Wortgewandt, schlitzohrig, aber mit urigem Charme boten sie unterschiedliche Preise an: für Stammkunden günstigere als für Touristen.

Durch die Fußgängerzone mit den Souvenirshops, deren Hauptattraktion immer wieder die getrockneten Lavendelblüten für den Wäscheschrank waren, aber auch kaltgepreßtes Olivenöl, kandierte Früchte und Baumwollstoffe à la Provence, bummelte Swantje zur »Promenade des Anglais«. Die Hitze hatte nachgelassen – inzwischen war es September –, es wehte ein kühler Wind. Swantje lehnte sich an das blitzblau gestrichene Promenadengitter, beobachtete den Strand unter sich. Die meisten weiblichen Badegäste sonnten sich oben ohne, aber irgendwie wirkte das hier aufreizender als an den bayerischen Seen. Vielleicht lag es daran, daß sich auch ältere Jahrgänge darauf versteiften, soviel Sonne wie möglich an soviel Körper wie möglich zu lassen. Swantje sah viel gefurchte, verbrannte Haut, viele schlaffe Brüste, viel aggressiv von Sonne, Wind und Wasser ausgebleichtes Haar. Dazwischen aber auch wunderschöne Mädchen, die sogenannten Giraffen oder Heuschrecken, wie man sie in den Sechzigern nannte, in Minibikinis, alle sehr auf ihre Figur bedacht und mit kontrollierten Bewegungen. In Frankreich, stellte sie fest, ließ sich eine Frau nicht gehen. Niemals! Immer war sie bereit, zu gefallen, zu verführen. Wurden die Französinnen dieser Rolle nicht mal müde?

Neben den blauweißgestreiften Liegebetten der »Opéra Plage«, die sich unter Swantje ausbreiteten, lagerten gigantische Ballonhüllen am Strand. Ein junger Mann half zwei kichernden Badegästen in eine Art Zaumzeug, das mit den Ballons verbunden war. Sein Kollege kurvte inzwischen mit seinem weißen Motorboot in Strandnähe herum. Das Seil zwischen Boot und dem Zaumzeug spannte sich, die Mädchen begannen zu laufen, wurden von dem Ballon in die Höhe gezogen, was bei ihnen eine Mischung aus Jubel und Angstschreien auslöste. Boot und Ballon verschwanden in der Ferne. Die nächsten Interessenten warteten schon.

Ein Arm legte sich von hinten um Swantjes Taille. »Möchtest du das auch probieren?« Es war Ari, mit Basil im Arm, der beim Anblick seiner Mutter in freudiges Glucksen ausbrach. Das Baby sah genauso tadellos aus wie am Morgen. Kein verkleckstes Lätzchen, kein verschmierter Mund, gar nichts. Monsieur Propre. Zwei gepflegte kleine Männer. Und beide gehörten ihr. Hatte es das Schicksal nicht gut mit ihr gemeint?

»Danke, nein. Ich bevorzuge festen Boden unter den Füßen. Oder einen Pferderücken unter meinem Allerwertesten.« Den letzten Satz sagte sie auf deutsch. »Aber, Ari, du hast recht.Nizza ist wirklich blau. Eine ganz und gar blaue Ferienstadt.« Sie wies auf das Meer, das kitschig azurfarben leuchtete, leicht aufgewühlt durch den Wind, auf den gleichfarbigen Himmel, die blauen Eisenstühle, malerisch auf der Promenade verstreut, die blauen dunstigen Berge im Hintergrund. »Blau mit ein bißchen Weiß. Wenigstens das«, sie lachte, »hat Nizza mit Bayern gemeinsam.«

Aber da begehrte Ari auf. Nichts gegen das schöne Bayern, wo er eine angenehme Zeit verbracht und vor allem – ein beziehungsreicher Blick – seine Frau kennengelernt hatte, Bayern mit seinen Bergen und dem Bier, aber an Nizza reichte es nicht heran.

»Du mußt unbedingt das Hinterland kennenlernen. Dort, wo die Lavendelfelder blühen, alte Häuser mit meterdicken Mauern inmitten von Weinbergen stehen, das Licht eine ganz besondere Farbe hat. Nicht umsonst hat es so viele Maler in die Provence und an die Côte d'Azur gezogen, zieht es sie noch immer hierher. Ich werde dir Cagnes zeigen und Vence und das uralte Eze. Wir werden Museen besichtigen, Galerien, Ateliers, alles. Es gibt ja so viel zu sehen. Aber jetzt, Chérie«, er warf einen Blick auf seine Cartier-Uhr, »liefere ich euch erst mal zu Hause ab. Nadine wartet auf mich.«

Als Swantje Max und Chou-chou gegenüber – sie dinierten am Abend zusammen – von Nizza schwärmte, zeigte sich speziell Chou-chou sehr geschmeichelt. Das hörte sie gern. Andererseits hatte sie es auch nicht anders erwartet. Sie steuerte ein paar Anekdoten aus dem alten Nizza bei. Die Schwiegermutter konnte, wenn sie wollte und nicht gerade eines ihrer Leiden pflegte, sehr nett sein, dachte Swantje. Richtig herzlich. Alle kamen ihr heute nett vor, sogar Saida. Aber vielleicht lag das daran, weil sie selbst so guter Laune war. Die vielen neuen Eindrücke hatten sie stimuliert. Bloß nicht in der familiären Enge verkümmern.

Ari machte sein Versprechen wahr, fuhr mit seiner Frau – diesmal ohne Basil, Djamila hütete ihn zusammen mit einem anderen Baby – nach Saint Paul de Vence, wo Henri Matisse gelebt und gearbeitet hatte, Fernand Léger, Braque, Chagall. Aber auch andere Berühmtheiten hatten den Ort geprägt. Der Sänger Yves Montand zum Beispiel. Swantje kannte das Foto, das ihn weißgekleidet beim Boulespielen zeigte. Der Bouleplatz unter Kastanien befand sich gleich am Ortseingang und damit gegenüber der legendären »Colombe d'Or«.

»Mein Lieblingsrestaurant.« Ari, der heute seinen Oldtimer, einen feuerroten Bugatti, aus der Garage geholt hatte, parkte sein Auto davor. »Hier findest du eine gelungene

Symbiose zwischen Kunst und Kulinarischem. Während du die köstlichsten Rosmarinhühnchen ißt, betrachtest du ein Bild von Bonnard oder eine Lithografie von Picasso. Ich bin mit den Besitzern, der Familie Roux, gut befreundet. Weißt du was, Chérie?« Er griff nach ihrer Hand. »Zu unserem Hochzeitstag lade ich dich für ein Wochenende in die ›Colombe d'Or‹ ein. Ich will dich doch verwöhnen. Und die Roux sollen wissen, was ich für eine wunderbare Frau habe.«

Die leider heimlich in der Küche – als Saida gerade im Salon putzte – aus einer Rotweinflasche getrunken hatte. Ohne besonderen Grund. Die halbvolle Flasche hatte Swantje angelacht. Und das auf nüchternen Magen!

Unterwegs waren sie an uralten malerischen Häuschen vorbeigekommen, weinblattumrankt inmitten blühender Gärten. Die Zikaden sangen schrill, konnten sich gar nicht beruhigen, Thymian duftete – sinnliche Eindrücke, die Swantjes Brechreiz noch verstärkten. Himmel, was machte sie auch immer für einen Unsinn! Jetzt schon zum zweitenmal.

»Stellst du dir für uns so ein Steinhaus vor?« fragte sie Ari, um sich abzulenken. »Oder eher, wenn natürlich auch kleiner, eine Villa wie die von Chou-chou?«

»Weder noch.« Ari, heute mit englischer Sportmütze, die ihm ein richtig verwegenes Aussehen gab, schüttelte den Kopf. Er fuhr schnell und sicher, regte sich – anders als Swantje – nie über andere Fahrer auf. »Ich suche etwas ganz Besonderes. Laß dich überraschen. Ich weiß, daß ich es finde, bloß noch nicht, wann.«

Zu gern hätte er Swantje gleich der Familie Roux vorgestellt, nur auf einen Apéritif, aber sie wollte nicht. Da waren erstens die Kopfschmerzen, und zweitens trug sie ein neues schwarzes Kleid mit Lochstickerei, das unter den Armen zwickte. Ari machte sich, was die hiesige Mode betraf, Illusionen. Seine Frau besaß eine ganz andere Figur als die Französinnen, fand nur schwer etwas Passendes. Auf Teutonenschultern und ein gewisses Gardemaß war man hier nicht eingestellt, eher auf halbe Portionen.

Saint Paul de Vence war voller Touristen, Swantje hörte viel Deutsch. Sie schlossen sich dem Besucherstrom an, kletterten Hand in Hand die engen Gäßchen hinauf, vorbei an mit Geranien geschmückten Fenstern, in denen dicke Katzen saßen, an verwitterten Fassaden. Die alten Häuser waren noch bewohnt. Frauen gingen mit ihren Körben zum Einkaufen, betasteten das Gemüse, schwatzten mit der Obsthändlerin, mit dem Nachbarn, beklagten sich über die Steuern und Fleischpreise – genauso wie in Nizza. Auffällig die vielen in die schmalbrüstigen Häuser hineingepreßten Ateliers, oft nur ein Gang, ein notdürftig überdachter Hof oder zwei Räume unter dem Dach, in denen junge Künstler hoffnungsvoll auf Kunden warteten. Swantje fand ihre Werke kitschig. Nicht ein einziges wirkliches Talent, sondern entweder die berühmten Clowns mit der Träne auf der Wange, zackige in Bernard-Buffet-Manier in den Himmel hineinragende Wolkenkratzer oder ein dickaufgetragener, süßlicher Farbenbrei, der die Blumenpracht der Côte d'Azur darstellen sollte. »Henri Matisse würde sich im Grabe umdrehen.« Swantje kühlte sich die Hände in einem Brunnen. »Aber den Leuten gefällt's. Schau mal, die Amerikaner tragen gleich drei gerollte Leinwände fort.«

»Sie lieben eben la France«, sagte Ari etwas steif. Trotzdem sollte sich Swantje eine Erinnerung aus Saint Paul de Vence mitnehmen. Vielleicht die kleine Patisserie hinter Glas oder einen als Katze bemalten Stein? Sie überlegte und überlegte – das bekannte Flohmarkt-Gefühl kam auf –, dann entschied sie sich für eine schlichte Holztaube. War am billigsten und erinnerte an Picasso. Sollte sie noch Lavendelseife nehmen, die ihr aus schmucken Holzkästchen entgegenduftete? Nicht nötig, wehrte der ansonsten so großzügige Ari ab: In der Villa hütete Chou-chou einen großen Schatz an Sandelholzseife, der ständig erneuert wurde, Swantje veruchte, nicht enttäuscht zu sein. Sie liebte Lavendel. Er erinnerte sie an ihre Mutter, die sich ständig gegen ihren Kopfschmerz die Schläfen damit betupft hatte.

Vielleicht konnte man jetzt eine Kleinigkeit essen? Das Treppensteigen hatte sie müde gemacht. Zielstrebig steuerte sie die nächste Pizzeria an, in der eine Schulklasse lärmte.

Ari winkte – sehr französisch – mit dem Zeigefinger ab. »Nein, Chérie, wir gehen in ein ordentliches Restaurant. Hier weiß ich nicht, welches Öl verwendet wird, habe kein Vertrauen in den Wein. Du mußt dir dieses Billig-Denken abgewöhnen. Lieber nur einen Salat, aber aus den allerbesten Zutaten.« Das war nicht unbedingt belehrend gemeint. Seiner Meinung nach gab Swantje nur zuwenig Obacht, was sie zu sich nahm. Für eine so schöne Frau geradezu ein Verbrechen.

Sie aß wirklich nur einen Salat, wieder den berühmten Mesclun aus der Region, der Swantje der allerliebste war, angereichert mit gebratenen Speckstücken und Würfeln von Schafskäse. Eine Delikatesse. Dazu trank sie Mineralwasser. Und hinterher leistete sie sich einen »gâteau à la maison«, Aprikosenscheiben auf einem flachen Quarkboden, dazu einen Kaffee ohne Milch und Zucker.

»Langsam lerne ich euch Franzosen zu verstehen.« Zufrieden lehnte sie sich zurück. »Essen kann wirklich zu einer Leidenschaft werden. Und es hat soviel Einfluß auf den Seelenfrieden. Manchmal bekomme ich nur Angst, daß ich wichtigere Dinge darüber vergesse. Bücher, Musik, schöne Kunstwerke.«

»Die haben wir doch gerde zur Genüge gesehen«, konterte Ari lachend. Er hatte schon wieder einen Stapel Zeitungen vor sich, blätterte sie in Windeseile durch. Ari war über alles informiert, kannte alles. Das typische moderne Insider-Wissen. Vielleicht sollte er zur Abwechslung mal ein gutes Buch lesen. Aber Swantje wollte ihm um Gottes willen nicht hineinreden. Wie schön, diesen Tag zusammen mit ihm zu erleben.

Ein nächstes gemeinsames Unternehmen fand nicht so schnell statt. Ari mußte nach Paris, Basil bekam vorübergehend Fieber, und – das Allerwichtigste – Chou-chou organisierte ihren Geburtstag. Es sollte – sozusagen als Abschluß der Sommersaison – ein großes Gartenfest werden. Zu den Vorbereitungen wurde Swantje (natürlich) nicht hinzugezogen, dafür plagte sie ein anderes Problem: Was sollte sie anziehen? Chou-chou war das nicht weniger wichtig als ihrem Sohn, wurde der Export aus Deutschland doch zum erstenmal der Öffentlichkeit präsentiert.

Ari war der Ansicht, daß sich unter Swantjes Garderobe nicht das Passende fand, alles zu ländlich, zu schwer. Seine Frau sah das anders, aber bitte sehr... Wenn er sich unbedingt in Unkosten stürzen wollte. Es fielen Namen wie Chanel und Dior, aber da streikte Swantje. Viel zu aufwendig. nein, es mußte etwas Sportlich-Elegantes sein, was zu vielen Gelegenheiten paßte, nicht nur zu diesem einen Abend.

Der Kauf gestaltete sich äußerst kompliziert. Ari hielt vor Schaufenstern, bei denen Swantje den Kopf schüttelte. Was sie vorschlug, war ihm nicht recht, bis sie sich schließlich auf Max Mara einigten. Italienisches Prêt-à-porter mit sportlicher Note, das es, wie Swantje von München her wußte, nicht nur in den Größen sechsunddreißig und achtunddreißig gab.

»Laß dir viel Zeit.« Während Ari auf einem Hocker Platz nahm, den »Nice Matin« aus der Tasche zog, inspizierte Swantje konzentriert einen Kleiderständer nach dem anderen. Die Modelle waren nach Farben geordnet. Ein sanftes Rosé, Himmelblau …

»Pastellfarben bitte nicht«, rief Ari hinter seiner Zeitung hervor, entfernte einen Staubfleck von seinem glänzend polierten Schuh. »Das ist etwas für sehr junge Mädchen oder ganz alte Damen. Meiner Ansicht nach kommt für eine Frau wie dich nur Schwarz oder Weiß in Frage.«

Aha, schon wieder reglementiert. Beide Farben mochte Swantje überhaupt nicht an sich, das Lochstickerei-Kleid hatte sie längst bereut.

»Und Schokoladenbraun?« Sie hob einen bodenlangen Wickelrock in die Höhe. »Man könnte ihn mit einer Bluse kombinieren.«

»Oder mit einem Seidenpullover.« Die Verkäuferin, ein beneidenswert schmales Vogelwesen, hielt das geeignete Stück bereits in der Hand. Mit Kennerblick hatte sie festgestellt, daß sich mit diesem Paar Umsatz machen ließ. Der Ehemann war bereit, alles zu kaufen, seine Frau, eine Deutsche, muckte erst mal auf, würde letztendlich aber, weil sie sich unsicher fühlte, klein beigeben.

»Schön, sehr schön.« Ari hob zerstreut den Blick. »Aber das ist etwas für den Strand. Oder wenn du mit Poussy im Garten Kaffee trinkst.« Hatte er eine Ahnung, wie sie da herumlief! »Chérie, bitte, vergiß nicht, Chou-chou hat fünfzig Personen eingeladen. Da mußt du dich schon zu einem Abendkleid entschließen.«

Mit zusammengebissenen Zähnen suchte Swantje weiter. Sie hatte geahnt, daß es schwierig werden würde, aber gleich so! Auch eine Visite im ersten Stock, wo eine weitere Kollektion hing, brachte sie keinen Schritt weiter. Würde es also doch Chanel oder Yves Saint-Laurent werden. Aber das war Wahnsinn! Und sie gar nicht der Typ dafür.

Um ihren guten Willen zu zeigen, probierte sie ein paar Modelle an. Nichts, nichts und wieder nichts. Zu weite Hosen, zu durchsichtige Blusen, die langen Kleider an ihr zu brav. »Ich finde nichts«, rief sie verzweifelt durch den Vorhang, vor dem das vogelartige Wesen mit einem Arm weiterer Musterstücke wartete.

»Und was ist damit?« Eine kleine blasse Hand, Aris, reichte ihr etwas Kohlrabenschwarzes, Wehendes. Ein Fledermausgewand? Graf Dracula persönlich? Vielleicht gehörte ja eine schwarze Maske einschließlich der passenden Zahnspange dazu? »Es erscheint mir ziemlich elegant.«

Swantje probierte mit letzter Kraft. Es war ein ausgeschnittener Seidenoverall mit schmalen Trägern, zu dem ein Blazer gehörte. Sehr schlicht, sehr selbstverständlich, aber irgendwie mit Pfiff. Sie drehte sich ein paarmal um die Achse, musterte sich im Spiegel. Ja, das würde gehen. Wenn der Aufzug auch etwas trist wirkte.

»Da fehlt natürlich noch eine Perlenkette.« Ari stand an der Kasse, zahlte mit seiner »carte bleue«, ließ auch den Wickelrock samt Pullover einpacken. »Gleich um die Ecke weiß ich einen guten Juwelier.«

»Nein, Ari, nein.« Swantje, die sich das Haar kämmte – sie brauchte schon wieder einen neuen Schnitt –, fiel fast der Kamm aus der Hand. »Das ist für heute wirklich genug. Außerdem habe ich schon eine Perlenkette.«

»Die kleine mit dem winzigen Schloß?« Ari wußte über alles Bescheid. »Sieht mir aus, als sei sie ein Konfirmationsgeschenk. Chérie, laß mich nur machen. Au revoir, Mademoiselle.« Wie ein König, den Kopf stolz hochgereckt, schritt er aus dem Laden. Mit hängendem Kopf und müden Schritten schlich Swantje hinterher. Von einer Sekunde zur nächsten fühlte sie sich maßlos deprimiert. Nizza war nicht das richtige Pflaster für sie, da gab es keinen Zweifel. Ein Leben lang war ihre Devise gewesen: mehr sein als scheinen. Das hatte ihr auch ihr Vater eingebläut. Und jetzt mußte sie ihre ganze Philosophie auf den Kopf stellen, mitmischen auf diesem großen Jahrmarkt der Eitelkeit. Diese Angeberei hier – das paßte doch gar nicht mehr in die heutige Zeit. Inzwischen gab es ganz andere Probleme.

Ari blieb stehen. Sensibel wie er war, merkte er, daß seine Frau etwas bedrückte. »Die Bemerkung mit dem Konfirmationsgeschenk tut mir leid. Pardon. Natürlich gefällst du mir genausogut in einfachen Jeans ohne Schmuck. Du bist eine Naturschönheit, hast die ganze Aufputzerei nicht nötig. Im Gegensatz zu mir.« Kleinlaut wies er auf seinen zweireihigen Blazer mit Militärknöpfen, den er, wie Swantje wußte, in Paris im »Ricci Club« gekauft hatte, auf seine handgenähten Schuhe. Dabei machte er ein so bekümmertes Gesicht, daß Swantje nicht anders konnte. Sie mußte ihn umarmen und küssen. Sollten dem vogelartigen Wesen hinter der Scheibe ruhig die Augen aus dem Kopf fallen, das hier war ihr Mann, der beste von allen.

»Aber hier an der Côte herrschen besondere Regeln«, fuhr Ari fort, nachdem er seine Frisur gerichtet hatte. »Vor allem in einer bestimmten Gesellschaftsschicht, der ich und durch deine Heirat jetzt auch du angehören. Man zeigt, was man hat, besucht deshalb die großen Soiréen in Monte Carlo, geht in die Oper oder veranstaltet, wie jetzt Chouchou, Gartenfeste. Sie tut das vor allem, um endlich wieder ihren prächtigen Smaragdschmuck vorzuführen, den sie von meinem Vater hat und der im Safe verstaubt, weil Max keine Lust hat, auszugehen. Sicher trägt sie auch ein Kleid aus der Haute Couture. Da kannst du als Schwiegertochter schlecht zurückstehen.«

Swantje versuchte es einzusehen, aber es fiel ihr schwer. In welchem Jahrzehnt lebte man hier bloß? Die protzigen fünfziger und sechziger Jahre waren doch längst vorbei. Der neue Trend hieß Understatement. Hatte sich das noch nicht bis an die Côte herumgesprochen? Über die Perlenkette – es war »nur« eine zweireihige, wie sich Ari entschuldigte, man könnte sie aber jederzeit verdoppeln – freute Swantje sich trotzdem. Matt glänzend lag sie auf ihrer gebräunten Haut, mit einem kaum wahrnehmbaren rosa Schimmer. Sie wollte die Perlen häufig tragen.

Saida kam aus dem Stöhnen nicht heraus. La fête, la fête. Sie hatte ja so viel zu tun! Dabei hatte Chou-chou ein Buffet beim »traiteur« bestellt, sechs Kellner würden bedienen. Im Garten hängte der Gärtner mit zwei Gehilfen Lampions und Lichterketten auf, reinigte den Swimmingpool, organisierte Tische und Stühle. Es sollte auch getanzt werden. Zu diesem Zweck hatte Chou-chou eine Zigeunerkapelle engagiert, die mit großem Erfolg im »Sporting Club« von Monte Carlo aufgetreten war. Punkt Mitternacht, wenn Chouchous Geburtstag begann, gab es noch eine Extraüberraschung. Jetzt mußte nur das Wetter halten.

10

Und es hielt. Tag für Tag leuchtete Nizza golden und blau, die weniger gewordenen Touristen stürzten sich nach wie vor in die Fluten, nur die Nächte wurden kühler. Deshalb sollten Heizstrahler im Garten für die nötige Wärme sorgen. Chou-chou dachte – Swantje war voller Bewunderung – wirklich an alles. Eine erfahrene Gastgeberin.

Der große Abend stand bevor. Niemand im Haus war ansprechbar. Max am allerwenigsten. In einem mintgrünen Sakko, das seine mächtige Brust fast sprengte, und ecrufarbener Hose, die spärlichen Haare (wie es Swantje vorkam) leicht rötlich gefärbt, ging er im Garten von weißgedecktem Tisch zu weißgedecktem Tisch, studierte die Tischkarten. Hin und wieder wechselte er eine aus. Um ihn herum bauten die Kellner die Bar und das Buffet auf. Elaine und Chantal in knöchellangen Samtkleidern ärgerten die Kellner, wurden von Max zur Ordnung gerufen. Wenig beeindruckt begaben sie sich ans fast zehn Meter lange Buffet, um die Vorspeisen zu studieren, naschten kichernd davon.

All das beobachtete Swantje von ihrem Kellerfenster aus. Sie war schon umgezogen, hatte sich das Haar gewaschen und mit einer goldenen Spange zu einem Pferdeschwanz festgezurrt. Der Overall sah wirklich gut aus, betonte ihre langen Beine, vor allem, da sie hochhackige Sandaletten trug. Sie würde alle wie ein Leuchtturm überragen. Na ja, wenigstens ein lustiger Aspekt, denn, ehrlich gesagt, graute ihr vor dem Abend.

Alle erwarteten sich so viel davon. Chou-chou, daß man ihr Haus, ihr Buffet, natürlich ihren Schmuck und dann die Enkelkinder bewunderte. (Basil nicht. Swantje hatte durchgesetzt, daß sich eine Schwester von Djamila drüben in Poussys Haus um ihn kümmerte. Er war zu klein, um von Tisch zu Tisch gereicht zu werden.) Max hoffte, daß sich alles nach seinem Kommando richtete, und Ari – ja, der wünschte sich inständig, daß seine Frau bei den Geburtstagsgästen ankam. Schließlich befanden sich viele Verwandte und Freunde darunter. Was aber sie selbst, Swantje, betraf, so hoffte sie gar nichts, sondern hätte sich zu gern das englische Reitturnier angeschaut, das zeitverschoben im Fernsehen übertragen wurde. Eurosport. Nils hatte sie am Telefon darauf aufmerksam gemacht. Die Übertragung begann Punkt sieben, während die Gäste gegen halb neun erwartet wurden.

»Meinst du, ich könnte …« Sie wandte sich an Ari, der, frisches Gel im Haar, nach einem teuren Rasierwasser duftend, an seinen Manschettenknöpfen herumfummelte. »Das erste Mal, daß ich bedauere, keinen eigenen Fernseher zu haben.« Dabei war sie selbst dagegen gewesen, weil sie die albernen französischen Ratespiele nicht ertragen konnte und die Nachrichten immer nur über das eigene Land berichteten. Wenn man von Deutschland etwas zeigte, waren es entweder Neonazis oder Leute aus den neuen Bundesländern, die mit ihrer Lage unzufrieden waren. Kein sehr objektives Bild.

»Chou-chou hat heute ihr großes Fest«, betonte Ari. Weil er aber seiner Frau keinen Wunsch abschlagen wollte, lenkte er ein. »Wir können es im kleinen Salon versuchen, wo Max seinen Fernsehapparat stehen hat. Dort wird niemand sein. Ich suche dir den Eurosport-Kanal und lasse dich dann allein. Du mußt die Sendung ja nicht zu Ende sehen.« Typisch Ari, der sich mit niemandem aus der Familie anlegen wollte.

Keiner war in der Eingangshalle, alle hielten sich in den Zimmern im ersten Stock auf. Der kleine Salon war dunkel. Ari tastete sich zum Fernsehapparat vor – dem größten, den Swantje je gesehen hatte –, suchte nach der Fernbedienung. Swantje hörte ein Fluchen. »Ich kann sie nicht finden. Das gibt es doch gar nicht. Vielleicht hat Max sie vor den Kindern versteckt, damit sie keinen Unsinn machen. Sähe ihm ähnlich.«

So war es auch. Max, der an der Bar unter den Bäumen mutterseelenallein seinen Whisky trank, bestätigte Aris Vermutung. Fernsehen fiel heute aus. Er machte richtig böse Augen. Was war in diese Swantje gefahren? Ein bißchen sehr kindisch, an einem Abend wie diesem Pferde springen sehen zu wollen. Erregt nahm er noch einen Whisky.

»Wenn es aber Rugby wäre«, konterte Swantje schnippisch, als Ari ihr schonend die Absage beibrachte. Ihr ging das ewige Gerede über diesen Sport, der in Deutschland keine Rolle spielte, langsam auf die Nerven. Die ganze Familie Atachou war rugbyverrückt. So hatte bei Basils Taufe Chou-chous Schwägerin verwundert gefragt, ob sich Swantje wirklich noch kein Match angesehen habe. Hier in Nizza gäbe es eine besonders gute Mannschaft. (Klar, weil ihr Sohn der Trainer war.)

Kurze Zeit später kam Ari mit einer guten Nachricht zurück: Saida hatte in ihrem Zimmer, das sich auch im Souterrain befand, einen Fernseher stehen. Den konnte Swantje benutzen. Er selbst fand die Lösung allerdings nicht ideal. Man setzte sich nicht in das Zimmer einer Bonne, noch dazu in vollem Ballstaat. Dégoutant.

Trotzdem machte es Spaß, den Pferden zuzuschauen.

Wie elegant sie sprangen, wie aufmerksam sie auf ein Zeichen ihres Reiters warteten, wie aufgeregt sie schnaubten. Sehnsucht stieg in Swantje auf. Zu sehr fehlte ihr der Geruch der Pferde, ihre warme, atmende Haut, an die sie so gern die Wange legte, die Stallatmosphäre. Aber, wie ihr Vater immer sagte, man konnte nicht alles haben. Dafür erwartete sie – sie schnitt eine Grimasse – ein großes Fest. Mit erstklassigem Essen und Trinken und Musik. Wer wohl mit ihr tanzen würde? Außer Ari niemand. Beste Gelegenheit für die Onkel und Tanten und Cousinen und Cousins, sich die Mäuler zu zerreißen über den Größenunterschied. Und daß sie, Swantje, älter war, war auch nicht zu übersehen. Dazu eine Deutsche. Prost Mahlzeit.

Drei deutsche Reiter hatten sich für das Stechen qualifiziert. Ein schöner Erfolg. Zufrieden stellte Swantje den Fernseher ab, zog die Tür hinter sich zu, schlüpfte in ihr Bad, wusch sich noch einmal die Hände, ordnete ihre Frisur. Dann machte sie sich daran, Ari zu suchen. Ohne ihn fühlte sie sich der Gästeschar nicht gewachsen.

Die Nacht war hereingebrochen. Auf dem Rasen standen einzelne festlich gekleidete Menschen herum, der Swimmingpool war hell angestrahlt. Von der Gastgeberin und dem Hausherrn war noch nichts zu sehen, aber Ari war da, unterhielt sich mit einem bulligen jungen Mann, der sich in seiner Smokingjacke nicht wohl zu fühlen schien. Seine Nase war uneben, wirkte, als habe er sich mindestens einmal das Nasenbein gebrochen.

»Das ist mein Cousin Leo«, stellte Ari vor. »Und das ist Swantje, meine Frau.« Wie stolz er das sagte und welch ehrfürchtige Bewegung er in ihre Richtung machte. Jetzt war Swantje doch froh, daß sie nicht in einem ihrer bunten Zigeunerkleider aufgetaucht war, sondern in einem richtig eleganten Modell. Es wertete sie und damit Ari auf.

Sie sprachen vom Wetter, von der Stadt Nizza und ihren Problemen nach dem Verschwinden des letzten Bürgermeisters und natürlich von Rugby. Leo war besagter Trainer, hatte früher in der Nationalmannschaft gespielt. Als er merkte, daß Swantje so gut wie nichts von seinem Sport verstand, wechselte er höflich zu Fußball über. Bayern München, »une équipe fantastique«. Trat demnächst gegen den Pariser Club St. Germain an. Er war mal gespannt. Sie tauschten einige nette Worte. Swantje lernte auch Leos Schwester kennen, Gabrielle, eine hübsche »rousse« mit grünen Augen, deren Töchter mit Elaine und Chantal hinter dem Haus spielten. Man hörte Hugues laut bellen.

»Comment allez-vous? Haben Sie sich gut in Nizza eingelebt?« Die übliche Frage.

»Ja, doch, natürlich.« Swantje wollte niemanden enttäuschen. »Vor allem, seit Ari mir die Stadt und ihre wunderschöne Umgebung ein bißchen näherbringt. Ich habe ihn einfach dazu gezwungen.«

Alle lachten. Ja, ja, Ari. Der war ganz verrückt mit seiner Arbeit. Dabei früher, in der Schule – Yves, der Mann der grünäugigen Cousine, erinnerte sich genau – hatte er nichts als Unsinn im Kopf gehabt. Unsinn und hübsche Mädchen. Nun, den guten Geschmack hatte er sich erhalten. Man sah es – ein leichtes Nicken, manche Herren verbeugten sich sogar – an seiner Frau.

Jean-Claude, Jean-Marie, Jean-François, Gabrielle, Jeanne und zweimal Franceline – alle waren sie reizend zu Swantje, gaben sich Mühe, sie zu unterhalten. Nur nach Deutschland erkundigte sich immer noch niemand. Komisch. Dabei waren es junge Leute, die reisten, ihre Kinder im Austausch in fremde Länder schickten – wurde Deutschland dabei ausgeklammert? Ein Gedanke, der Swantje weh tat. Außer dem Club Bayern München, Steffi Graf und dem »gros«

Kanzler Kohl schien man nicht viel von Deutschland zu wissen, gar nicht wissen zu wollen. So staunte man, als Swantje aufklärte, daß Claudia Schiffer eine Deutsche war. Vraiment? Man hatte sie für eine Amerikanerin gehalten, so schlank, so vollkommen.

Der Rasen füllte sich. Immer mehr Gäste schritten die geschwungene Freitreppe herunter, die vom großen Salon, dessen Flügeltüren weit offenstanden, hinunter in den Garten führte. Man begrüßte, umarmte sich. Küßchen rechts und Küßchen links. Die Kellner hinter der Bar kamen mit dem Gläserfüllen kaum nach. Elaine, Chantal und ihre Cousinen stolzierten mit Platten voller »amuses gueules« herum, wetteiferten, wer sie am schnellsten loswurde. Einmal löste sich Swantje von der Gruppe, ließ die Szenerie auf sich wirken. Wirklich filmreif. Dekorativ strahlten die Sterne vom Himmel (morgen würde es wieder schön sein), wühlte der Nachtwind in den Kronen der Palmen.

Wie auf ein geheimes Zeichen hin wandten sich die Gäste der prächtigen Villenfassade zu. Eine weibliche Gestalt erschien an den Flügeltüren, gehüllt in ein grünes, goldglitzerndes Gewand (passend zum Schmuck, kombinierte Swantje), neben sich einen mächtigen Herrn in Mint. Chouchou und Max. Alle applaudierten. Feierlich schritt das Paar die Treppe herunter, mischte sich unter die Gäste. Kurz darauf wurde das Zeichen gegeben, seinen Sitzplatz einzunehmen.

Wo würde sie sitzen? Swantje hatte keine Ahnung. Hoffentlich doch zwischen jüngeren Leuten. Aber nein, Monsieur Max hatte anders entschieden. Es war ein Tisch, vorwiegend besetzt von Chou-chous Verwandtschaft, außerdem ihren Freundinnen, die Swantje zum Teil von Basils Taufe her kannte. Neben ihr saß Ari, der andere Platz blieb lange frei. Bis die nächstsitzende Dame an Swantjes Seite rückte.

»Ich bin Astrid«, stellte sie sich mit hartem Akzent vor. »Gebürtige Schwedin. Und Sie sind, wenn ich richtig vermute, Swantje. Wenn uns Paul, unzuverlässig wie immer, schon nicht die Ehre gibt, müssen wenigstens wir Frauen zusammenhalten.« Sie lachte mit einer Lücke zwischen den Schneidezähnen.

Eine patente Frau. Jetzt konnte nicht mehr viel schiefgehen. Der Abend fing an, Swantje zu gefallen. Noch mehr, nachdem sie sich am Buffet bedient hatte, wo es ausschließlich Fisch gab, warm und kalt. Ari gab leise Ratschläge, was sie essen sollte und was nicht. Vor allem nichts mit dem berühmten »aïoli«, einer Knoblauchsauce, die es in sich hatte. Daß man hier sogar bei festlichen Dîners Knoblauch servierte! Ari selbst aß wie ein Spatz, knabberte immer wieder an schwarzen und grünen Oliven, tauchte zierliche Radieschen in Olivenöl. Aufmerksam eilten Kellner hin und her, brachten neue Teller, räumten ab. Es wurden Riesenmengen vertilgt.

»Ist alles in Ordnung bei euch?« Das war Mad Max, der sich über Swantjes nackte Schulter beugte. »Habe ich den Tisch gut zusammengestellt?«

»Ja, mein Kompliment. Aber eine weniger gute Nachricht: Drei deutsche Reiter haben sich für das Stechen qualifiziert. Von den Franzosen leider keiner.« Swantje mußte es einfach sagen. Der Rotwein hatte ihr die Zunge gelöst.

»Wieso? Woher wissen Sie das?« Er war irritiert.

»Dank Saidas Fernsehapparat. Ganz einfach. Nicht so groß wie Ihrer, aber für meine Zwecke durchaus ausreichend.« Das war ein Fehler. Jetzt hatte sie sich die Sympathie von Mad Max verscherzt. Ari stieß sie unter dem Tisch an. Mußte sie immer alles herausposaunen?

»Swantje, wenn ich es nicht besser wüßte – man könnte Sie für eine Schwedin halten«, plauderte Astrid. Sie trank tüchtig, rauchte eine Zigarre. »Wahrscheinlich kommen Sie aus Norddeutschland.«

»Ja, aus Schleswig-Holstein.« Das klang so stolz, als wäre es New York. Mindestens. Und tatsächlich – Astrid kannte Hamburg und seine Umgebung. In Swantje stieg Heimweh auf. Wie gern hätte sie wieder einmal einen ganzen Abend Deutsch gesprochen. Wenn das so weiterging, verlernte sie es noch.

»Eine wunderschöne Gegend.« Damit hatte Astrid Swantjes Herz endgültig gewonnen. Endlich jemand, der über Deutschland Bescheid wußte. Ein Rettungsanker auf stürmischer See. Sie rückte näher an ihre Nachbarin heran. Was machte Astrid in Frankreich? Und wie kam sie auf Chou-chous Geburtstagsparty?

Astrid winkte dem Kellner, ließ Swantje und sich Rotwein nachschenken. Konnte er auch einen Cognac besorgen? Astrid, entdeckte Swantje, besaß bei genauerer Betrachtung harte Züge. Sie mußte viel mitgemacht haben. An ihren kurzen, etwas klobigen Fingern trug sie einen blaugrünen Halbedelstein, ein ähnlicher hing an einem Lederband um ihren Hals. Ari lächelte, als er die beiden weizenblonden Köpfe nebeneinander sah. Da konnte man gegen Max sagen, was man wollte. Bei der Tischordnung hatte er Fingerspitzengefühl bewiesen.

»Ich habe mit zwanzig in der Eisenbahn einen Franzosen kennengelernt und ihn geheiratet. Die ersten Jahre verbrachten wir an der Elfenbeinküste, danach wurde mein Mann in den Libanon versetzt, später kaufte er bei Cannes ein Haus. Im Golfclub lernte ich Chou-chou kennen. Das ist jetzt fast dreißig Jahre her.« Astrid sprach ein eigentümlich kehliges Französisch. »Damals lebte ihr Mann noch.«

»Chou-chous Mann?« Swantje richtete sich gespannt auf.

Astrid hatte Aris Vater gekannt? Darüber mußte sie mehr erfahren. »Was war er für ein Mensch?«

»Frédéric?« Astrid zog die kohlschwarz gefärbten Augenbrauen zusammen. »Der intelligenteste Mann, den ich erlebt habe. Ein richtiger Crack.« Sie sagte wirklich »Crack«, sprach es aber französisch aus. »Frédéric war Steuerberater, aber einer von den ganz großen, beriet alle wichtigen Firmen an der Côte und darüber hinaus. Damit hat er ein Vermögen gemacht. Ich mochte ihn persönlich sehr gern, er war ein lieber Kerl, wenn auch keine Schönheit. Chou-chou war seine große Liebe. Er hat sie verwöhnt, ihr jeden Wunsch von den Augen abgelesen, wie ich das nie vorher oder nachher bei einem Ehemann erlebt habe. Von meinem eigenen ganz zu schweigen.« Ihre Züge verhärteten sich noch mehr. Aha, da also schien der Schlüssel zu ihrem Kummer zu liegen. »Die Familie führte ein Leben in ganz großem Stil. Meine Kinder wuchsen gemeinsam mit Ari und Poussy auf, wurden oft mit in die Ferien genommen, was für sie natürlich herrlich war, denn ich konnte ihnen das nicht bieten. Chou-chou und ich hofften immer, daß sie vielleicht untereinander heirateten, aber daraus wurde nichts. Eric, mein Sohn, starb bei einem Motorradunfall kurz vor seiner Verlobung mit Poussy. Und eine Verbindung zwischen Karen und Ari kam auch nicht zustande, obwohl alles danach aussah.«

Hört, hört. Davon hatte Ari nie etwas erzählt. Hätte um ein Haar eine Schwedin geheiratet.

»Sicher ist Ihre Tochter groß und blond?«

»Ist sie. Dort hinten steht sie, unterhält sich mit der kleinen Chantal.« Astrid wies auf eine etwas derbe junge Frau mit bubenhaft kurzgeschnittenem Haar. Nein – Swantje fühlte sich beruhigt –, diese Karen war keine Gefahr, wenigstens heute nicht mehr.

»Es war eine so süße Liebe zwischen den beiden Teenagern. Keiner konnte ohne den anderen sein«, fuhr Astrid fort, schnippte die Asche von ihrer Zigarre. »Ari war damals ganz anders als heute, viel weniger seriös. Man konnte fast sagen«, sie senkte die Stimme, »ein kleiner Taugenichts. Er litt darunter, Sohn eines so erfolgreichen Vaters zu sein, kreidete ihm an, soviel Geld zu verdienen. Einerseits warf er mit dem Geld nur so um sich, andererseits distanzierte er sich davon. Wie Jungen eben in diesem Alter sind. Und Chou-chou stand immer zwischen beiden. Keine sehr angenehme Situation. Bis Ari von einem Tag zum anderen die Schule abbrach und ins Ausland ging, um dort ganz klein, bei, ich glaube, einer Baufirma anzufangen. Vermutlich das Beste für ihn. Während seiner Abwesenheit starb dann sein Vater. Damit stand ihm ein Teil der Millionen zu, aber Ari lehnte sie ab, wollte sich seine eigene Existenz aufbauen. Was ihm ja gelungen ist.«

Astrid hielt inne. Hatte sie ihrer Nachbarin zuviel erzählt? Chou-chou würde es sicher nicht gern sehen, wenn sie hier aus dem Nähkästchen plauderte. Andererseits hatte Swantje ein Recht darauf, die Wahrheit zu erfahren.

»Und Poussy?« In Swantjes Kopf wirbelte es. Hatte Ari sie also geheiratet, weil sie seiner Jugendliebe Karen ähnlich sah. Sollte sie sich darüber ärgern? Nachdenklich musterte sie ihren Mann von der Seite. Da warf er ihr einen so innigen, so liebevollen Blick zu, daß ihr warm ums Herz wurde. »Ich denke gerade an unser bébé, Chérie. Ob er bei dem Lärm wohl schlafen kann? Ich schaue besser nach.«

Schon war er verschwunden.

»Und Poussy?« bohrte Swantje nach.

»Poussy? Die brachte die geerbten Millionen im Handumdrehen durch, zusammen mit Dany, diesem Hallodri. Sie liebt ihn verzweifelt, er hängt irgendwie auch an ihr, verschwindet aber in regelmäßigen Abständen, um angeblich ein großes Geschäft zu machen. Meistens kehrt er mit leeren Händen zurück. Wie diesmal auch. Sehen Sie, das ist er, der bärtige Mann im roten Hemd auf der Tanzfläche. Typisch Dany. Macht sich nicht mal die Mühe, sich zu Ehren seiner Schwiegermutter anständig anzuziehen. Vor ein paar Stunden ist er zurückgekommen.«

Die Zigeunerkapelle hatte vor dem Swimmingpool Platz genommen. Sie spielte virtuos, aber mit einer solchen Lautstärke, daß sich Swantje die Ohren zuhielt. Was für ein Lärm! In München hätten die Nachbarn längst die Polizei alarmiert, aber hier passierte nichts. Konnten sich die Atachous alles erlauben?

Unter den ersten Paaren, die tanzten, waren Dany, der bis auf seinen Vollbart ziemlich nichtssagend aussah, und Poussy im schillernden Paillettenkleid, das knapp die Oberschenkel bedeckte. Die durfte ... Und sie, Swantje, wurde von Ari in diese Konfirmationsrobe gesteckt, wenn er das Wort schon so gern benutzte. Sie wollte sich wenigstens die Jacke ausziehen.

Astrid wurde von Max zum Tanzen geholt, peu à peu löste sich die Tischordnung auf. Ehe sie sich versah, blieb Swantje allein zurück. Machte ihr persönlich nichts aus, aber die anderen würden es mißverstehen. Sieh an, sieh an, die Deutsche ein Mauerblümchen. Aus einem plötzlichen Impuls heraus erhob sie sich, drängte sich mit viel Pardon nach rechts und links an den Tischen vorbei. Neugierige Blicke folgten ihr. Einmal blieb Swantje stehen, winkte Poussy zu, die sich Wange an Wange mit ihrem Mann im Tangorhythmus wiegte, zum erstenmal richtig glücklich wirkte.

»Pardon.« Um ein Haar hätte sie einen Stuhl umgeworfen, aber mit Karacho. Was war bloß los mit ihr? Konnte sie nicht mehr aufrecht gehen? Ja, ja, diese gefährliche Mischung aus Champagner und Bordeaux. Aber was war das? Vor ihr tanzten zwei große blaue Augen, mit nachdenklichem Blick auf sie gerichtet. Swantje hielt an, holte tief Luft. Hatte sie also tatsächlich zuviel getrunken. Das war doch Monsieur Lucas, der Mann vom Flohmarkt. Wie lange lag die Begegnung inzwischen zurück? Sicher erst ein paar Wochen, aber ihr kam es wie eine Ewigkeit vor. Heute trug er eine weiße Smokingjacke wie die meisten männlichen Gäste, sah darin aber irgendwie anders aus. Weniger französisch, ja, das war es. Wie jemand, der nicht hierher gehörte. Neben ihm saß ein wunderschönes Mädchen in einem Spitzenkleid, das unverschämt die Brüste betonte. Swantje konnte gar nicht hinsehen. Anmutig hielt die junge Frau ein Champagnerglas in der Hand, die andere lag genauso anmutig auf dem Arm ihres Begleiters.

Das störte Swantje, und sie fauchte unvermittelt: »Ich hoffe, Sie haben Spaß an meinem Tintenfaß.«

»Ihr Tintenfaß?« Er überlegte. Dann lachte er auf. »Ach, das von Ginette. Sie hatten auch Interesse daran? Das wußte ich nicht. Ja, ich freue mich täglich daran, wenn ich es auch noch nicht eingeweiht habe.«

»Du hast mit dem Schreiben noch nicht angefangen?« mischte sich das Mädchen ein, ohne die Hand von seinem Arm zu lassen.

»Aber nein, Manon. So schnell geht das nicht. Erst muß ich meine Recherchen beenden. Inzwischen reichen sie fast bis zu den griechischen Inseln.« Er ließ den Blick nicht von Swantje, machte aber keine Anstalten, ihr einen Stuhl anzubieten. Unschlüssig blieb Swantje stehen. Eine blöde Situation. Sollte sie bleiben oder weitergehen?

»Manon, du gestattest? Das wäre doch etwas für uns. Tu sei per me la più bella del mondo.« Ein bebrillter Mann mit Stoppelhaar, Typ Zahnarzt, verbeugte sich vor dem Spitzenmädchen. Es zögerte, sah Lucas an. Als der aufmunternd nickte, erhob sich Manon, ließ sich halb widerstrebend wegziehen.

»Und Sie? Haben Sie keine Lust zu tanzen?« Lucas hatte sich erhoben, stand jetzt dicht neben Swantje. Ein amüsiertes Lächeln umspielte seine Lippen. »Oder darf das die Vizeherrin des Hauses nicht?«

»Ich?« Sie war verwirrt. Machte er sich über sie lustig? »Wieso? Doch, doch. Ich darf alles.« Was stark übertrieben war.

»Sie sind doch, wenn ich richtig unterrichtet bin, mit Ari verheiratet. Aristote Atachou, Chou-chous Sohn?«

Swantje nickte. Er schien sich gut in der Familie auszukennen.

»Darf ich also bitten?« Ohne ihre Antwort abzuwarten, drehte er sie leicht an den Schultern von sich weg, um sie wie eine Marionette vor sich herzuschieben. Swantje wehrte sich nicht. Da war der Druck kräftiger Finger auf ihrer nackten Haut, der ihr ein seltsames Kribbeln verursachte. Oder lag es am Champagner?

Sie tanzten. Wie zwei Fremde, die sie ja auch füreinander waren, und doch irgendwie vertraut. Es tat wohl, zu seinem Partner aufschauen zu können, sich nicht künstlich kleinmachen zu müssen. Und es tat fast noch mehr wohl, diese Hand auf ihrer nackten Schulter zu spüren. Auf einmal wünschte sich Swantje, sie hätte die verführerischste Haut der Welt. (Und dankte Gott, daß sie nicht auf den »aïoli« hereingefallen war.) Aber all das war ein Verrat Ari gegenüber, und sie schämte sich. Eine pflichtvergessene Ehefrau. Ehe sie sich noch mehr Vorwürfe machen konnte, war der Tanz vorbei. Es folgte kein weiterer. Die Kapelle machte eine Pause.

»Danke. Und schönen Abend noch.« Jetzt doch ganz

Vizehausherrin, nickte Swantje andeutungsweise mit dem Kopf, ehe sie zwischen den Tischen verschwand. Nur weg, weit weg.

Als sie nach etlichen Irrwegen, gespickt mit gespenstischen Szenen – Hugues lag vor seiner Hütte, bellte traurig; als sich Swantje, ohne auf ihren Seidenoverall Rücksicht zu nehmen, vor ihn hinkniete, stolperte Saida in einer Art schwarzglänzendem Pyjama vorbei, stopfte sich aus der Schüssel, die sie trug, einen Hummerschwanz nach dem anderen in den Mund; ein paar Meter weiter erbrach sich Elaine, gestützt von Djamila, heftig ins Gebüsch – an ihren Platz zurückkehrte, frisch gekämmt und geschminkt, sah sie Ari und Astrid in traulichem Gespräch. Die Fast-Schwiegermutter mit dem Beinahe-Schwiegersohn.

»Schön hast du getanzt.« Aus Ari sprach ehrliche Bewunderung. »Ich habe dich mit Vergnügen beobachtet. Und noch eine positive Nachricht. Mit Basil ist alles in bester Ordnung.«

Swantje nickte. Das war freilich das Allerwichtigste. Trotzdem stellte sie die Frage, die ihr auf den Lippen brannte: »Wer ist eigentlich der Mann, mit dem ich getanzt habe?«

Ari musterte sie erstaunt. »Chérie, das weißt du nicht? Das ist Lucas oder auch Luc, der jüngere Bruder von Max. Wir sehen ihn nur selten. Dabei lebt er gar nicht weit von hier. In Villefranche sur Mer, dort, wo die berühmte Zitadelle steht.«

»Und ich hätte gewettet, er sei kein Franzose.« Nachdenklich leckte Swantje an der Eiswaffel, die Astrid ihr reichte. Ein Eismann ging von Tisch zu Tisch.

»Ist er auch nur halb. Seine Mutter war Polin oder Griechin, glaube ich. Wenn es dich näher interessiert, mußt du Max fragen.«

Tat sie sicher nicht. Jetzt wollte sie erst mal mit Ari tanzen, der so brav ausgeharrt hatte. Sie tanzten einen Wiener Walzer, und Swantje schloß die Augen, stellte sich vor, Statistin in einer Operette zu sein, so unwirklich kam ihr die ganze Kulisse mit den Männern im Smoking und den Frauen in Abendkleidern vor, die sich unter schaukelnden Lampions drehten. Zwischendurch suchte ihr Blick Lucas und seine schöne Freundin, aber sie schienen verschwunden zu sein.

Und dann war es Mitternacht. Kellner tauchten mit Tabletts voller gefüllter Champagnergläser auf, die Kapelle spielte einen Tusch. Mit vorsichtigen Schritten tippelte Chou-chou die Freitreppe hinauf, stellte sich vor die geöffneten Flügeltüren, hob effektvoll beide Arme. (Wie Evita im Musical, wenn sie das berühmte »Don't cry for me, Argentina« singt, fand Swantje.)

Alles klatschte, schwenkte ihr die Gläser entgegen. »Happy birthday. Bonne anniversaire, Chou-chou.«

Max gratulierte als erster mit einem Handkuß und einem Kuß auf den Mund, die anderen folgten. Eine Schlange aus lebhaft plaudernden Gästen wand sich die Treppe hinauf. Swantje, eine der letzten Gratulantinnen, wurde von ihrer Schwiegermutter mit einem auffallend freundlichen Blick bedacht. Was soviel hieß wie: »Ich bin zufrieden mit dir, du hast deine Sache gut gemacht.«

Gleich darauf wurden die Flügeltüren noch weiter aufgestoßen, und halbnackte dunkelhäutige Tänzerinnen schwärmten mit zuckenden Hüften durch den Garten. Die silbernen Federbüschel auf ihren Köpfen zitterten im Samba-Rhythmus. »Carneval do Brasil«. Chou-chous große Überraschung.

Swantje verzog sich hinter eine Palme. Südamerikanische Tänze lagen ihr so gar nicht. Ihr fehlten die Geschmeidigkeit, die Gabe, sich loszulassen, wahrscheinlich auch das Temperament. Aber da war eine Person, die sich auf der Stelle von den kaffeebraunen Schönheiten mitreißen ließ: Monsieur Lucas. Schweißperlen rannen ihm die Schläfen entlang, er hatte die Jacke abgeworfen, die Smokingschleife gelockert, tanzte wie ein junger Gott.

11

Nils machte sein Versprechen wahr. Er würde für zwei Wochen nach Nizza kommen. Swantje war ganz aus dem Häuschen vor Freude. Jetzt erst merkte sie, wie sehr ihr der Große fehlte. Zwar telefonierten sie häufig miteinander, die Mutter schickte ihm Fotos, außerdem Süßigkeiten aus der Region, CDs (von Poussy empfohlen) oder auch mal ein T-Shirt, aber das war doch nicht dasselbe, wie ihn in die Arme zu schließen.

Wo würde er wohnen? Bei ihr im Souterrain ging es nicht, es gab nicht genug Platz, Nils hätte nicht mal sein eigenes Bad. Pussy schlug eines ihrer Gästezimmer vor, aber damit wäre Swantje ihren Jungen los gewesen. Obwohl der Sommer längst zu Ende war, ging es bei Poussy immer noch wie im Taubenschlag zu. Freunde kamen und gingen. Besonders nachdem sich Dany wieder einmal *auf französisch* – wie passend – verabschiedet hatte. Diesmal immerhin unter Hinterlassung seiner Adresse: Santa Fé. Elaine und Chantal würden ihn dort besuchen.

Nein, Swantje bestellte nach Rücksprache mit Ari ein Zimmer im Hotel »Mireille«. Dort hatte Nils seine Unabhängigkeit, war trotzdem in der Nähe. Und damit er sich bloß nicht langweilte – ein beängstigender Gedanke –, entwarf sie ein Programm. Eine – wie sie fand – gelungene Mischung aus Ausruhen, Familie, Sightseeing, kulinarischen Genüssen und Kunst. Höhpunkt würde eine Bootsfahrt mit

Gaston sein, auch ein Cousin von Chou-chou (ganz Nizza schien miteinander verschwägert), der hoch über Cannes wohnte und internationale Preise in seiner Bootsklasse gewonnen hatte.

»Welche Bootsklasse?« fragte Nils am Telefon.

Seine Mutter mußte passen. Ja, wenn es sich um Pferde gehandelt hätte! Aber er würde es ja demnächst mit eigenen Augen feststellen.

Hinterher war Swantje deprimiert. Sie verstand nichts von Booten, und mit ihren Fahrkünsten war es auch nicht weit her. Was für eine Versagerin! Da bot ihr Ari immer wieder an, seinen Mercedes oder den Bugatti zu fahren, aber sie traute sich nicht. Der hiesige Verkehr war ihr suspekt. Allein die Vorstellung, einen Fehler zu begehen und mutterseelenallein den nicht endenwollenden Sprachtiraden der »niçois« ausgesetzt zu sein, trieb ihr den Angstschweiß auf die Stirn. Da Ari aber an Nils' Ankunftstag nicht verfügbar war – er machte Aufnahmen in einem Schloß –, beschloß Swantje, gutbürgerlich mit dem Bus zum Flughafen zu fahren und zurück dann ein Taxi zu nehmen. Zweimal Taxi war ihr zu teuer.

Nervös stand sie in der Ankunftshalle. Eigentlich hatte sie ja vorgehabt, Basil mitzunehmen, aber der hatte in der Nacht schlecht geschlafen, nörgelte ausnahmsweise herum. Deshalb gab ihn Swantje bei Poussy ab. Wenn schon nicht den kleinen Bruder zum Empfang, was dann? Blumen? Wirkten für einen Zwanzigjährigen albern. Kandierte Früchte? Aß er ihrer Erinnerung nach nicht. Noch ein T-Shirt? Konnten sie hinterher gemeinsam kaufen. Erst einmal sollte er heil ankommen.

Das Flugzeug aus München war gelandet, die ersten Passagiere schritten den Gang entlang, scharten sich um das Gepäckband, auf dem eine Unmenge schwerer Golftaschen heranrollte. Der Oktober war an der Côte ein besonders angenehmer Monat mit vielen Sonnentagen, für Sport wie geschaffen. Und da kam er schon mit seinen komisch wiegenden Schritten angeschlendert. Nils, ihr Sohn. Wie es schien, noch ein paar Zentimeter in die Höhe geschossen, schmal und schön. (Agnes' Kost schien bei ihm auch nicht besser anzuschlagen als ihre.) Aber was war das? Wem sie da so sehnsüchtig entgegenstarrte, das war kein Hippie, Grunge- oder Techno-Typ, sondern ein recht eleganter junger Mann. Das Haar sehr kurz und dabei eigenwillig geschnitten (war das Unterhaar nicht ein bißchen dunkler gefärbt?), ein einziger Goldring im rechtenOhr und statt der ewigen grauschwarzen Kapuzenhemden ein langärmeliges Polohemd, mit dem Emblem von Ralph Lauren. Wer hatte diese Verwandlung fertiggebracht? Swantje fühlte sich erleichtert. Ein so adretter »jeune homme« ließ sich Chou-chou viel leichter präsentieren als ein Typ aus dem Kohlenkeller. Vor allem, da sie so neugierig auf ihn war.

»Nils, mein Junge. Von ganzem Herzen bienvenue in Nizza.« Sie stellte sich auf die Zehenspitzen, legte ihm die Arme um den Hals. »Wie ich mich freue, dich zu sehen. Hast du eine gute Reise gehabt? War der Flug angenehm?« Jetzt benutzte sie schon die gleichen Floskeln wie die Franzosen.

Nils schaute sie etwas verwundert an. Was verzapfte sie da für ein Blabla, seine teure Mama? Na ja, machte wohl die Aufregung.

»Okay, alles in Ordnung.« Er verlagerte seinen weißen Matchsack auf die andere Schulter. »Bloß das Frühstück war ein Witz. Gibt's hier immer so kleine Portionen?«

»Klein?« Swantje überlegte während sie unentwegt an ihm herumzupfte. Sie mußte ihn berühren, seinen frischen Bubenduft spüren.

»Kleiner schon als im ›Paulanerbräu‹. Aber dafür sehr fein. Und mit viel Knoblauch. Achtung!« Sie wußte, daß er den gleichen Abscheu vor der übelriechenden Knolle besaß wie sie.

»Wieso Achtung? Knoblauch ess' ich fast jeden Tag.« Er sagte das wie nebenbei.

»Das ist neu.« Swantje war platt. »Hat dich Agnes darauf gebracht?« Sie fühlte Eifersucht. Bisher war sie für die Geschmacksrichtung ihres Sohnes zuständig gewesen.

»Agnes doch nicht. Sie tischt einem Körner und Tofu und solches Gesundheitszeug auf und macht ein Geschrei, wenn man nicht die Augen vor Entzücken verdreht. Nein, es ist Jennifer.« Interessiert musterte er zwei halbwüchsige Mädchen, die ganz in Weiß und Gold (wie die Mütter) und dazu minikurz und supereng vorbeistolzierten.

»Jennifer«, wiederholte Swantje langsam. »Eine Freundin?«

»Was sonst? Aber können wir nicht mal ins Freie gehen! Ich brauche Luft. Erst die ewige S-Bahn-Fahrt in München, dann der Flughafen, das Flugzeug… Mir fehlt Sauerstoff.«

»Natürlich. Entschuldige.« Sie schwangen sich durch die Drehtür, stiegen in ein Taxi. Wenn nicht der kühle Wind gewesen wäre, der weiße Wellenkämme auf das Meer zauberte und die Wellen gegen den Strand donnern ließ – man hätte meinen können, es sei August, so lavendelblau war der Himmel.

»Aha, das Meer. Endlich!« Eben doch ein Sohn des Nordens. Nils kurbelte, ohne den Taxifahrer oder seine Mutter zu fragen, das Fenster herunter, hängte einen Arm hinaus. »Mächtig geil. Und so nahe. Ich hoffe, das mit der Bootsfahrt ist geklärt.«

Swantje schreckte aus ihren Grübeleien auf. Wer war

Jennifer? Warum hatte er sie am Telefon nie erwähnt. »Was meinst du? Der Ausflug mit Gaston? Ja, kommenden Dienstag, wenn das Wetter hält. Wir starten von Cannes aus und bleiben den ganzen Tag über draußen. Aber bitte, erzähl mir ein bißchen mehr von Jennifer. Sicher ist sie sehr nett.«

Nils warf ihr einen seiner nordländisch-blauen Blicke zu. Auch sehr, sehr blau. Er paßte nach Nizza. »Ist doch Privatsache, oder? Hast du mir damals alles über deinen Mann erzählt?«

»Hätte ich«, verteidigte sich die Mutter. »Aber dich hat's nicht interessiert.«

Nils gab keine Antwort, starrte weiter aus dem Fenster. Swantje beschlich plötzlich das Gefühl, daß sein Aufenthalt problematisch werden könnte. Es war so schwer, das richtige Gesprächsthema zu finden. Mit einer Tochter wäre es leichter gewesen. War die lange Trennung daran schuld, oder lag es an dieser Jennifer?

»Hast du etwas von Opa gehört?« Eine unverfängliche Frage.

»Wir telefonieren jeden Tag miteinander.« Das erstaunte sie nun wieder, so pflichtbewußt war sie nicht. »Er hat sich beim Spazierengehen erkältet, liegt im Bett. Jetzt schon über eine Woche.« Es klang bekümmert. Nils schien sich Sorgen zu machen. Kannte sich jemand aus mit dieser Jugend!

»Über eine Woche? Das ist in seinem Alter nicht gut. Ich habe ihn immer wieder nach Nizza eingeladen, damit er auch mal Basil sieht. Er wollte schon, verschob den Termin dann aber lieber auf das Frühjahr. Meinst du, sein Zustand ist gefährlich?« Sie hatten die Rollen getauscht. Jetzt war sie das kleine Mädchen, das Trost bei dem erwachsenen Mann erhoffte.

»Keine Ahnung.« Nils zuckte mit den Schultern. »Vor allem weiß ich nicht, ob er in seinem Heim richtig betreut wird. Ich hab' mir vorgenommen, ihn mal zu besuchen.«

»Damit würdest du ihm einen großen Gefallen tun. Das zahle aber ich, hörst du«, beeilte sich Swantje zu versichern. Und fuhr nach einer kleinen Pause fort: »Wie kommst du eigentlich mit deinem Geld zurecht. Reicht es?« Gottfried Sievers hatte seinem Enkel eine größere Summe auf sein Konto überwiesen, das für seinen Lebensunterhalt bestimmt war. Unabhängig davon durfte er sich an Swantjes Konto bedienen. Außerdem sollte sein Vater für ihn zahlen.

»Geht schon. Ich gebe nicht viel aus.«

»Weil Jennifer so gut kocht?« Das konnte sie sich nicht verbeißen.

Er sah sie groß an. »Hast du kein anderes Thema, Mama? Du wirst sie schon kennenlernen. Nur damit du Bescheid weißt – mit Kochen hat sie nicht viel am Hut.«

Jetzt war Swantje genauso schlau wie zuvor. Gott sei Dank wandte in diesem Augenblick der Taxichauffeur seinen Kopf um, wollte die genaue Adresse wissen. Sie hatte ihm nur die Richtung zum Hafen angegeben.

»Tout droit et après le deuxième feu rouge à gauche«, spulte sie einigermaßen fließend herunter.

Jetzt war es an Nils zu staunen. »Du sprichst ja klasse Französisch, Mama. Wirklich. Ich bin total beeindruckt. Und auch deine Klamotten … Kompliment. Nicht so spießig wie zu Hause.«

Hélas – nahm ihr Sohn sie also auch noch wahr. Hatte nicht nur Augen für Jennifer. Versöhnt drückte sie ihm die Hand.

Quietschend hielt das Taxi vor dem Hotel. Swantje zahlte, ließ sich den Schlüssel geben, stieg hinter Nils die knarrenden Treppen hinauf. Hier also hatte das junge Paar gewohnt, das sich auf dem Balkon so heftig umarmte. Inzwischen waren sie wie die meisten Gäste abgereist, die Zimmer standen größtenteils leer. Hotel »Mireille« würde wie viele andere Ferienhotels am ersten Dezember schließen.

Das Zimmer war nicht hochelegant, aber recht gemütlich eingerichtet. Ein breites Bett, viele Rüschen, verschlissene Vorhänge, die unvermeidlichen Van-Gogh-Drucke an der Wand. Die Fenster gingen in Richtung Meer.

Während Nils seine wenigen Sachen einräumte, betrachtete Swantje ihn. Ihr Sohn. Wie stolz sie auf ihn war. Und eines Tages würde Basil genauso erwachsen sein. Erwachsen sein und sich allmählich von ihr lösen. Sie wollte die Zeit bis dahin noch gründlich genießen.

»Aus dir ist ein richtiger Yuppie geworden.« Das sollte ein Kompliment sein, aber Nils faßte es falsch auf.

»Yuppie? Sag das bloß nicht. Ich hasse die Egotypen. Ich bin Nils Sievers und sonst niemand.« Er fuhr sich mit einer Bürste über das modisch gestylte Haar.

»Natürlich. Ich meine nur, daß dir dieses Ralph-Lauren-Hemd ausgesprochen gut steht.«

Bloß keinen Streit, keine Mißverständnisse. Sie würden nachher mit Chou-chou und Max essen, da mußten sie sich als topharmonisches Duo präsentieren.

»Um nochmals auf Opa zurückzukommen: Ich wäre dir sehr dankbar, wenn du ihn besuchst. Eigentlich wäre das ja meine Pflicht, und ich täte es gern. Aber was fange ich inzwischen mit Basil an?«

Nils nickte. Das Thema war abgehakt. Sie hatten doch bereits darüber gesprochen.

»Brüderchen Basil. Wann kann ich ihn sehen?« Seine Stimme klang mit einemmal lebhaft. »Ich hab' ihm auch etwas mitgebracht. Schau mal.« Er schwenkte einen winzigen Südwester durch die Luft, weiß mit schmalen blauen Streifen.

»Sehr niedlich. Wo er sich doch so gern was auf sein Köpfchen setzt. Und jetzt komm. Dein Bruder wartet.«

Das Zusammensein mit Nils strengte sie mehr an, als sie zugeben wollte. Er gab so knappe, manchmal richtig beleidigende Antworten, kritisierte sie. Lag das daran, daß er sich von ihr im Stich gelassen fühlte, oder an dieser rätselhaften Jennifer?

Nils sagte kein Wort, als sie die weiße Villa betraten, ebensowenig, als sie ihn die Kellertreppe hinunterführte. Er schaute nur, prägte sich alles genau ein. In diesem Augenblick beschloß Swantje, Ari zu bitten, endlich eine eigene Wohnung zu suchen. Das hier war eine Zumutung.

»Nimmst du bitte Platz?« Sie wies auf einen roten Samtsessel. »Und schenk dir etwas ein. Ich hole rasch den Kleinen.«

Basil saß auf dem Teppich in Poussys supermodern eingerichtetem Salon, hantierte ungeschickt mit einer Wasserpistole herum. Ari wäre wütend gewesen, hätte er seinen Sohn mit einer Spielzeugwaffe gesehen, während Swantje nichts dabei fand. Um ihn herum war der Boden voller Krümel.

»Er ist ja so süß.« Chantal in einer Cordhose und einem Dalmatiner-Sweatshirt, seufzte vor Entzücken. »Meinst du, du könntest mir Basil ausleihen, wenn ich meine Freundin Cécile besuche? Sie würde sich zu Tode ärgern.«

»Vielleicht. Weil du immer so schön mit ihm spielst.« Liebevoll strich ihr Swantje übers Haar. Sie mochte die beiden Mädchen, die sich zwischen ihrer exzentrischen Mutter und dem meistens abwesenden Vater erstaunlich gut behaupteten. Allerdings beschäftigte sich Chou-chou auch viel mit ihnen.

Poussy, in einem orangefarbenen Minirock und schwarzem Rollkragenpulli, stark nach einem orientalischen Parfum duftend, hockte neben Basil auf dem Teppich, versuchte einen Korbstuhl zu reparieren.

»Diese Freunde.« Sie rollte die Augen. »Machen wirklich alles kaputt. Aber ich glaube, ich weiß, wie ich das Ding flicken kann. Oh, merde!« Der Bastfaden war ihr aus der dicken Nadel geschlüpft. »Übrigens, Sue – dein Sohn war brav. Viel braver als früher sein Vater. Nur Joghurt wollte er nicht essen. Nicht unbedingt linienbewußt, dieser Basil.« Sie grinste, ohne aufzublicken. Im Raum dröhnte wieder einmal Höllenmusik. Gefüllte Aschenbecher standen herum, daneben angebrochene Wasserflaschen.

»Das ist er nicht gewöhnt.« Swantje bückte sich, nahm ihren Sohn auf. Sein Haar roch nach Rauch. Das machte sie irgendwie wütend, obwohl sie wußte, daß sie übertrieb.

»Und dein Älterer? Ist er schon da? Wann kann ich ihn sehen?« Poussy hob immer noch nicht den Kopf.

»Wann immer du willst. Zum Beispiel gleich beim Mittagessen. Bist du auch dabei?«

»Ich?« Poussy lachte hustend auf, zündete sich eine Zigarette an. »Ich doch nicht. Max könnte keinen Bissen herunterbringen und ich wahrscheinlich auch nicht. Guten Appetit. Kommt doch mal zum Apéritif bei mir vorbei.«

Damit war die Unterhaltung beendet. Swantje lief durch den Garten zu Nils herüber, der weder ein Glas in der Hand hielt noch Platz genommen hatte, sondern mit schiefgelegtem Kopf vor einem Bild stand, das eine grelle Basarszene darstellte. Sie drückte ihm Basil in den Arm. »Da hast du deinen Bruder.«

Nils hielt ihn so vorsichtig, als ob er aus Glas wäre. Er lächelte. »Basil«, sagte er, wobei er die erste Silbe betonte, so wie es auch richtig war und wie es niemand hier tat. »Hallo, Basil. Ich bin Nils, dein Bruder. Wir kennen uns schon. Als du noch ganz, ganz klein warst, habe ich dich zum erstenmal gesehen. Erinnerst du dich?«

Er hob den Kleinen höher, so daß das Köpfchen auf seiner Schulter ruhte, drückte ihn fest an sich. Swantje war gerührt. Am liebsten hätte sie die Szene im Foto festgehalten. »Annäherung an einen kleinen Bruder« oder so ähnlich. Nun war Basil ja ein liebenswürdiges Kind, das jeden anlächelte, aber wie er auf Nils reagierte, war trotzdem überraschend. Er lachte glucksend, konnte sich gar nicht beruhigen, versuchte Nils an den Haaren zu ziehen. Nils lachte zurück. So glücklich hatte ihn seine Mutter seit Ewigkeiten nicht gesehen.

»Wenn er dir zuviel wird, gib ihn mir«, unterbrach sie. »Ich meine, du bist ein Baby nicht gewöhnt…« Sie streckte die Arme aus.

»Mama, er ist *mein* Bruder«, wurde sie von Nils korrigiert (schon wieder). »Du erlaubst doch, daß wir uns näher kennenlernen.«

Natürlich, natürlich. Sie war ja froh, wenn Nils etwas in Nizza gefiel, er sich nicht fragte, warum er überhaupt gekommen war. Auch mit Max und Chou-chou lief alles problemlos. Sie waren Nils gegenüber von einer solchen Zuvorkommenheit, daß Swantje staunte. So viel Freundlichkeit hatte *sie* hier noch nie erlebt. Woran das wohl lag? Dabei wirkte Nils mit seinen blauen Augen und der hochaufgeschossenen Figur so überaus und im besten Sinne deutsch. Vergaß Chou-chou diesem jungen Menschen gegenüber ihre Ressentiments? Aber sie, Swantje, gehörte auch zur Nachkriegsgeneration, hatte mit den Nazigreueln nichts zu tun. Oder war die Geschichte von dem Schwager, den die Deutschen getötet hatten, nur eine Ausrede? Liebte Chou-chou vielmehr ihren Sohn so sehr, daß sie ihn keiner Frau gönnte? Rätselhaft.

Nils sprach englisch, was höflich akzeptiert wurde. (Mir haben sie das nie angeboten, haderte Swantje. Ich mußte mich sofort in den französischen Sprachdschungel stürzen. Und Ari ließ es widerspruchslos geschehen.) Das Englisch von Mad Max war einwandfrei, während Chou-chou mit einem merkwürdigen Akzent herumstotterte.

Auch das Déjeuner war ganz auf einen Zwanzigjährigen abgestellt. Statt des üblichen Fischs servierte Saida Hamburger der delikatesten Art, dazu gab es Pommes frites und Salat, als Dessert dann Eiscreme. Nur aß man hier kein Ketchup zum Hamburger, sondern den extrascharfen Dijon-Senf. Und was war mit Knoblauch? Nils schnupperte an seinem gebratenen Fleisch. (Diese Jennifer! Swantjes Voreingenommenheit nahm immer mehr zu.) Was Saida, die selbst, wie sie stolz verkündete, jeden Morgen mit einem Liter Milch und einer Knoblauchzehe begann, veranlaßte, ein Schüsselchen mit grobgehacktem Knofi vor ihn hinzustellen. Seine Mutter wandte sich schaudernd ab.

Während Nils mit vollen Backen kaute, stellte Chou-chou Fragen. Ob ihm sein Studium gefiel, wo er später einmal arbeiten wollte, welche Länder er kannte. Diese Frage ärgerte seine Mutter. Natürlich war er noch nicht soviel in der Welt herumgekommen wie Chantal und Elaine, einfach weil es am nötigen Kleingeld gefehlt hatte, aber er war ein paarmal in Skandinavien gewesen und würde demnächst seinen Vater in Chile besuchen. Any other questions?

Max gebärdete sich ungewohnt zahm, wies Chou-chou kein einziges Mal zurecht, was die wie eine Blume aufblühen ließ. Eine richtig harmonische Runde. Nur als Swantje beim Käse erst den Gruyère nahm und dann den Camembert, fuhr Max sie an: »Sie haben die Reihenfolge der Käse durcheinandergebracht. Langsam müßten Sie sich darin auskennen.«

Lächerlich. Swantje warf Nils einen Blick zu. Der erwiderte ihn nicht, sondern ließ sich von Max ganz genau erklären, welchen Käse man als ersten aß, welchen als zweiten, als dritten. Hatten sich alle gegen sie verbündet? Oder wollte Nils mit seiner Weisheit daheim vor Jennifer angeben?

»Zum Kotzen«, brach es später aus ihr heraus, als sie allein im Garten saßen. Hugues trottete heran, ließ sich von Nils kraulen. »Findest du sie nicht auch zum Kotzen?«

Nils warf ihr einen erstaunten Blick zu, ohne von dem Hund zu lassen. »Nein, überhaupt nicht. Sie sind doch alle sehr nett. Und dieses köstliche Fleisch und der erstklassige Wein. So fein, Mama, ißt du jetzt jeden Tag! Erinnere dich an unsere trübsinnigen Spaghettiorgien, weil dir wieder mal nichts anderes einfiel. Du scheinst nicht zu wissen, wie gut es dir geht.«

Vielleicht hatte er recht. Sie hatte sich wirklich sehr schnell an das ausgezeichnete Essen gewöhnt, nahm alles als selbstverständlich hin. Wie schnell man doch dem Luxus verfiel. Sicher ganz gut, daß Nils ihr einmal den Kopf zurechtrückte. Trotzdem fühlte sie sich im Stich gelassen.

Abends kam Ari, erzählte von seinen Fotoaufnahmen in einem alten Schloß. Er schien tief beeindruckt. Wo würden sie alle drei dinieren? Er schlug ein Restaurant in Nizza vor.

»Was bevorzugst du? Urwüchsig oder sehr fein?« fragte er Nils.

»Urwüchsig.« Nils' knappe Antwort. Ari gegenüber hatte er die Stacheln aufgestellt. Anscheinend machte ihm Swantjes Hochzeit immer noch zu schaffen.

Sie saßen im berühmten »Café Torino« in einem kahlen und auch kalten Raum, wo allerdings, wie Ari wußte, die besten »fruits de mer« von ganz Nizza serviert wurden. Frisch aus dem Meer oder auf kürzestem Wege von der Atlantikküste importiert. Normalerweise saß man draußen an langen Tischen, aber dafür war es heute zu kühl. Vor den Türen standen die »écaillers« in dicken blauen Pullovern und mit Schirmmützen, brachten ihre Körbe mit Muscheln, Austern und anderen »coquillages«. Gab eine Serviererin eine Bestellung bei ihnen auf, stellten sie sorgfälig eine Auswahl zusammen. Die »fruits de mer« aß man mit Kartoffeln oder dunklem Brot, dazu gab es Butter, Zitrone, Schalotten und natürlich weißen Wein. Swantje hätte es in einem kleinen Restaurant mit einem Patron und gemütlichen Kissen im Rücken gemütlicher gefunden, aber Nils gefiel es. Er fühlte sich fast wie auf einem Schiff, versicherte er, durch den vielen Weißwein gesprächiger geworden. Und fing wieder mit der Bootsfahrt am Dienstag an. Zum Glück konnte ihm Ari genauere Auskunft über den Schiffstyp und über die Trophäen geben, die Gaston damit gewonnen hatte. Es mußte sich in beiden Fällen um etwas Besonderes handeln, denn Nils war beeindruckt. Na Gott sei Dank, atmete Swantje auf, immer nur der kleine Bruder und das gute Essen bei Chou-chou – damit konnte man vierzehn Tage nicht füllen. Und ob sich Nils für Künstlerateliers hoch oben in den Bergen interessierte?

Anschließend machten sie einen Bummel durch das »vieux Nice«. Jetzt, da die Hauptsaison vorbei war, wirkte es weniger touristisch, bezauberte Swantje mit seinen engen Gäßchen, den schmalbrüstigen Häusern, die Geschäfte beherbergten, in denen man Mode, kulinarische Spezialitäten, Souvenirs und allerlei internationalen Schnickschnack kaufen konnte. Einige Läden hatten noch geöffnet. Auch in den meisten der schummrig beleuchteten Lokale herrschte Betrieb. Man hörte Lachen und Radiomusik.

Swantje hatte sich bei Nils eingehängt. Sie genoß den nächtlichen Spaziergang, gesättigt, friedlich, ihrem Sohn so nahe. Ari, zartfühlend wie immer, hielt sich ein paar Schritte zurück. Er erklärte, wo es etwas zu erklären gab, erzählte aus der Geschichte Nizzas. Aber nur so viel, daß es nicht schulmeisterlich wirkte. Selten zuvor hatte Swantje ihn so geliebt wie in diesem Augenblick. Einmal drehte sie sich um, warf ihm einen Handkuß zu, den er zärtlich erwiderte.

12

Und dann kam der Dienstag, und tatsächlich – es schien die Sonne. Ganz Nizza leuchtete in herbstlichem Blau und Purpurgold, die Wassertemperatur war mit zwanzig Grad angegeben. Nils erwartete Swantje vor dem Hoteleingang, unruhig tigerte er auf und ab.

Sie mußte lachen. »Fürwahr, eine gewisse Verwandtschaft läßt sich nicht leugnen.« Immer noch lachend wies sie auf seine schwarzen Jeans und das weiße T-Shirt. Bei ihr war es genau umgekehrt: weiße Jeans und ein schwarzes T-Shirt, auf dem in Riesenbuchstaben »nice« stand. Konnte nett auf englisch oder Nizza auf französisch bedeuten. »Nur fehlt mir deine schöne Mütze mit Messingschild.« Ihre war jungfräulich weiß, saß korrekt auf dem zu einem Pferdeschwanz gebundenen Flachshaar. Sie wirkte keinen Tag älter als dreißig.

Ari begleitete beide in seinem Bugatti nach Cannes. Selbst an der Bootstour teilnehmen konnte er nicht – heute stand ein Termin bei seiner Druckerei auf dem Dienstplan. Swantje ließ ihren Sohn vorne sitzen. Sie selbst machte es sich auf dem Rücksitz bequem, schloß die Augen. Basil war in der Nacht unruhig gewesen.

»Ich habe eine Flasche Champagner für Gaston dabei«, schrie Ari gegen den Fahrtwind an, der an seiner Sportmütze zupfte. »Euer Gastgeschenk. Keine Ahnung, wer außer euch noch auf dem Boot ist. Vielleicht Gastons Frau,

Hélène, obwohl sie das Meer nicht ausstehen kann. Aber als Gaston vor ein paar Jahren anfing, hübschen Mädchen nachzuschauen, hat sie ganz schnell ihren Segelschein gemacht, um immer an seiner Seite zu sein. Ganz schön ›malin‹, nicht wahr?«

Nils gab keine Antwort. Nicht aus Unhöflichkeit – seit dem gemeinsamen Abend hatte sich sein Verhältnis zu Ari etwas gebessert –, nein, die Jungen zwangen sich nicht, mit aller Macht höflich zu sein. Swantje stellte das immer wieder fest. Wenn es nichts zu sagen gab, schwieg man.

Cannes war anders als Nizza. Weniger großstädtisch, weniger blau und weiß und golden und auch ohne pittoreske Altstadt, dafür mondäner mit den prächtigen Hotelfassaden, den Nobelboutiquen die berühmte Croisette entlang, den eleganten Stränden. Mehr französische Riviera. Auch jetzt im Oktober hing noch ein verführerischer Hauch von Filmfestival in der Luft. Oder bildete sich Swantje das nur ein?

Ari machte am Jachthafen halt, genau gegenüber der Pizzeria »Sorrente«, wie es Gaston beschrieben hatte. Und da lag auch schon die »Mélisande«, ein stolzes weißes Schiff. Zwei ringellockige junge Männer kletterten behende drauf herum, machten sich am Takelwerk zu schaffen. Auf der Ruderbank saß ein glatzköpfiger Mann im gestreiften Baumwollpullover, wohl Gaston, kommandierte. Neben ihm – nein, das konnte nicht seine Frau sein, dazu war die weibliche Person zu jung.

»Hallo, hallo, kommt nur herüber. Soll euch Pierre helfen, oder geht es allein?« Der Mann winkte. Ari winkte zurück, drückte Swantje noch schnell die Champagnerflasche in die Hand. »Viel Vergnügen. Und paß auf dich auf, Chérie. Gaston liebt waghalsige Wendemanöver. Salut.«

Swantje machte sich und Nils bekannt, gab der jungen

Frau die Hand. Sie hieß Daisy, war aber Französin und außerdem Witwe, wie Swantje später erfuhr. Sie wirkte sehr sportlich, konnte mit dem Boot wie ein Profi umgehen. Die einzige, die wirklich keine Ahnung vom Segeln hatte, war Swantje.

»Mama, setz du dich mal ruhig hin. So störst du am wenigsten.« Nils war in seinem Element. Vor allem, als sich herausstellte, daß Gaston geborener Schweizer war, sich freute, wieder einmal deutsch zu sprechen.

»Monsieur Gaston, darf ich mich ein bißchen umsehen?«

»Nur zu, junger Mann. Wenden Sie sich an Pierre, wenn Sie Fragen haben. Er weiß auf meinem Boot fast besser Bescheid als ich. Alle Mann an Bord? Dann kann es losgehen.« In diesem Moment kam ein Kellner aus der Pizzeria gerannt, winkte, reichte zwei große, mit Silberpapier abgedeckte Platten herüber. »Okay.«

Gaston gab die Kommandos. Taue wurden gerafft, die Segel strafften sich. Immer wieder flog eines zur Seite, wurde von Nils oder Daisy aufgefangen. Swantje zog den Kopf ein, um nicht getroffen zu werden. Sie wußte von früher her: Auf einer Segeljacht mußte man dauernd auf der Hut sein. Jede Sekunde konnte etwas Unvorhergesehenes passieren. Im Grunde dasselbe wie auf einem Pferd.

Immer neue Kommandos, von Gaston, die sommersprossige Hand am Steuer, entspannt, fast heiter herausposaunt. Nils rannte auf seinen rutschfesten Turnschuhen wie ein Wiesel hin und her. Daisy war in der Kabine verschwunden. Langsam glitt das Boot die schmale Rinne entlang, legte leicht an Fahrt zu, bis es das offene Meer erreicht hatte.

»Und jetzt, Swantje, erzählen Sie mir etwas von München.« Gaston, die Augen aufmerksam nach vorn gerichtet, winkte Swantje näher heran. »Dort haben Sie doch unseren Ari kennengelernt, stimmt's? Aber davon und von der Hochzeit haben wir erst vor kurzem erfahren. Hélène war ganz aus dem Häuschen.«

»Warum?« fragte Swantje, drehte ihr Gesicht der Sonne zu, die kraftvoll vom wolkenlosen Himmel brannte. »Warum war sie aus dem Häuschen?«

»Weil wir uns schon immer gefragt haben, wen Ari eines Tages heiraten würde. Falls überhaupt. Er führte viele Jahre ein sehr eigenes Leben. Aber jetzt – und das meine ich ehrlich – kann ich ihm nur gratulieren. Und dieser große blonde Mann, der sich so geschickt an meinen Segeln zu schaffen macht, ist also Ihr Sohn?«

»Nils. Mein Sohn aus erster Ehe.« Sie zwinkerte Nils zu, der sich für einen Augenblick neben sie gesetzt hatte.

»Ein waschechter Wikinger, dieser Nils.« Gaston zündete sich mit viel Brimborium eine Pfeife an, verströmte würzige Tabakwolken. Seine Schuhe hatte er ausgezogen und auch den Pullover. Darunter war er dunkelbraun gebeizt mit vielen winzigen Flecken, Fältchen und Sommersprossen. »Wollen Sie es sich nicht auch gemütlich machen? Wir sind hier eine Familie. Wenigstens für den heutigen Tag.«

Swantje zögerte. Sie trug unter Jeans und Shirt einen Bikini (nicht zu knapp), wußte aber nicht, ob das ihrem Alter und ihrer Figur noch angemessen war. Ins Wasser wäre sie so ohne weiteres gesprungen, aber sich öffentlich zeigen? Sie zögerte noch immer, dann schälte sie sich mit einem plötzlichen Ruck aus den Klamotten.

»Bravo.« Das war Daisy, und sie war auch im Badeanzug, allerdings im sehr sexy Einteiler. Eine patente Frau, die, wie sie erzählte, ein kleines Transportunternehmen in der Nähe von Paris leitete. Als alleinstehende Frau hatte sie es gegen die Konkurrenz schwer. Es fehlten die Aufträge. Gaston gab ihr Ratschläge, versprach, bei einem einflußreichen Freund ein gutes Wort für sie einzulegen.

Hatten sie nun etwas miteinander oder nicht? rätselte Swantje. Eher nicht, der Ton zwischen ihnen war sehr kameradschaftlich. Aber bei Franzosen besagte das nichts. Die hatten, wie Poussy ihr kürzlich erklärte, im Zweifelsfall immer etwas miteinander.

Pierre servierte einen Pastis, den Swantje mit nur ganz wenig Wasser verdünnte, was sie später bereute. Denn dann kam erst der eigentliche Apéritif: ihr Champagner.

»Und jetzt«, sagte Gaston und legte das Steuer beiseite, »werde ich auf den Markt gehen und unser Mittagessen holen.«

»Auf den Markt?« Zog er sie auf?

Keineswegs, denn er förderte aus dem Seesack eine richtige kleine Einkaufstasche zutage, faltete sie auseinander. Bedächtig legte er Flossen an, stülpte sich eine Taucherbrille mit Schnorchel über und ließ sich kopfüber ins Wasser fallen.

»Was tut er da?« Nils starrte ihm nach. Sein Rücken war gerötet. Wenn er sich nicht bald einölte, würde er einen Sonnenbrand bekommen.

»Monsieur Gaston geht zum Markt. Sie haben es doch gehört.« Pierres geheimnisvolle Erklärung. Dabei schmunzelte er.

Swantje beschloß, die Zeit zu nützen und im Meer zu schwimmen. Sie waren zwar viele Kilometer vom Ufer entfernt, aber sie vertraute auf ihre Schwimmkünste. Und erstreckte sich dort nicht, gar nicht weit weg, ein schmaler Inselstreifen?

»Kommst du mit?« fragte sie Nils, steckte sich den Pferdeschwanz am Hinterkopf fest. Er nickte.

»Aber sei vorsichtig, Mama. Wir kennen das Gewässer hier nicht.« Er war richtig besorgt um sie. Wie schön!

Sie ließen sich beide an der Strickleiter herunter. Das

Wasser empfing sie blauschwarz, schwer wie Öl und dabei seidenweich, es wirkte unergründlich. Wenn jetzt per Zufall ein Hai... Aber so etwas wollte sie nicht mal denken. Mit einem Seufzer der Erleichterung tauchte Swantje voll ins Wasser ein.

Oh, tat das wohl. Sie schloß selig die Augen. Das Wasser war frisch, aber angenehm zum Schwimmen. Vor allem ohne Abfälle, wie man sie am Strand von Nizza doch manchmal fand. Swantje kraulte mit regelmäßigen, kraftvollen Zügen, schwamm auf dem Rücken, den Pferdeschwanz – er hatte sich wieder gelöst – wie ein durchweichtes Ährenbündel auf dem Wasser ausgebreitet, ließ sich treiben. Daisy beobachtete sie rauchend von der Jacht aus.

Das war Luxus pur, das war das Paradies. Und – das Allerherrlichste –, sie teilte das Vergnügen mit Nils. Apropos Nils – wo war er abgeblieben? Keine Spur von ihm. Aufgeregt sah sie sich um. Bis etwa hundert Meter von ihr entfernt ein schmaler blonder Kopf auftauchte, der sich in die andere Richtung fortbewegte. Mußte er sie immer in Angst und Schrecken versetzen?

Neben ihr tanzte ein Schnorchel. Gaston. Er hob den Arm, winkte mit seiner Einkaufstasche. »Weidmannsheil. Ich habe Jagdglück gehabt. Die Tasche ist voller ›oursins‹. Wie sagt man dazu auf deutsch?«

»Seeigel.« Das war Nils, der gleich wieder untertauchte.

»Ja, Seeigel. Eigentlich gilt das Gesetz, daß man pro Person nur zehn Stück fangen darf, aber uns hat ja zum Glück niemand gesehen.« Gaston ließ sich von Pierre aufs Boot helfen.

Der und sein »copain« Michou machten sich gleich über die Seeigel her, halbierten sie, warfen die weniger guten ins Meer zurück. Dreißig Minuten später setzten sich alle zum Déjeuner nieder. Als Entrée die »oursins«, mit Zitrone beträufelt, die so köstlich schmeckten, daß Swantje gar nicht mehr mit dem Essen aufhören konnte, dann die beiden Pizzen, zum Abschluß ein Apfelkuchen. Dazu schenkte Pierre eisgekühlten Rosé in die Gläser. Sie aßen und lachten und unterhielten sich, und später sangen sie Shanties und andere Seemannslieder, von denen Nils und auch Gaston Dutzende auswendig kannte. Swantje dachte nur einmal kurz an Basil, so wohl fühlte sie sich auf dem Boot.

Nils hatte recht. Sie führte hier ein Luxusleben, wenn ihr das auch nicht immer bewußt war. Und trotzdem war sie nicht hundertprozentig glücklich. Sie schaffte es einfach nicht, sich an der Côte d'Azur, Traumziel so vieler, zu Hause zu fühlen, kam sich immer wie auf Besuch vor. Vielleicht hatte das auch mit Ari und seiner Familie zu tun. Jeder erwartete von ihr, daß sie schnellmöglichst ihre Wurzeln vergaß, alles tat, um sich eines Lebens in diesem Sommerparadies als würdig zu erweisen.

Und wenn es allein ihre, Swantjes, Schuld war? Die meisten hätten sich an ihrer Stelle sicher innerhalb kürzester Zeit akklimatisiert, französiert, das schlechte Wetter daheim und die schwerverdauliche Küche gerne vergesen, aber sie konnte das nicht. Konnte und vor allem wollte es nicht. Warum auch? Sie liebte das Land, in dem sie geboren war, würde es immer lieben. Dort war sie daheim, dort kannte sie sich aus, mußte sich nicht mit der Rolle der staunenden Zuhörerin begnügen.

Aber heute war alles ganz anders. Gaston interessierte sich für Deutschland, wollte vieles, vor allem, was die Wiedervereinigung, die réunification betraf, wissen. Daisy hörte zumindest zu, hatte während ihrer Hochzeitsreise den Rhein besucht, der ihr damals gut gefiel. Na also: eins zu null für Deutschland. Es brauchte sich ausnahmsweise nicht zu verstecken.

Als sie beim Kaffee saßen (ja, der wurde auch serviert), gab es eine unliebsame Überraschung. Eine kleinere Jacht glitt vorbei, wendete, kam dichter heran, während ein Mann mit Brille und Strohhut herüberrief: »Sie haben viel zu viele ›oursins‹ aus dem Meer gefischt. Ich habe es genau beobachtet. Das werde ich der Polizei melden! Worauf Sie sich verlassen können. Eine Schande.«

Gaston winkte ab. Trotzdem schien er sich zu ärgern. Nils aber, der sich endlich mit Sonnenöl eingerieben hatte, meinte nachdenklich: »Das hätte ein Deutscher sein können. Bei uns gönnt doch einer dem anderen nichts, spielt sich jeder als Polizist auf.«

Nestbeschmutzer, hätte Swantje am liebsten gesagt, aber sie hielt den Mund. Nils konnte nicht wissen, mit welchen internen Schwierigkeiten – eingebildet oder nicht – sie hier zu kämpfen hatte. Er war so herrlich unbefangen.

Als die Sonne im Meer versank, legte die »Mélisande« (nach einigen – Ari hatte recht gehabt – höchst riskanten Wendemanövern) wieder im heimatlichen Hafen an. Und wer stand da vor der Pizzeria, lüftete seine Karomütze? Ari. Blaß wie immer und etwas erschöpft, aber höchst erfreut, seine Frau wieder heil an Land zu haben.

»Wie braungebrannt ihr alle seid und wie gut gelaunt. Es muß ein wunderbarer Tag gewesen sein.« Zart streichelte er Swantjes salzverkrusteten Arm, rückte ihr die Kappe zurecht.

»War es«, konnte Swantje nur bestätigen. »Dank Gaston und seiner hervorragenden Mannschaft. Ehrlich, Ari, du hast viele nette Verwandte, aber Gaston ist einsame Spitze. Gott sei Dank habe ich ihn endlich kennengelernt.«

Um den Abend angenehm zu beschließen, gingen sie zu »Josie et Jo«, einem ländlichen Restaurant hoch über Cagnes, wo Ari einen großen Tisch reserviert hatte. Dort saßen sie bis Mitternacht, aßen Kaninchenkeule mit »choux de Bruxelles« (Rosenkohl) und hinterher Maroneneis, ließen sich einen Mouton Cadet 1988 schmecken. Ein anderer Tisch war ausschließlich mit Männern besetzt. Männer in hellen Anzügen und dunklen Hemden, die dicke Zigarren rauchten und sich lebhaft unterhielten. Als letzter traf ein älterer Mann ein. Er stützte sich auf einen Krückstock, wurde von den anderen ehrfurchtsvoll auf die Wange geküßt.

»Der Pate», sagte Swantje andächtig, und ein Schauer rann ihr über den sonnenstrapazierten Rücken. »Der Pate und seine Vollstrecker. Die berühmte ehrenwerte Gesellschaft. Voilà, das erste Mal, daß ich die Mafia quasi von Angesicht zu Angesicht sehe.«

»Was du für eine Phantasie hast«, staunte Gaston, schon wieder mit seiner Pfeife beschäftigt. »Swantje, du solltest Romane schreiben.«

»Will ich auch, von Herzen gern.« Swantje sah Ari an. Aber der verzog keine Miene. Wenn sie nicht alles täuschte, roch er ganz fein nach Knoblauch. Hatte er sich also – der alleingelassene Ehemann – einen echten Tag à la niçoise gemacht.

13

An der Côte d'Azur, lernte Swantje, kennt man nur zwei Jahreszeiten. Frühling und Sommer. Der Herbst findet nicht statt, wie sie gerade feststellen mußte, er war ein verlängerter, etwas kühlerer Sommer. Weder färbte sich das Laub gelb und rot und fiel von den Bäumen (wie hatte sie es immer geliebt, durch den Herbstwald zu reiten, wenn die Beine der Pferde bis zu den Knöcheln in raschelnden Blättern verschwanden), stiegen Drachen über abgeerntete Kartoffelfelder, noch war der Morgen in einen melancholischen Dunst gehüllt, aus dem sich dann langsam die Sonne schälte.

Und einen Winter mit Eis und Schnee würde es auch nicht geben. Nicht an der Küste. Hoch droben, in den Alpes maritimes, schneite es schon, begann genau wie in den bayerischen Bergen im Dezember die Skisaison. Schnee fiel in Nizza nur alle paar Jahre. Das war dann jedesmal eine Katastrophe, denn die Leute wußten damit nicht umzugehen. Wer besaß hier schon feste Stiefel oder gefütterte Handschuhe? Von Pelzmützen ganz zu schweigen.

»Im November regnet es viel, der Dezember ist gemischt, aber im Januar und Februar hast du viel Sonne«, pflegte Ari zu sagen und dabei ein Gesicht zu machen, als sei dieser Ablauf der einzig richtige. Schnee haßte er, Kälte sowieso, aber Swantje konnte ihm das nicht mal verübeln, dachten inzwischen doch immer mehr Deutsche genauso.

Ihr war das unverständlich. Gab es Schöneres, als an einem Dezembermorgen aufzuwachen und draußen das Schaben der Schneeschaufeln zu hören? Dann wußte man: Jetzt ist bald Weihnachten.

Apropos Weihnachten. So sehr hatte Swantje gehofft, das Fest der Feste – das der kleine Basil ja zum erstenmal erlebte – in München zu feiern. Mit Ari, ohne Ari – die Entscheidung lag bei ihm, aber jedenfalls in ihrem Häuschen zusammen mit den beiden Söhnen.

Doch daraus würde nichts werden. Das lag vor allem an Nils, der die Weihnachtswochen bei seinem Vater in Chile verbrachte. Und ausschließlich auf Agnes angewiesen zu sein, mit Dauervorträgen über den Erlöser der Welt, dem Swantje sich noch immer verweigerte – so stellte sie sich Weihnachten auch nicht vor. Zumal Gottfried Sievers in Hamburg blieb. Inzwischen ging es ihm zwar besser, aber noch nicht gut genug, um in ein Flugzeug zu steigen.

Ari wirkte erleichtert, als Swantje ihm mitteilte, in Nizza zu bleiben. Im Grunde fand er es richtig so. Wenn sie jetzt schon an der Côte lebte, gehörte es sich auch, daß sie Weihnachten mit ihrer neuen Familie feierte.

»Entschuldige die dumme Frage, aber gibt es bei euch überhaupt einen Weihnachtsbaum? Der jüdische Glaube leugnet doch Jesus Christus als Gottes Sohn.« Endlich brachte Swantje das Problem auf den Tisch, an dem sie seit längerem kaute.

Ari lachte. »Natürlich gibt es einen Baum, und was für einen, und es gibt auch Geschenke. Schon mal mit Rücksicht auf Chantal und Elaine, die ja katholisch getauft sind. Sie sollen nicht hinter ihren Freundinnen zurückstehen. Und vor allem wird ein überaus exquisites Menü serviert: Gänseleber, Trüffeln, der beste Champagner. Du wirst Augen machen.«

Ein knuspriger Gänsebraten mit Klößen, dazu ein lieblicher Mosel, wäre Swantje lieber gewesen. Gänseleber würde sie auf keinen Fall essen, sie unterstützte diese Tierquälerei nicht. Komisch, so sehr die Franzosen an ihren Pudeln und sonstigen Haustieren hingen, mit welchem Engagement sie im »Nice Matin« die Tiersprechstunde lasen – beim Essen hörte die Liebe zur Kreatur auf. Genuß ging über alles. Aber waren die Deutschen denn besser mit ihren Legebatterien, der Kälbermast? Sie mußte gerecht sein.

Ende November begann Swantje in den Blumengeschäften nach einem Adventskranz Ausschau zu halten. Vergeblich. Der altdeutsche Brauch mit den vier Lichtern auf Tannengrün war hier unbekannt. Auch buk keine Hausfrau Plätzchen nach Familienrezepten, so wie es Swantje immer getan hatte. Weihnachtsstimmung kam einfach keine auf. Einmal sah Swantje abgepackten Stollen, sogar aus Dresden, aber sie kaufte ihn nicht. Wer weiß, ob er in strahlendem Sonnnenschein überhaupt schmeckte.

Aber Weihnachts-Shopping existierte an der Côte natürlich. Sämtliche Schaufenster waren mit künstlicher Tanne geschmückt, mit elektrischen Lichtern, mit bunten Zellophanfransen – fast wie in den USA. Am besten gefielen Swantje die Krippenfiguren aus der Provence, »santons« genannt. Sie waren winzigklein und handgeschnitzt, stellten Großvater, Großmutter, alle Tiere vom Bauernhof und altertümliche Handwerksleute dar.

Chou-chou verbrachte, obwohl sie, wie sie betonte, vor Migräne nicht mehr konnte (dazu kamen ein vereiterter Zahn und Schulterschmerzen von einer falschen Golfbewegung), viel Zeit mit Weihnachtseinkäufen. Ein kleines Zimmer im ersten Stock war ausschließlich für Geschenke reserviert. Swantje fand das richtig romantisch, überlegte, welche Überraschung dort wohl auf sie wartete. Bis sie eines Tages Elaine hochzufrieden aus dem Zimmer kommen sah, in der einen Hand eine Puppe, in der anderen einen Puppenschrankkoffer. Sie war nicht die Spur verlegen, sondern zeigte Swantje gleich ihre Geschenke.

»Aber damit bringt sich das Kind doch um ihre Vorfreude!« Swantje war schockiert, erzählte Ari davon.

Der zuckte mit den Schultern. Wenn sie keine größeren Sorgen hatte. »Elaine wollte eben jetzt schon wissen, was sie zu Weihnachten bekommt. Und Chou-chou hat ihr den Gefallen getan.«

Also nein, Weihnachten an der Côte d'Azur hatte gar nichts mit Rasch-die-Tür-Zumachen, im verborgenen liebevoll eingewickelten Päckchen, sehnsüchtigem Warten und Fiebern zu tun. Im Mittelpunkt stand vor allem »la grande bouffe«. Auf gut deutsch: das große Fressen.

Saida putzte seit Tagen im großen Salon herum. Hier wurde der Tannenbaum aufgestellt. Er reichte exakt bis zur Decke, war aus Plastik (was man auf den ersten Blick nicht sah) und mit in Kitschfarben glitzernden Kugeln bestückt. Das Varietémäßige wurde noch durch eine Goldfolie an der Decke verstärkt. Sie war ringsherum mit bunten Glühbirnen eingesäumt, die im Sekundentakt an- und ausgingen. Oh, du fröhliche, oh, du selige Weihnachtszeit…

Was hatte die Dame im Flugzeug gesagt? »Weihnachten verdrücke ich hier immer ein paar Tränen.« Würde Swantje auch tun, aber erst mal hatte sie keine Zeit dazu. Sie mußte Geschenke kaufen. Die Familie war groß. Für Chou-chou fiel die Wahl am schwersten. Bis Swantje eine teure Kristallkugel, Modell Waterford, sah, die einem Golfball ähnelte und sich unter Umständen recht dekorativ auf dem Fernseher machte. Ari bekam ebenfalls etwas made in England: eine sattelbraune Wildlederweste, die er unter seinem Daks-

Jackett tragen konnte. Anschließend kümmerte sich Swantje um ihr Kleid für den Heiligen Abend. Ari kaufte ihr einen bodenlangen silbergrauen Rock, zu dem sie einen grauen Cashmere-Pullover trug. War vielseitig verwendbar und sah nicht protzig aus.

Am Morgen des vierundzwanzigsten schien die Sonne, während die »Bild«-Zeitung, die Ari ihr manchmal vom Flughafen mitbrachte, von einem Schneechaos in Oberbayern berichtete. Swantje war richtig neidisch. Um sich abzulenken, fuhr sie Basil, als kleinen Lappen verkleidet, auf der »Promenade des Anglais« spazieren.

Er konnte schon Mama (nicht Maman!), Papa und adaada (was immer das bedeuten mochte) sagen, sagte es auch die ganze Zeit. Sein Gesicht leuchtete wie ein Pfirsich, denn Swantje führte ihn fast jeden Tag an die frische Luft. Aufmerksam betrachtete er alles um sich herum, winkte den Möwen zu. Basil liebte Tiere, es zog ihn richtig zu ihnen hin. Aber das würde im Hause Atachou immer eine unglückliche Liebe bleiben. Den armen Hugues ertrug man gerade noch. Wenn ihm eines Tages etwas passierte, würde es keinen Ersatz geben. Sehr schade.

Auf der Höhe der »Opéra plage«, wo Ari, wie er einmal erzählte, als junger Mann die tollsten Mädchen »aufgerissen« hatte, hievte Swantje Kind und Wagen zum Strand hinab. Er war menschenleer. Sie setzte sich auf ein umgekipptes Boot, sammelte Kiesel auf, die berühmten »galets«. Man konnte viel mit ihnen anfangen, sie zum Beispiel bemalen und Basil eine Freude damit machen. Oder man warf sie flach ins Waser und hoffte, daß sie – ebenfalls zu Basils Vergnügen – mehrmals in die Höhe sprangen. Swantje war keine große Meisterin darin. Also ließ sie es sein, nahm statt dessen ihren Sohn auf den Schoß. Wie hübsch ihm sein rotgesticktes Mützchen stand, ein Geschenk von Astrid.

Swantje atmete tief durch. Salzgeruch lag in der Luft, lustlos schlugen die Wellen an den Strand. Ein paar Meter weiter pickten Tauben Brotkrümel auf. Und in München schneite es wie wild.

Auf dem Heimweg überquerten sie die Promenade an einem Zebrastreifen. Mehrere Autos hielten, darunter ein Taxi. Swantje bedankte sich mit einem Nicken, meinte damit besonders den Taxifahrer, weil er in Richtung Flughafen fuhr, es sicher eilig hatte. In diesem Augenblick erkannte sie im Innern des Taxi einen ausladenden weißen Männerhut. Vielleicht ein Panama? Es durchzuckte sie wie ein Blitz. Das war doch nicht etwa… wie hieß er gleich, der Bruder von Max? Lucas. Richtig. Sie hatte den Namen fast vergessen. Den Namen, aber nicht den Mann. Er war es tatsächlich. Hatte seine Hände auf einen Stock mit silbernem Knauf gestützt und blickte aus dem Fenster. Jetzt schien ihm aufzufallen, daß der Wagen so lange hielt. Er hob den Kopf und sah Swantje – wieder einmal – mitten ins Gesicht. Auf der Stelle lüftete er seinen Hut, nickte ihr zu. Seine Lippen formten ein paar Worte. Doch nicht »Fröhliche Weihnachten« beziehungsweise »Joyeux Noël«?

Der Vorfall ereignete sich innerhalb weniger Sekunden und prägte sich Swantje doch in sämtlichen winzigen Details ein: Also, es war genau gegenüber dem Nobelhotel »Negresco«, diesem marzipanrosa Kitschbau mit dem schimmelgrünen Kuppeldach, vor dem ein Türhüter in Operettenuniform Wache hielt, als sie beschloß, die Promenade zu überqueren. Rasch setzte sie sich in Bewegung, um den Verkehr nicht unnötig lange aufzuhalten, entdeckte im gleichen Augenblick, daß Basil einen »galet« in den Mund geschoben hatte. Erschrocken pulte sie ihn heraus, verlor Zeit damit. Schuldbewußt bedankte sie sich bei den wartenden Autos, da sah sie den weißen Hut… Dutzende von Malen ging sie an diesem und den folgenden Tagen die Szene durch, wurde jedesmal ganz rot vor Aufregung.

Wohin fuhr Lucas? Hatte sie ihm gefallen in ihren schwarzen Leggings, dem schwarzen Maxipullover, darüber ein gleichfalls schwarzes Viereckruch, also ganz französisiert? Oder hätte er sie in einem Lodenmantel bevorzugt? Gedanken, die zu gar nichts führten, besonders nicht am Weihnachtstag, wo es weiß Gott wichtigere Dinge gab.

Und dann war es ausgerechnet Max, der die Rede auf seinen Bruder brachte. Max im dunklen Smoking, die Haare frisch gefärbt, und an diesem, dem Heiligen Abend um Harmonie bemüht. Heute aßen Poussy und die Kinder mit. Das Weihnachtsdîner fand im großen Salon statt, wo es, wie Swantje feststellte, einen ausziehbaren Eßtisch gab, um den die ganze Familie paßte.

Zwischen dicken Scheiben Gänseleber und norwegischem Lachssalat, dekoriert mit gehacktem Ei, erzählte Max, daß er vergessen hatte, Lucas sein Geschenk zu geben. »Hole ich im neuen Jahr nach. Es ist ein Parker-Stylo. Genau das richtige für Luc, der sich in den Kopf gesetzt hat, die Geschichte unserer Familie zu schreiben.«

Swantje sog jedes Wort begierig auf. Wieder hatte sie ein paar Mosaiksteinchen mehr, um daraus das Bild des geheimnisvollen Bruders zusammenzusetzen. Aber was sollte ein Parker? »Max, Ihr Bruder bevorzugt Gänsefedern«, rutschte es ihr heraus.

Die Runde sah sie erstaunt an. Besonders Poussy. Sie war so perplex über die Bemerkung, daß sie vergaß, den Champagner weiter wie Wasser herunterzukippen. Temperamentvoll schüttelte sie die künstlich ungekämmte Mähne, in der sich die ersten grauen Haare zeigten, lachte heiser. »Sue, hat dir das der schöne Luc beim Tanzen verraten?«

»Glaube ich nicht. Luc zieht es normalerweise vor, zu

schweigen. Und jetzt laß meine Frau in Ruhe essen.« Das war Ari, wie immer um Frieden bemüht. »Chérie, vielleicht rufst du nach dem Dîner gleich in Chile an? Nils wird warten.«

»Sag ihm einen schönen Gruß und ich sei enttäuscht von ihm. Kein einziges Mal hat er sich bei mir blicken lassen«, stichelte Poussy. »Dabei besitzt er einen so schönen Hintern.« Geflissentlich übersah sie Chou-chous entsetzten Blick. »Wenn ihm die Chileninnen nicht gefallen, kann er ja sein Glück bei mir versuchen.«

Swantje gab keine Antwort. Auf einmal hatte sie es sehr eilig, mit dem Essen fertig zu werden. Vielleicht hatte Nils ja Glück, und es schneite in Santiago de Chile.

Nein, es schneite nicht, keine Spur davon, überall milder Sonnenschein, und auch sonst sei Weihnachten hier ziemlich anders als daheim. Trotz der vielen Deutschen, die sich in Chile niedergelassen hatten. Alexander kümmerte sich viel um seinen Sohn, wollte mit Jennifer und ihm zum Jahreswechsel in die peruanischen Anden fliegen, den Condor suchen …

»Jennifer?« Das hatte Swantje nicht gewußt.

»Ja, Jennifer. Sie hat mich nach Südamerika begleitet. Dolores, Papas Freundin, ist sehr nett zu ihr. Das hier, Mama, ist ein sehr gastfreundliches Haus.«

War das eine Anspielung? Daheim in München hatte Swantje nie gern Leute im Haus gehabt. Und hier …? Hier hatte sie nichts zu bestimmen, war selbst nur mehr oder minder gelitten.

»Was macht Basil? Fürchtet er sich vor dem Weihnachtsmann?« Die Stimme ihres Sohns klang so weit weg.

»Basil? Er trägt heute eine rotweiße Zipfelmütze. Ein bißchen albern, aber ihm gefällt's. Der Weihnachtsmann heißt hier übrigens Père Noël. Plätzchen und Kringel gibt es nicht, aber dafür, wie du dir vielleicht vorstellen kannst, ein üppiges kulinarisches Gelage.«

»Hast du's gut.« Nils lachte. »Hier essen wir nur Steak, das beste der Welt, aus Argentinien importiert, aber manchmal hätte ich es gern etwas raffinierter. Danke für die Skier. Gerade noch in letzter Minute trafen sie in München ein: Wenn ich wieder zu Hause bin ...« Seine Stimme wurde leiser, dann hörte Swantje gar nichts mehr.

»Ich soll dich von Poussy grüßen und den Mädchen und natürlich Chou-Chou ...« Tut, tut, tut. Es hatte keinen Zweck. Die Verbindung war unterbrochen.

»Geht es Ihrem Sohn gut?« wollte Chou-chou wissen, als Swantje in den Salon zurückkehrte, wo Max gerade Jahrgangschampagner in hochstielige Gläser füllte. »Haben Sie ihn von mir gegrüßt?«

»Habe ich. Wir haben lange miteinander gesprochen. Das ist mir peinlich. Ari wird Ihnen die Kosten ersetzen.«

»Aber, meine Liebe.« Aufgeregt fingerte Chou-chou an ihren Rubinohrringen, die sie passend zu einem roten Damastkostüm trug. »Darüber reden wir gar nicht. Für unsere Kinder und Enkel ist uns nichts zuviel. Nicht wahr, ma petite?« Großmütterlich legte sie den Arm um Chantal, die sie ungeduldig an der Jacke zog.

»Mamie, bekomme ich auch einen Schrankkoffer wie Elaine? Und darf ich heute ganz lange aufbleiben?«

»Alles wie du willst, mon chou.« Ihren Enkeln gegenüber war Chou-chou die Güte selbst. Aber sie bildete darin keine Ausnahme, alle Französinnen waren so.

Die elektrischen Kerzen tropften nicht, der Baum verströmte keinen Harzgeruch, und man konnte auch nicht mit einem Streichholz an ihm herumkokeln. Es gab kein »Es ist ein Ros' entsprungen« und kein »Kommet, ihr Hirten«, sondern das abgeleierte »White Christmas« und auch »Rudy, the red-nose rendeer«, weil die kleinen Mädchen den witzigen Song von New York her kannten. Das Goldpapier an der Decke funkelte, die bunten Birnen blinkten, und es roch seltsamerweise nach Lavendel, weil Chou-chou eine Duftkerze (die einzige echte!) angezündet hatte. Und trotzdem freuten sich die Kinder nicht weniger als in Hamburg oder München, kamen mit dem Auswickeln ihrer Geschenke gar nicht nach, blickte das Baby Basil versonnen auf den Baum. Einmal nieste er, dann schaute er weiter.

»Und du wirst noch richtiges Weihnachten kennenlernen, das schwöre ich dir«, versprach ihm Swantje, hängte sich bei Ari ein, der seinen Sohn verzückt betrachtete. »Ari, vielen, vielen Dank. Du sollst doch nicht… Ein so teures Geschenk!«

»Chérie, ist nicht der Rede wert.« Sein Präsent waren zwei weitere Perlenstränge, die Swantje den ersten hinzufügen konnte. Machte sie sehr ladylike, ein Hauch von Fürstin Gracia Patricia.

Silvester gab es dann ein Kostümfest. »Les années du Charleston«, hieß das Motto – eine Idee von Max, angelehnt an »Les années du Twist«, eine Revue, die in ganz Frankreich große Erfolge feierte. Schade nur, daß fast ausschließlich ältere Ehepaare eingeladen waren. (Poussy hielt sich mit ihren Töchtern in Paris auf.)

»Und was ist mit mir?« scherzte Ari, als Swantje sich bei ihm über die fehlende Jugend beklagte. »Bin ich dir nicht jung genug?« Er hatte alle Hände voll zu tun, Tanzplatten aus den zwanziger Jahren aufzutreiben. Nebenbei begleitete er seine Mutter zu einem Couturier, der ihr ein original Charleston-Kleid schneiderte.

»Für dich, Chérie, könnte ich mir sehr gut etwas Morbides, Fliederfarbenes vorstellen«, lockte er seine Frau. Aber die schüttelte den Kopf. Sie war weiß Gott kein Charleston-

Typ mit ihrer unverwüstlichen Gesundheit, die ihr aus jeder Pore strahlte. Nein, sie würde sich – aber das behielt sie für sich – als Mann verkleiden. Sicher gab es in Nizza einen Kostümverleih.

Am letzten Abend im Jahr nieselte es. Der große Salon war stilecht mit Dutzenden künstlicher Palmen dekoriert, hinter denen sich intime Sitzgruppen aus Clubsesseln und Glastischen verbargen. Auf einem kleinen, improvisierten Podest spielten zwei farbige Musiker. Der Weihnachtsbaum stand immer noch da, war jetzt aber bis zur Decke hinauf mit Schleifen aus Glitzerpapier besteckt.

Chou-chou sah phantastisch aus in ihrem knielangen Kleid aus glänzendem gelben Seidenstoff, um die Stirn ein breites Band mit Pfauenfedern, und mit Zigarettenspitze. Auch Swantje in ihrem dunkelgestreiften Anzug, das lange Haar unter einer Melone versteckt, erntete vereinzelte bewundernde Blicke. Wenn Max auch meinte, sie wirke ein bißchen … nun, bizarr.

»Gibt es auch Kokain oder sonstwas Sündiges?« wollte Swantje wissen, aber diese Bemerkung kam bei niemandem an. Nicht mal bei Ari, der sich, wie es schien, pfundweise Pomade aufs spärliche Haar geschüttet hatte, wovon auch der angeklebte Schnurrbart etwas abbekommen hatte.

Swantje war aus unerfindlichen Gründen nervös. So nervös, daß sie ausnahmsweise eine (harmlose) Zigarette rauchte. Das hing, analysierte sie, mit den eingeladenen Gästen zusammen. Zum Glück war wenigstens Astrid darunter, doch fremdelte sie etwas. Vielleicht war sie mit ihrem Fransenkleid unzufrieden, das wie ein Sack an ihr herunterhing. Ein Herrenanzug wäre günstiger gewesen. Und was war mit Lucas? Würde er kommen? Allein oder mit seiner wunderschönen Freundin?

Er kam nicht, und von diesem Augenblick an war Swantje

an dem Fest nicht mehr interessiert. Da konnten ihr Max und Chou-chou – überraschend – das Du anbieten, ihr abwechselnd stolz ins Ohr flüstern, daß soeben der Präsident des Golfclubs, außerdem der Chef der größten Klinik in Nizza und vor allem Maître Bombelli, *der* Notar in der Region, eingetroffen waren – sie hörte kaum hin. Außer Ari tanzte niemand mit ihr. Als die beiden Musiker den Evergreen »Just a gigolo« intonierten, zu dem sie zu gern getanzt hätte, war auch Ari verschwunden, und sie wiegte sich mutterseelenallein auf der Tanzfläche.

»Ich wünsche dir, mein Schatz, ein besonders gelungenes neues Jahr«, flüsterte sie in Basils milchwarmen Hals hinein, als Punkt Mitternacht im Garten Raketen abgeschossen wurden, die Stadt Nizza hellerleuchtet vor ihr lag. »Auf daß es dir ein Leben lang so richtig gutgehe.«

»Und dir genauso, Chérie«, klang es hinter ihr. Es war Ari, mit leicht verschmiertem Schnurrbart, was gar nicht zu ihm paßte. »Bonne année. Das vergangene Jahr war das schönste in meinem Leben, und das kommende soll noch schöner werden. Versprochen?«

Swantje nickte. An ihr sollte es nicht liegen. Wäre da nur nicht diese innere Unruhe, die sie sich nicht erklären konnte, die Hoffnung auf irgend etwas. War es nur die, bald nach Deutschland zurückzukehren?

14

Ari hatte recht. Der Januar an der Côte war wunderschön. Hellschimmernde Tage mit einem zartblauen Himmel und einer behutsamen Sonne, die noch nicht den Körper, aber wenigstens das Herz erwärmte. Im Januar waren früher die Engländer und reichen Russen nach Nizza gereist. Einige Hotelnamen erinnerten noch an die glanzvolle Zeit. Jetzt saßen auch bereits die ersten Touristen auf den blauen Stühlen der »Promenade des Anglais«, ganz kühne Einheimische nahmen das erste Bad.

Swantje fuhr Basil mehrmals am Tag spazieren. Was sollte sie auch sonst tun? Ehrlich gesagt, sie langweilte sich. Sich ausschließlich um ihren Sohn zu kümmern, füllte sie nicht aus. Wahrscheinlich würde sie im Sommer doch ein Kindermädchen engagieren, um ein bißchen unabhängiger zu sein. Ari drängte auch. Er wollte, daß sie mit ihrer Arbeit für den Verlag begann. Die Layouts für die Bücher über Courrèges und Paco Rabanne lagen schon vor. Wollte sich Swantje nicht langsam an die Texte setzen?

Sie fing damit an, und zunächst machte es ihr Spaß. Etwas Nostalgie, ein Blick zurück in die aufmüpfigen sechziger Jahre, als die Lebenslust noch größer war und die wirtschaftliche Not kleiner, die »folies« der Stars, die Verrücktheiten der Playboys und -mates, der unvorstellbare Erfolg der Beatles – sie tauchte ein in eine andere Welt. Aber dann ließ allmählich die Spannung nach. Gehämmerte und genietete Metallkleider, Miniröcke bis knapp über die Oberschenkel – gut und schön. Aber daraus eine ganze Story machen?

Es wurde März, und die Sonne nahm an Kraft zu. In Deutschland, überlegte Swantje, begannen die Hausfrauen jetzt mit dem Frühjahrsputz, sie hatte sich auch immer daran beteiligt. Hier war so was unbekannt. Wenn Swantje auf den Bänken der Promenade den Gesprächen der anderen Mütter zuhörte – und es gab viele junge Mütter (Geburtenmangel schien in Frankreich kein Thema zu sein), Mütter von ebenso hübschen wie guterzogenen Kindern –, ging es hauptsächlich darum, wie man einen leckeren »gigot« zubereitete und wann die kleine Nadine die erste Tennisstunde nehmen würde. Die Frage, auf welche Art man seine Gardinen weißer als weiß bekam, kam nicht zur Sprache.

Nicht, daß die Franzosen keinen Wert auf Sauberkeit legten. O nein. Sie pflegten sich sehr, benutzten (auch oder gerade die älteren Damen) viel Schminke und Parfum, achteten fast übertrieben auf Frisur und Figur. Aber ihre Gardinen – Swantje konnte es von der Straße aus sehen – wirkten in der Mehrzahl grau, manchmal richtig zerschlissen, erinnerten mit ihren Volants an die abgetragenen Röckchen einer Ballerina. Und auch die Toiletten in den kleinen Restaurants strahlten nicht unbedingt vor Sauberkeit. Oftmals gerade am Rande des Zumutbaren. Kein Hauch von appetitlich herbem Lavendelgeruch. Wer kaufte dann eigentlich all die Lavendelsprays, -sachets und -seifen?

Swantje saß in ihrem marokkanischen Basar, genannt Wohnzimmer, schaute sich um. Fatalerweise schickte die Sonne gerade ihre Strahlen durch die Fenster, die knapp unter dem Gartenniveau lagen, enthüllte Staub, Fingerabdrücke, Krümel von allem möglichem. Hier mußte einmal gründlich durchgeputzt werden. Die Gelegenheit war günstig. Saida hatte ihren freien Tag, Max und Chou-chou waren wild streitend zum Golfplatz gefahren, das Haus war leer. Und Basil schlief den Schlaf der Seligen, den Hasen, sein Weihnachtsgeschenk, an die Brust gepreßt.

Angriffslustig krempelte Swantje die Ärmel auf. Jetzt bloß in keine Hysterie verfallen, sondern die Sache planmäßig angehen. Wo am besten beginnen? Bei den Vorhängen, und zwar gleich bei beiden, Übergardinen und Stores. Da sie großgewachsen war, brauchte sie keine Leiter, konnte sich auf einen bestickten Lederpuff stellen. Das wäre geschafft. Sie hatte richtig Blut geleckt. Endlich eine Arbeit, bei der man gleich ein Resultat sah.

Und wohin jetzt mit dem schmutzigen Zeug? Es in der Badewanne einweichen und durchwaschen, war zu mühsam. Wozu gab es eine Wachmaschine? Sie befand sich zwei Kellerräume weiter, Swantje hatte oft genug ihr Klappern gehört. Dort waren auch Waschmittel, sogar Weichspüler, allerdings kein Gardinenweiß. Na, wenn sie genug Pulver nahm, würde sie das Ganze schon weiß kriegen. Die Übergardinen mit ihrer Wellenstruktur hatten eine gründliche Wäsche besonders nötig.

Die Maschine war zwar ein deutsches (!) Fabrikat, trotzdem kam Swantje damit nicht zurecht. Sie schwitzte, fluchte, suchte nach einer Gebrauchsanweisung, die es natürlich nicht gab. Endlich hatte sie die richtigen Knöpfe gedrückt. Wasser lief in die Trommel, das ersehnte stampfende Geräusch setzte ein.

So, die erste Fuhre war geschafft. Swantje wollte den Deckel öffnen, aber er klemmte. Wieder probieren, schwitzen, fluchen, bis sie endlich einen geheimnisvollen Hebel fand, der für den Deckel verantwortlich war. Was für eine

Pracht! Im schneeigen Weiß kringelten sich die Kunststoffgardinen in der Trommel. Zwar mit ein oder auch mehreren gezogenen Fäden, aber sonst tadellos. Swantje hängte sie tropfendnaß auf, wie sie das von daheim her gewöhnt war. Nur wurden sie hier dadurch nicht glatt, sondern wirkten krisselig, kümmerlich, was nicht gerade ihre Schönheit steigerte.

Während die Stores in der Trommel rotierten, inspizierte Swantje die Zimmerecken. Staub, Staub und noch mal Staub. Wenn Saida auch immer so tat, als hätte sie das Putzen erfunden– in Deutschland wäre sie kläglich gescheitert. Swantje holte Eimer, Wischlappen, Besen und Staubsauger. Was hatten die hier für komische Putzmittel? Viel Exotisches, aber nichts Gescheites. Bis sie »Monsieur Propre« entdeckte.

Sie mußte lächeln. Der gute alte Meister Proper. Kam ihr gerade recht. Blitzschnell schlüpfte sie aus ihrer Samthose, kroch halbnackt auf dem Boden herum.Was machte das für einen Spaß! Im Handumdrehen putzte sie sich ein: wischen, trocknen, nachpolieren, vor allem die Fenster. Und dann die Möbel rund um den Tisch! In ihren undefinierbar geblümten Polstern versanken die Krümel auf Nimmerwiedersehen, mußten mit detektivischem Spürsinn herausgesaugt werden.

Nach gut vier Stunden war alles geschafft. Die Wohnung blitzte, die Fenster glänzten. (Allerdings mußten sie nicht mehr den Sonnentest bestehen, die war inzwischen untergegangen.) Nur bei dem gräßlichen Ölgemälde, eine Szene auf dem Kamelmarkt, war die Farbe etwas ausgelaufen, als Swantje mit Monsieur Propre darüberwischte, und das Wellenmuster der Vorhänge gab es auch nicht mehr. Irgendwie in der Trommel abhanden gekommen. Machte nichts. Hauptsache, der Dreck war weg.

Stolz zeigte sie Ari abends ihr Werk. Der war erschrokken. »Mein Kompliment, Chérie, du hast dir wirklich sehr viel Mühe gemacht. Nur warum? Jetzt ist manches anders als zuvor. Hättest du nicht ein bißchen vorsichtiger sein können? Du blonder deutscher Panzer, du. Immer mit voller Kraft voraus.« Das sollte scherzhaft klingen, aber Swantje spürte die Kritik.

»Aber jetzt ist es *sauber,* und man kann wieder barfuß auf dem Teppich herumlaufen. Das war doch richtig eklig. Denk an Basil, wenn er auf dem Boden herumrutscht. Was glaubst du, wie die Hausfrauen in Deutschland gegen den Staub zu Felde ziehen?«

»Mag sein, in Deutschland. Aber, Chérie, wir sind hier in Frankreich.« Das nun war eine unbestrittene Zurechtweisung.

Doch als Ari Swantjes enttäuschtes Gesicht sah, machte er flugs eine Kehrtwendung, schlug vor, gemeinsam in die Stadt zu fahren und neue Gardinen zu kaufen. Die von ihr malträtierten wollte er nicht um sich haben.

»Dafür habe ich sie doch gewaschen«, murrte Swantje, die sich mißverstanden vorkam. »Wozu die ganze Arbeit?«

»Das, Chérie, weiß ich eben auch nicht. Wäre ein Artikel über die Familie Courrèges nicht sinnvoller gewesen?«

Chou-chou bekam die zerknitterte Gardinenpracht nicht zu Gesicht, weil sie den Keller nicht betrat, aber sie erfuhr durch Saida von der Geschichte. Vor allem klagte Saida, daß ihre Waschmaschine nicht mehr funktioniere. Also kaufte Ari auch eine neue Waschmaschine, diesmal ein französisches Fabrikat. Saida, das falsche Luder mit ihrem Knoblauchatem! Swantje hatte sie vom ersten Augenblick an nicht gemocht.

»Madame, diese Arbeit ist doch nichts für Sie. Ich bin für den Haushalt da, und ich tue das gern«, wiederholte sie immer wieder mit ausdrucksloser Stimme. Swantje gab keine Antwort. Okay, was die Wohnung betraf, würde sie keinen Finger mehr rühren. Aber lange hielt sie es in dem schwülstigen Mief nicht mehr aus.

Plötzlich war es schon Juni, die Hitze nahm zu, und Nils hatte Geburtstag. Endlich die ersehnte Gelegenheit, nach München zu fahren. Natürlich mit Basil. Schließlich war er dort geboren, und sein großer Bruder hatte Sehnsucht nach ihm. Widerspruchslos gab sich Ari geschlagen.

Und dann stand Swantje am Münchner Flughafen, wo es regnete und die Welt in graue Nebelfetzen gehüllt war (allerdings keine Zigarettenkippen oder Coladosen auf dem Boden herumlagen). Als sie die ersten bayerischen Polizisten sah, wurde es Swantje warm ums Herz. Offene, zuverlässige Gesichter, ein freundliches Lächeln, wenn ihre Uniformen bei genauerer Betrachtung auch etwas bieder wirkten. Da besaßen die französischen Flics schon mehr Chic.

Aber nicht nur die Flics, sondern die Südfranzosen überhaupt. Natürlich, es fehlten die rappeldürren »niçoises« mit ihren viel zu blonden Haaren zu den viel zu gebräunten Gesichtern, die auf viel zu hohen Absätzen herumstöckelten, stets auf der Suche nach einem Flirt, sowie die dazugehörigen Westentaschenplayboys mit offener Hemdbrust – hier wirkte alles solider, schwerblütiger, voluminöser. Ja, sehr viel voluminöser sogar. So viele ausladende Hinterteile hatte Swantje lange nicht mehr gesehen. Und wie energisch die Frauen ausschritten. Da gab es kein Zögern, kein Tänzeln. Ein Schritt war ein Schritt. Lief sie, Swantje, auch so? Sie mußte Nils fragen.

Er war nicht am Flughafen, aber das erwartete sie auch gar nicht. Sein Praktikum bei einem Tierarzt ging vor. Und Agnes' zweifelhafte Fahrkünste in deren uraltem Volkswagen hatte Swantje dankend abgelehnt. Nicht, wenn Basil dabei war. Basil, der sich so brav im Flugzeug benommen, die meiste Zeit geschlafen hatte. Stolz trug er einen putzigen Teddybär-Rucksack. Basil war schon über ein Jahr alt, ein großer Junge. Das heißt – so sehr groß war er eben nicht, besaß auch die kurzen Beine seines Vaters. Aber er würde schon werden.

Swantje nahm ein Taxi. Der Fahrer war Marokkaner, was sie an Nizza erinnerte. Vorher hörte sie noch die echten Münchner Taxler herumknurren, und davor ärgerte sie sich über die verschenkten zwei Mark, die sie für den Gepäckwagen bezahlen mußte. In Nizza steckte man ein Zehn-Franc-Stück hinein, bekam es aber wieder zurück.

Eine nieselverhangene Sommerlandschaft, durch die sie fuhren. Swantje kurbelte das Fenster herunter, nur einen Spalt, damit sich Basil nicht erkältete. Und da war er schon, der vertraute leichte Sommerwiesenduft, an den sie so oft gedacht hatte, wenn sie in Nizza die Pinien und anderen südlichen Pflanzen roch. Das war ihr Zuhause, das war Heimat, wenn auch verregnete.

»Basil, jetzt bist du in München«, machte sie dem Kleinen klar, der mit seinem Rucksack spielte. »Hier bist du geboren, und hierhin kehren wir eines Tages für immer zurück. Und heute abend siehst du deinen Bruder Nils.«

»Papa pas là«, erklärte Basil freundlich. Swantje hatte mit Ari abgemacht, daß ihr Sohn zweisprachig aufwachsen sollte, wobei sie ausschließlich für Deutsch verantwortlich war. Sie versuchte ihr Bestes, wußte aber nicht, ob sie es durchhalten würde. War der Kleine damit nicht überfordert? »Papa pas là«, wiederholte Basil. Eigentlich hätte er deutsch antworten müssen. Etwas klappte da nicht.

»Gehen die Geschäfte gut?« fragte sie den Fahrer, um sich abzulenken.

Er zuckte mit den Schultern. »Viel zu viele Taxis. Und zum Flughafen will schon niemand fahren. Zu teuer. Die Leute sparen. Was wollen Sie? Angst vor der Krise.« Die gleichen Worte, die sie auch in Nizza gehört hätte.

Langsam näherten sie sich München. Zeit für die verrückten Raser, die mit einem Wahnsinnstempo das Taxi überholten, arrogant aufblendeten, wenn es nicht gleich ehrfurchtsvoll zur Seite wich. Das gab es an der Côte weniger. Dort wagte kaum jemand mehr als sechzig, siebzig Stundenkilometer zu fahren. Das Taxi streifte jetzt den Englischen Garten, der in einer duftigen Wolke von Grün zur Rechten lag – durch eine Buschlücke erspähte Swantje das Seehaus, »Tatort« ihrer Hochzeitsfeier –, dann ging es durch das Lehel. »Kanzleirat« las sie auf einem Wirtshausschild. Unter einem Kastanienbaum saß ein alter Mann mit Trachtenhut und Dackel, trank sein Bier.

Bier. Bayerisches Bier. Würde sie sich auch bald gönnen. Wie schön, wieder zu Hause zu sein.

Agnes hatte einen Zettel hinterlassen: Cilly, ihre Tochter, hatte ein kleines Mädchen zur Welt gebracht, die frischgebackene Oma war im Krankenhaus, würde aber bald wieder zurück sein. Im Eisschrank wartete ein kleiner Imbiß.

Agnes hatte ihre Sachen zusammengeräumt, gerade ein Zimmer bewohnte sie noch. Das Haus wirkte sehr sauber, selbst Nils' Studentenbude – Swantje warf kurz einen Blick hinein – schien aufgeräumt. Gab es hier einen guten Geist, oder steckte Jennifer dahinter? Nicht eine Minute hatte Swantje den Namen vergessen. Sie hoffte stark, die Flamme ihres Sohns kennenzulernen.

Swantje packte ihren Koffer aus, kümmerte sich um Basil, der mit erstaunlicher Geschwindigkeit über den Teppich robbte. Eigentlich sollte er ja anfangen zu laufen, aber damit haperte es noch. Später hatte sie Hunger, öffnete den

Eisschrank. Oje, das sah kläglich aus. Hatte Agnes nicht von einem Imbiß gesprochen? In Frankreich wäre das wenigstens ein appetitlich angerichteter Teller mit einer phantasievollen Salatvariation gewesen, dazu ein paar Krabben, ein bißchen Schinken, etwas Käse, hier waren es ein paar Scheiben blasse Truthahnwurst, Knäckebrot und der unvermeidliche Tofu. Dazu eine armselige Tomate, wie sie Chou-chou nicht in die Küche gekommen wäre. Swantje verdrückte alles, so hungrig war sie. Hinterher fühlte sie sich dick und aufgequollen, auch der eisgekühlte Kamillentee war ihr nicht bekommen. Gab es im ganzen Haus keinen anständigen Wein oder Champagner?

Es führte kein Weg daran vorbei, sie mußte einkaufen gehen. Komisch, seit fast einem Jahr hatte sie das nicht mehr getan. Nils hatte recht: Seine Mutter führte ein Luxusleben. Aus Neugier schaltete Swantje den Fernseher ein. Und Gott sei Dank – hier gab es nicht diese ewigen blödsinnigen Ratespiele wie in Frankreich, wo man mit dussligen Antworten auf dusslige Fragen viel Geld gewinnen konnte und jede Kandidatin tränenfeuchten Auges ihre chère Clothilde oder chère Marie grüßen ließ, sondern einen gutgemachten Film über Steinböcke in den Alpen. Nur schade, daß sie den nicht bei einem Glas Wein genießen konnte.

Ein Schlüssel drehte sich im Schloß. Agnes. Noch umfangreicher geworden und ziemlich grau an den Schläfen, aber die Augen hübsch und nixenhaft wie immer. Ihr Gesicht leuchtete auf, als sie die Freundin sah. Sie umarmte Swantje herzlich.

»Willkommen in Deutschland, willkommen bei dir daheim. Was für eine Freude, dich zu sehen. Hand aufs Herz, Mädchen, du schaust phantastisch aus. So schön hab' ich dich noch nie gesehen. Sag die Wahrheit… Wer tut dir so gut? Ari, das Baby oder Nizza? Na?« Sie legte den Kopf schief. Ehe Swantje über eine ehrliche Antwort nachdenken konnte redete Agnes weiter: »Sicher das Baby. Muß einfach so sein. So ein kleines Purzelchen ist doch das Wunderbarste überhaupt auf der Welt. Darüber kannst du alle Männer vergessen. Na, wo ist er denn, der kleine Mann?« Jetzt hatte sie Basil entdeckt, der sich hinter einem Sessel versteckt hatte, kniete sich neben ihn auf den Boden, schob den Mund vor, machte kreisrunde Aguen. »So ein söner kleiner Bubi, so ein sehr söner kleiner Mann. Ei, ei, ei.«

Mußte dieses kindliche Getue sein? Swantje war es peinlich. Sie hatte bei Basil absichtlich auf Babysprache verzichtet. Erstens, weil sie die sowieso albern fand, und zweitens, weil sie das entsprechende französische Gestammel nicht beherrschte. Aber Agnes schien in ihrem Element zu sein.

»Weißt du, ich war gerade bei Cilly. Sie hat ein Baby bekommen, eine Gwendolyn. So ein süßes Ding. Ich komme um vor Stolz. Jetzt bin ich also eine Omi.« Das klang so, als hätte sie den Nobelpreis gewonnen. Mindestens.

Swantje kannte aus Frankreich, wie sehr dort der Großmutter-Status genossen wurde. Ihr ging das oft genug auf die Nerven. Und jetzt also auch hier. Na ja, vielleicht hatte Agnes über ihre neuerworbene Oma-Rolle ja den Jesus-Kult vergessen.

Fehlanzeige: »Was für eine Gnade von unserem lieben Herrn Jesus Christus, mir eine Enkelin zu schenken. Ich kann ihm dafür nicht genug danken.« Agnes sagte das so überzeugt, war so voll aufrichtiger Dankbarkeit, daß Swantje nicht anders konnte. Sie mußte ihre Freundin umarmen.

Später ging Swantje einkaufen. Dabei fiel ihr auf, wie viel weniger appetitlich hier die Waren präsentiert wurden als in Frankreich. Auch Obst und Gemüse waren nicht von allererster Qualität. Und bei den Hammelkoteletts, die sich Nils gewünscht hatte, schnitt kein Metzger mit geschickten Bewegungen die Fettstreifen weg. Allerdings – in den besseren Geschäften von München machte man das sicher auch, nur hatte sie dort nie eingekauft. Sollte sie künftig doch mehr auf Qualität achten und weniger auf den Preis?

Dafür gab es Würste in einer ungeheueren Auswahl. Swantje kaufte Weißwürste, süßen Senf und frische Brezen, lud Agnes dazu ein. Die aß heißhungrig mit, tupfte noch die Salzkrümel mit dem Zeigefinger auf. Und auch Basil, der kleine Franzose, zuzelte zufrieden eine halbe Weißwurst leer.

Später kam Nils, war sehr nett, besonders zu seinem Bruder. Für Samstagnachmittag kündigte er Jennifers Besuch an. »Alles für dich, Mama.« Er tippte sie auf die Brust. »Du kommst doch um vor Neugier, nicht wahr?«

Später erzählte er von Chile und von seinem Vater, den er allmählich so sah, wie er wirklich war. Unstet und ohne ausgeprägtes Verantwortungsgefühl. Ein schwieriger und wohl auch schmerzlicher Erfahrungsprozeß für den Sohn. »Okay, Alexander ist kein Supervater«, faßte er zusammen. »Aber wir haben zueinander einen guten Draht. Für die wirklich wichtigen Dinge hab' ich ja immer noch Opa.«

Um ein Haar wäre Swantje aufgestanden und hätte ihm einen Kuß gegeben. Ein phantastischer Sohn, den sie da hatte.

Die nächsten Tage nutzte sie dazu, in die Stadt zu fahren. Dort stöberte sie mit Basil im Schlepptau in Buchhandlungen, die es in dieser Größe und mit dieser Fülle von Büchern in Nizza nicht gab, kaufte sich Unterwäsche, Herrenhemden und Männerjeans. Mehr nicht, denn ihr Kleiderstil hatte gewechselt. Das war sogar Agnes aufgefallen.

»Wie französisch du geworden bist«, hatte sie zu Swantjes neuer Masche gesagt, sämtliche – vorwiegend dunklen – Kleidungsstücke miteinander zu kombinieren, mehr Wert auf die Frisur zu legen und genauso auf dekorative Accessoires wie Ohrringe, klirrende Ketten oder ein geschickt geschlungenes Tuch. »Unheimlich schick.«

Wie schön es war, im »Franziskaner« Leberkäs zu essen und Prinzregententorte im Café »Schöne Münchnerin«, die Lenbachgalerie zu besuchen und die Reiter zu beobachten, die auf dem Zirkel hinter dem »Haus der Kunst« galoppierten. Da tat ihr das Herz ein bißchen weh. Aber in ihrem Reitstall kreuzte sie nicht auf. Was sollte sie sagen, wenn man sie fragte, wo sie inzwischen ritt?

Aber sie besuchte Dr. Miller, und dort blieb sie lange. Saß mit Basil auf den Knien im Besuchersessel und erzählte von ihrem Leben in Nizza. Ihr ehemaliger Chef nickte und fragte und hörte andächtig zu. Sein Resümee: »Swantje, nach allem, was Sie mir berichten, haben Sie richtig gewählt. Ein bißchen Heimweh ist ganz normal. Also die Schultern zurück, das Kreuz durchgedrückt und unbeirrt in die Zukunft blicken. Sie schaffen es, davon bin ich überzeugt.« Sein Wort in Gottes Ohr.

Dann war Samstag, und Swantje hatte auf der Terrasse eine klassische deutsche Kaffeetafel gedeckt mit versenktem Apfelkuchen, herrlich duftendem Kaffee und Schlagsahne in einer Kristallschüssel. Während sie auf die Gäste wartete, hüpfte Mr. Green heran. Rührung stieg in ihr auf. »Hallo, kennst du mich noch?« Regungslos sah er sie aus seinen goldfarbenen Augen an.

Mit einemmal standen dann Nils – mit einem Tulpenstrauß – und Jennifer vor ihr. Jennifer wirkte bereits sehr erwachsen, der Typ der jungen Adeligen mit trotz der Sommerhitze blauem Twinset und wadenlangem Flanellrock, außerdem Wappenring am kleinen Finger und Reif im frisch gewellten Haar. Sie hatte die Angewohnheit, leicht durch die Nase zu sprechen und alles zu wissen. Selbstverständlich kannte sie Frankreich, war dort eine Zeitlang ins Internat gegangen, aber eigentlich bevorzugte sie England, war also anglophil, wollte dort ein paar Semester studieren. Weiß Nils davon? fragte sich Swantje erschrocken.

»Kuchen? Nein, den esse ich nicht. Haben Sie nicht ein Sandwich? Oder ich trinke nur ein Mineralwasser.« Jennifers Reaktion auf Swantjes Kaffeetisch. Sie war ganz nett und gleichzeitig fürchterlich banal, ein Mädchentyp wie aus der Schublade, den man schon hundertmal gesehen zu haben glaubte, ohne Pfiff und auch ohne Charme. Nicht unbedingt das, was sich Swantje für ihren Sohn vorstellte. Aber es würde ja hoffentlich nicht für immer sein.

Wenigstens fand Basil Jennifers Wohlwollen, sie lobte besonders seinen Strickanzug in Weiß und Dunkelblau (ein Geschenk von Chou-chou). War doch etwas anderes als diese plebejischen Schockfarben bei den deutschen Kindern. Sie selbst allerdings wollte keinen Nachwuchs haben. Ihr schwebte vor, eines Tages eine Kanzlei für internationales Recht zu eröffnen. Wahrscheinlich in Los Angeles. Oder in Buenos Aires, wenn es dort weiterhin so aufwärts ging. Das wußte sie heute noch nicht.

Nils stand völlig im Bann seiner Freundin, aß plötzlich auch keinen Kuchen, nippte am Mineralwasser. Verliebt drückte er Jennifers Hand, was der aber eher lästig zu sein schien.

Swantje beobachtete alles aus den Augenwinkeln, ihr entging nicht die geringste Kleinigkeit. Auf einmal schoß es ihr durch den Kopf, welches Glück Chou-chou doch mit ihr als Schwiegertochter hatte.

Sie war lieb zu ihrem Sohn, hatte ihm ein Baby geschenkt, stellte keinerlei Ansprüche. Oder betrachtete man das als Schwiegermutter von einer anderen Warte aus?

Am Flughafen stand bei ihrer Rückkehr kein Ari, dafür eine junge Frau, die, eine Zigarette im Mund, temperamentvoll mit ihrem Handy telefonierte. Poussy. Als sie ihre Schwägerin sah, winkte sie heftig, ohne von Zigarette und Handy zu lassen.

Swantje schluckte. Ein Schock, diese Poussy. Nicht bloß das zyklamrote Lederkostüm, das eng wie eine zweite Haut saß und wegen seiner Kürze eigentlich verboten gehörte, es waren vor allem die oberschenkelhohen, gleichfalls zyklamroten Stiefel, die sie irritierten. Ganz schön gewagt. So liefen hier also nicht nur die käuflichen Mädchen herum (an der »Promenade des Anglais« gleich nach dem Flugplatz, gab es einige), sondern eben auch Millionärstöchter. Dazu war Poussy so jung auch nicht mehr und hatte zwei Kinder.

»Hi, Sue. Ari ist verhindert. Da dachte ich mir, ich nehme euch mit meinem Auto mit. War gerade in der Stadtbibliothek, da lagt ihr auf meinem Weg. Und was macht mein kleines Äffchen?« Sie kraulte Basil unterm Kinn.

»Nett, an uns zu denken.« Swantje war wirklich dankbar. Sie war müde, hatte keine Lust, mühevolle Konversation mit einem Taxichauffeur zu machen. »Diesmal war der Flug unangenehm. Eine Stunde Verspätung und dann diese Wackelei.«

»Da wäre etwas Aufbauendes genau das richtige für dich. Ich führ' dich in eine Bar, ›Samy's‹, sie ist ziemlich neu. Ari ist nicht daheim, du versäumst also nichts. Und auf die Gesellschaft von dem lieben Max wirst du sicher noch etwas verzichten können, oder?« Poussy lachte ironisch.

Mit Basil in eine Bar? Warum nicht? Swantje war durchaus nach einer Verrücktheit zumute. Ein ausgeflippter Cocktail würde unter Umständen ihre Laune heben. Irgendwie fühlte sie sich enttäuscht, daß Ari nicht da war.

Pussy brachte sie in eine Art gläserne Halle, die, bis auf ein paar kostümierte Teddybären auf Acrylpodesten, ausgesprochen kahl und nüchtern wirkte. Moderner Minimalismus. Die Gästeschar war dafür um so farbiger – sämtliche Hautfarben waren vertreten. Swantje kam sich mit ihrem hellen Teint fast wie eine Rarität vor. Kinder sah sie kaum und Babies noch weniger. Doch die porzellanzarte Eurasierin, die einen Cheong-sam trug, nickte ihr freundlich zu, gab ihnen den letzten freien Tisch.

»Was willst du trinken?« Die Namen der Cocktails, die Poussy herunterrasselte, klangen so exotisch und sagten Swantje so wenig, daß sie Poussy die Wahl überließ. Würde schon richtig sein. Hauptsache, sie wurde endlich ihre schlechte Laune los.

Poussy rauchte Kette. Weder fragte sie, wie es in München gewesen war, noch was Nils machte, sondern sie erzählte prustend und in schwindelerregender Schnelligkeit von allen möglichen Parties, die sie besucht hatte. Dazwischen kippte sie den harmlos schokoladenfarben aussehenden Cocktail wie Wasser herunter. Vorsichtig kostete Swantje davon. Pieksüß und darum sicher gefährlich. Sie würde aufpassen. Für Basil brachte die Eurasierin einen Becher warme Milch, die er artig trank. Hinterher hatte er einen weißen Schnurrbart, konnte sich gar nicht beruhigen, als ihm Swantje sein Spiegelbild zeigte.

»Wie findest du den Typen dort?« Poussy wies mit einer Kopfbewegung in Richtung Bar, wo ein junger Mann wie Brad Pitt lehnte. Himmelblaue Augen, Dreitagebart, knakkige Jeansfigur.

»Hm, nicht übel, wie viele eben«, druckste Swantje herum. Männer dieser Altersklasse nahm sie kaum wahr. Oder höchstens, um sie mit Nils zu vergleichen. »Wieso?«

»Er sieht unentwegt zu uns herüber.« Poussy drückte aufgeregt ihre Zigarette aus, um sich gleich wieder eine neue anzuzünden. »Ich hoffe doch sehr, daß das mir gilt und nicht deinem Engelshaar.«

»Natürlich dir.« Swantje schüttelte lachend den Kopf. »Wer trägt hier ein Kostüm wie eine Leuchtreklame? Außerdem komme ich bei Franzosen überhaupt nicht an.«

Poussy ging auf die Bemerkung nicht ein. »Wenn der Kerl bloß den Mut hätte, mich anzusprechen. Ich mache nicht den ersten Schritt. Außerdem – Feiglinge brauche ich nicht. Haben wir genug in der eigenen Familie.« Sie winkte der Bedienung, noch zwei Cocktails zu bringen.

Wen meinte sie damit? Ihren Mann oder Mad Max?

»Du magst Max nicht«, fing Swantje vorsichtig an. »Warum eigentlich nicht? Ich glaube, abgesehen von seinem cholerischen Charakter hat er ein gutes Herz.«

»Das versteckt er aber außerordentlich geschickt«, gab die Schwägerin heftig zurück. »Ich jedenfalls hab' es noch nicht entdeckt. Für mich ist er nichts als ein Schmarotzer, der sich noch dazu als Hausherr aufspielt. Und was er sich Chou-chou gegenüber herausnimmt! Ich bin die einzige, vor der er Angst hat.«

»Max ist sicher nicht glücklich«, versuchte Swantje zu vermitteln. »Man müßte seine Vergangenheit kennen.«

»Ach, Sue, hör auf mit diesem Unsinn.« Poussy hielt sich demonstrativ die Ohren zu. »Unglückliche Kindheit, Pubertätskrisen, wenn mir schon jemand damit kommt. Nein, mein Standpunkt ist: Alle Männer sind Feiglinge. Alle, verstehst du? Ohne Ausnahme. Dany vorneweg und dann auch Ari.« Sie musterte Swantje scharf.

»Ari?« Damit war Swantje nun gar nicht einverstanden. Warum sagte Poussy das?

»Du hast richtig gehört. Ari, mein Bruder. Natürlich vergöttert er dich und den Kleinen, trotzdem bedeutet ihm seine Karriere noch mehr. Wenn du ihm morgen seine Arbeit verbieten würdest, wärst du ihn übermorgen los. Er ist von Ehrgeiz zerfressen, mein Herr Bruder. Hast du ihn schon mal mit Basil spielen sehen? Nein. Er tätschelt ihm das Köpfchen, sagt ›bon, bon‹; mehr ist nicht drin. Und warum holt er euch nicht vom Flugplatz ab? Ist eine Besprechung mit einem amerikanischen Verleger wirklich wichtiger?«

»Na ja«, machte Swantje. Ihr wirbelte der Kopf. Sie hätte keinen zweiten Cocktail trinken sollen. Er trübte ihr Urteilsvermögen. Vor allem wollte sie sich nicht aufhetzen lassen. »Das ist nun mal so im Berufsleben.«

»Berufsleben, Berufsleben.« Poussy schnippte ungeduldig mit den Fingern, zog sich die Stiefel zurecht. »Das Zauberwort. Wenn ich das schon höre! Als ob alle Nichtberufstätigen Idioten wären. Okay, ich habe nie gearbeitet, nicht mal meine Ausbildung zu Ende gemacht. Vielleicht ein Fehler, aber ich kann es nicht ändern. Als ich Dany kennenlernte, wollte ich Kinder, eine ordentliche Ehefrau sein. Und was ist das Ergebnis? Ich langweile mich zu Tode. Klar, ich lese viel. Hier«, ungeduldig leerte sie ihre Tasche über dem Tisch aus. Bücher fielen heraus. »Habe ich mir alles aus der Bibliothek geholt. Bildbände über das alte St. Petersburg und so weiter. Find' ich faszinierend. Weißt du, ich habe gerade meine russische Phase. Vielleicht mache ich demnächst eine Reise dahin. Was ist? Kommst du mit?« Es klang fast flehend. Poussy hatte Swantjes Arm ergriffen.

»Nach Rußland?« So leid es Swantje auch tat, aber sie

mußte die Schwägerin enttäuschen. »Poussy, ich kann Ari nicht schon wieder allein lassen. Und dann ist da Basil.«

Der bereits seinen zweiten Becher Milch trank.

»Also nein.« Poussy wirkte enttäuscht. Ihr Gesicht fiel zusammen, die dunklen Augen lagen tief in den Höhlen. Hektisch winkte sie der Eurasierin, zu zahlen. »Mit dir ist also auch nichts los. Dabei bist du mir ziemlich sympathisch. Bis auf diesen schrecklichen Drang, es allen recht machen zu wollen. Ich will dir was sagen, Sue: Du läßt dich unterdrücken. Und das ist ewig schade.«

Swantje öffnete den Mund, um sich zu verteidigen. Aber Poussy gab ihr nicht die Gelegenheit. Auf einmal hatte sie es sehr eilig, wählte eine Nummer auf ihrem Handy. Als sie die Bar verließen, sahen ihr alle Männer nach. Auch Brad Pitt. Der am begierigsten. Aber er rührte sich nicht. Poussy hatte recht: ein richtiger Feigling.

15

Swantje war fleißig gewesen. Innerhalb weniger Wochen hatte sie die Texte für das Courrèges- und das Paco-Rabanne-Buch fertiggestellt, außerdem einen Entwurf für einen Band über den Dänen Per Spook konzipiert.

Die kleinen Modebücher verkauften sich gut. »Comme des petits pains« (wie die Semmeln), wie Ari stolz sagte. Aber mit genauen Zahlen rückte er nicht heraus. Ari besaß die bewundernswerte Eigenschaft, die meisten Dinge, die ihn betrafen, positiv zu sehen, insbesondere seine Geschäfte. »Der Verlag läuft glänzend, mach dir keine Sorgen«, beruhigte er Swantje, wenn sie sich vorsichtig erkundigte. Mehr erfuhr sie nicht.

Immerhin – die Modebücher wurden in vielen Zeitungen und Zeitschriften besprochen, lagen in den Auslagen der »librairies«. Vor allem aber: Ari hatte die Rechte an fünf Länder verkauft (darunter Deutschland). Wenn das kein Erfolg war.

Aber Ari ruhte und rastete nicht – kaum jemals, daß er ruhig dasaß. Dauernd mußte er sich informieren, telefonieren, in Aktion sein. Ein hyperaktiver Mann, was Swantje manchmal ganz schön auf die Nerven ging! Er plante neue Reihen. Als nächste »Die schönsten Restaurants an der Côte d'Azur«. Dazu gehörte natürlich »La Colombe d'Or« in Vence, das Swantje inzwischen kennengelernt hatte. Gewiß, sämtliche Mitglieder der Familie Roux waren reizend, die

Gemälde in den Gasträumen phänomenal, der Swimmingpool ein Traum, aber das Essen? Swantje war enttäuscht. Wie für amerikanische Touristen. Mit der Zeit hatte sie sich zu einer kleinen Feinschmeckerin entwickelt, wußte sehr wohl, was gut war und was nicht.

Die Gastronomiebücher sollten von einer bekannten Food-Journalistin betreut werden. Ari traute in dieser Hinsicht seiner Frau nicht allzuviel zu. Eine Deutsche?! Kannte die sich in der französischen Küche wirklich aus? Eher nein. Noch dazu, wo Swantje – was er im Grunde nicht verstand – geradezu allergisch auf »ail« (Knoblauch) war. Aber sie sollte nicht enttäuscht sein. Für sie hatte er bereits eine andere Reihe im Kopf: berühmte Maler an der Côte d'Azur.

Swantje war sofort verliebt in das Thema. Gewiß, sie war ebensowenig Kunstexpertin, wie sie etwas von gehobener Küchenkunst verstand, aber immerhin hatte sie ein paar Semester Kunstgeschichte studiert, wollte die Bücher populärwissenschaftlich aufziehen. Das müßte doch zu schaffen sein. Mit Feuereifer machte sie sich an die Arbeit.

Im Haus hatte sich einiges verändert. Poussy war mit ihren Kindern für zunächst ein Jahr nach Paris gezogen, wo Chou-chou eine Wohnung besaß. Dany hatte sich in eine andere Frau verliebt, würde nicht zu seiner Familie zurückkehren. Ein herber Schlag für Poussy. Um auf andere Gedanken zu kommen, wollte sie sich in den Trubel der Seine-Metropole stürzen, wenn Swantje schon nicht mit ihr nach Rußland fuhr. Den Kindern würde – behauptete sie – ein Schulwechsel auch guttun. Damit standen Djamila und auch Poussys Haus zur Verfügung. Poussy bot Swantje an (die beiden waren sich nähergekommen, hatten einiges gemeinsam unternommen), dort einzuziehen, aber die lehnte ab. Wieder zwischen Möbeln, die ihr nicht gehörten, auf Zehenspitzen herumschleichen, die Gegenstände quasi mit

Glacéhandschuhen anfassen, um nur ja nichts kaputtzumachen (obwohl Poussy das kaum merken würde) – es stand ihr bis zum Hals. Nein, entweder eine eigene Bleibe oder weiterhin das orientalische Plüschkabinett.

Djamila dagegen übernahm Swantje gern. Sie kümmerte sich liebevoll um Basil, der inzwischen lief, sehr gut sprach (besser französisch als deutsch), rasch begriff und immer mit seinen Hasenzähnchen lächelte. Nur war er für sein Alter immer noch zu klein und neuerdings auch zu dick.

»Du hast ein richtiges Bäuchlein«, zog ihn seine Mutter auf, wenn sie ihm den Pyjama überstreifte, sanft über den kleinen Nabel strich.

»Qu'est-ce que tu veux, Maman? Moi, j'adore manger«, gab er mit einem tiefen Seufzer des Wohlbehagens zurück. Sollte er essen, solange es ihm schmeckte. Diäten kamen noch früh genug.

Nur setzte Djamila ihn zu oft vor den Fernseher, was Swantje nicht gefiel. Basil kannte inzwischen die meisten Disneyfilme, die ihn faszinierten, wollte manchmal Robin Hood sein, manchmal der kleine Löwe Simba oder Batman, wünschte sich zu jeder Rolle das passende Kostüm. Dauernd lief eine vermummte kleine Figur im Garten herum, fuchtelte wild mit einem Pappschwert herum oder verschoß harmlose Pfeile aus Plastik. Chou-chou war begeistert von dem kleinen Mann, sah in ihm bereits einen zweiten Alain Delon. Ari fand auch nichts Schlimmes daran. »Verkleiden hilft ihm, seine Phantasie zu entwickeln.«

Swantje sah das anders. Den Kleinen bloß nicht mit Spielzeug und modischer Maskerade überfüttern. Ihre eigene Phantasie hatte in der Kindheit geradezu Purzelbäume geschlagen, tat es heute noch manchmal, und dabei hatte Swantje gerade mal zwei bescheidene Puppen und einen abgenagten Teddybären besessen, aber kein Drei- oder gar

Fahrrad und keine Puzzles und keine Legospiele. Dafür hatte sie die schönsten Blätter aus dem Herbstlaub geklaubt und zwischen Buchseiten gepreßt, Maikäfer in Zigarrenschachteln mit Löchern gesperrt und später wieder freigelassen, die beiden Puppen aus leeren Haselnußhüllen Tauwasser trinken lassen. Aber – armer Basil – hier gab es weder Herbstlaub noch Maikäfer. Sollte er in Gottes Namen mit seinem Pappschwert um Ehre und Gerechtigkeit kämpfen.

»Hast du Lust, nach Villefranche zu fahren? Zur Recherche für dein neues Buch?« schlug Ari eines Sonntags vor. »Es liegt nur ein paar Kilometer von hier in Richtung Italien, und Jean Cocteau hat dort eine Kapelle ausgemalt.«

Villefranche sur Mer. Swantje hatte es bei einem Ausflug nach Monte Carlo in der Bucht liegen sehen mit seiner pittoresken Altstadt, der historischen Feste. Ein wirklicher Bijou. Und – nicht zu vergessen – Lucas lebte dort. Sie hatte sofort an ihn gedacht, als sie das Ortsschild »Villefranche« las, und heute dachte sie auch gleich an ihn. Lucas, den sie seit ihrer Begegnung am Silverstertag – vor jetzt bald anderthalb Jahren – nicht mehr gesehen hatte. Er sei auf Reisen, hieß es. Max erzählte es voller Bedauern, denn er hing, wie er betonte, sehr an seiner Familie, hatte zwei weitere Brüder, die er auch nicht oft sah. Doch Chou-chou war, was Lucas betraf, etwas anderer Meinung. Für sie war er ein unverbesserlicher Casanova. Chou-chou mit ihrer jahrelangen tadellosen Ehe spielte gern den Moralapostel. Daß ihr Verhältnis zu Max eher ein »gschlampertes« war, störte sie dabei nicht. Dabei würde sie Max niemals heiraten, wußte Swantje von Poussy, hauptsächlich aus finanziellen Gründen. Das gesamte Vermögen der Familie Atachou war allein für Ari und Poussy bestimmt, teilen kam nicht in Frage. War Max deshalb oft so ekelhaft?

»Paß auf, eines Tages bist du eine schwerreiche Witwe«, hatte Poussy lachend hinzugesetzt. Was Swantje entsetzt den Kopf schütteln ließ. Sie eine Witwe? Sie war älter als Ari. Und was das Geld betraf, so hatte Ari geschworen, keinen Sou von seiner Familie anzunehmen.

»Villefranche? Warum nicht?« Swantje kämmte sich ungewohnt langsam vor dem Spiegel das Haar, um Ari nicht anschauen zu müssen. »Interessiert mich sehr. Dort gibt es, glaube ich, auch ein Volti-Museum.«

»Bravo, meine kleine Kunstexpertin.« Ari war voller Respekt. Er holte seinen Bugatti heraus. Es war April, ein schöner warmer Frühlingstag. Sie wollten den Ort und vor allem die Kapelle besichtigen und später dann im Freien essen. Ohne Basil. Er besuchte mit Djamila einen Kindergeburtstag.

Sie fuhren die berühmte untere Corniche entlang; es gab noch eine mittlere und eine hohe, so beliebt war die Route nach Italien. Der Verkehr lief flüssig, viele Autofahrer hatten das Fenster heruntergekurbelt, tauchten die Arme in die Morgensonne. »Bienvenue à Villefranche, la ville des fleurs«. Da war es schon wieder, das sympathische Ortsschild. Swantje merkte, wie sie nervös wurde. Hier wohnte er also, der Mann mit dem Hut und den riesenhaften blauen Augen. An der Ecke kaufte er möglicherweise seine Blumen und nebenan seine Zeitungen, und beim Coiffeur »Mathis« ließ er sich die Haare schneiden. Das hieß, falls Monsieur Lucas zufällig im Lande weilte. Vielleicht ritt er ja gerade in seinen weißen argentinischen Reithosen – »bombachos«, Swantje hatte sich informiert – über die Weiten der Pampas, eine feurige Señorita an der Seite.

Trotzig überschaute die »forteresse« die kleine Stadt. Sie war Ende des 16. Jahrhunderts zum Schutz der Einwohner vor Seeräubern errichtet worden. Und wer schützt mich vor Herzensräubern? dachte Swantje lakonisch, wußte aber, daß sie übertrieb.

Ari lenkte seinen Bugatti eine abenteuerlich enge, gewundene Straße hinunter, wo noch dazu Wagen parkten. Wenn er nur keinen streifte … Swantje krampfte die Hände zusammen. Sie wußte auch nicht, was mit ihr los war. Normalerweise besaß sie starke Nerven.

»Was hast du, Chérie?« amüsierte sich Ari. »Du zitterst ja richtig. Keine Angst, ich bringe dich sicher nach unten und das Auto auch. Hab ein bißchen Vertrauen.« Seine Hand griff zu ihr herüber, streichelte ihr Knie.

»Hab' ich doch.« Endlich hatte der Bugatti die schwierige Strecke geschafft, bog um eine letzte Ecke – die Festung lag jetzt in voller Größe zu ihrer Rechten –, da schrie Swantje leise auf. Ein Schrei der freudigen Überraschung.

»Ja, das ist es, das Meer.« Ari präsentierte es, als sei es sein Eigentum. »Die Bucht von Villefranche ist in der ganzen Welt berühmt. Im Zweiten Weltkrieg war es vor allem die amerikanische Kriegsmarine, die hier Station machte. Die Matrosen fühlten sich in Villefranche so wohl, daß sie gar nicht mehr weg wollten. Schön, daß es dir gefällt.«

Ari irrte sich. Es war nicht das Meer – obwohl es bilderbuchreif vor ihnen lag, umsäumt von einer sanft gerundeten Bucht –, das Swantje hatte juchzen lassen, sondern vielmehr eine Ansammlung silberblinkender Tische und kleiner bunter Stände, aufgebaut auf einem Platz. Antikmarkt.

»Marché des antiquités«, sagte sie andachtsvoll.

»Du meinst wohl ›marché aux puces‹.« Ari schien weniger ergriffen. »Immer das gleiche Zeug, immer die gleichen Händler. Montags sind sie in Nizza, dienstags in Ich-weiß-nicht-wo, samstags in Cannes und am Sonntag also in Villefranche. Vollkommen uninteressant. Was willst du mit ausrangierten ›pots de chambres‹ und kaputten Tassen, aus denen Kutscher früher ihren Milchkaffee schlürften? Wenn du dich wirklich für alte Kostbarkeiten interessierst, führe ich dich zum nächsten internationalen Antiquitäten-Salon nach Antibes. Dort findest du die echten Schätze.«

Sie hatte es gewußt – mit Ari war auf Antik- oder ihretwegen auch Flohmärkten nichts anzufangen. Dabei wirkte dieser hier auf dem Dorfplatz, eingerahmt von drei Cafés mit gestreiften Markisen und – ja, genau gegenüber der Cocteau-Kapelle, ganz besonders pittoresk. Die Silberwaren funkelten in der Sonne, Großmutters Spitzen flatterten im Wind, Bilder reihten sich aneinander, Bücher stapelten sich. Vielleicht konnte sie, bevor sie in der Kapelle eintauchten … Wenigstens einen einzigen Blick.

»Schau dir den alten Schund an«, stöhnte Ari, öffnete den Kragen seines apricotfarbenen Polohemds, setzte die spiegelnde Sonnenbrille auf. Es war immer das gleiche – er konnte seiner schönen Frau nicht widerstehen. Wenn er sie auch oft nicht verstand.

Aber Swantje sollte bloß nicht glauben, daß ihm dieser Ramschmarkt gefiel. Während sie von einem Stand zum nächsten eilte, sich an reichen Italienern vorbeidrängte – die Frauen gepflegt blaß, die Männer in camelfarbenem Cashmere –, legte Ari seinen gewissen blasierten Gesichtsausdruck auf, schlenderte hinterher. Swantje kümmerte sich nicht um ihn. Sie war wie im Rausch. Was gab es hier für einen wundervollen Stand! Jeder Gegenstand kostete nur zehn oder zwanzig Francs, und es befanden sich ausgesprochen originelle Dinge darunter. Wie diese alte Schreibgarnitur. Wenn das Monsieur Lucas …

»Hallo, Lucas. Was für eine Überraschung!« Das war Ari, und es klang freudig. (Vielleicht auch nur, weil seine Langeweile unterbrochen wurde.) Swantje brauchte einige Sekunden – ihr Reaktionsvermögen ließ in letzter Zeit nach –, bevor sie begriff. Im Zeitlupentempo drehte sie sich um. Da stand der kleine Ari – ja, er war wirklich klein, trotz des runden schwarzen Huts, den er neuerdings trug – und sprach mit einem großen breitschultrigen Mann, der in Weiß und Beigetöne gekleidet war. Reinweiß der Panama, cremefarben das Hemd mit den aufgerollten Ärmeln und die weite, leicht zerknitterte Baumwollhose. Keine zum Reiten, nein, eine ganz normale.

»Ari, was, zum Teufel, treibt dich zu dem alten Zeug? Dich ausgesprochenen Ästheten.« Eine tiefe, wohltönende Stimme. »Steckt wohl deine Frau dahinter?«

»Ja, das tut sie«, sagte Swantje. Beziehungsweise – es war nicht wirklich sie, die da sprach. Jemand hatte für sie das Wort übernommen. Ihr zweites Ich? Das wahre? Plötzlich stand sie zwischen den beiden Männern, eine hochgewachsene, flachsblonde Frau im knielangen schwarzen Rock und enger orangefarbener Jacke, ein ebenfalls orangefarbenes Band um das Haar. Um die Sinfonie abzurunden, hätte der Lippenstift auch orange sein müssen, aber der war auf ihrem Mund abhanden gekommen. Vorhin im Auto hatte sie einen Apfel gegessen und sich, typisch für sie, danach nicht im Spiegel betrachtet. Wäre einer Französin nicht passiert. Tant pis.

»Was für eine Freude, Madame.« Lucas beugte sich über ihre Hand. Und tatsächlich – er küßte sie richtig. Swantje war baff. Was sagte Ari dazu? Aber der hatte nichts bemerkt, unterhielt sich mit seinem Quasi-Onkel angeregt. Über das Wetter, das in diesem April besonders schön war, während alle über den frostigen Februar gejammert hatten (wie der März gewesen war, fiel beiden nicht mehr ein), und über den neuen Bürgermeister von Nizza, der sicherlich weniger korrupt war als der alte, dafür ein hoffnungsloser Technokrat (»armes Nizza«, stöhnte Ari) und über die Politik im allgemeinen und die letzte Pleite der Rugbymannschaft, deren Trainer bekanntermaßen Aris Cousin war, und … und … Blablabla. Sehr belanglos und sehr französisch.

Swantje war enttäuscht. Von ihrem sonst so anspruchsvollen Mann ebenso wie von Lucas. Langweilten sie sich nicht selbst bei so viel nichtssagendem Geplapper? Aber nein, sie redeten und redeten. Wirklich, ein ganz besonderer Menschenschlag, diese Franzosen. Hätte Bernd so viele Banalitäten verzapft oder auch Alexander, hätte Swantje schnell gesagt: »Jetzt aber bitte Schluß. Können wir uns nicht normal unterhalten?« Hier traute sie sich nicht.

Aber irgendwann mal waren alle Themen ausgeschöpft, und sie saßen unter einer dieser gestreiften Markisen bei Kaffee und Rosé, der von einer kleinen rothaarigen Sexbiene serviert wurde. Sie schien Lucas zu kennen, flirtete unverschämt. Was ihm offenbar zu gefallen schien, denn er flirtete zurück. Litt er unter einem Lolita-Komplex? Hätte sich Swantje gleich denken können. Aber nach dem ersten Glas Rosé taute sie dann selbst auf, tat sich ziemlich wichtig mit ihren Büchern, kehrte die Kunstexpertin heraus. Einmal warf ihr Ari einen erstaunten Blick zu. Aber im Grunde gefiel ihm die Angeberei. »Um in Frankreich etwas zu gelten, darf man sein Licht nicht unter den Scheffel stellen«, sagte er oft genug. Gut, jetzt tat sie das, aber wohl war ihr nicht dabei.

»Und du, Lucas, bist, wie man hört, viel herumgereist. Max hat so etwas verlauten lassen.« Ari paffte große Rauchwolken aus seinem Zigarillo.

»Herumgereist? Ja. Durch unser schönes Frankreich, das ich viel zu wenig kenne. Ich habe endlich die Regionen besucht, in denen die Familie meines Vaters lebte. Hauptsächlich in der Nähe der Bretagne, in der Mayenne. Kennst du Ernée? Dort habe ich das Haus ausfindig gemacht, das meinem Ururgroßvater gehörte, jüngster Offizier unter Napoleon. Es steht unter Denkmalschutz. Ich trage mich mit dem Gedanken, es zu kaufen.« Lucas nickte wie zur Bestätigung. In der Hand hielt er die Sonntagszeitung, wie Swantje mit einem kurzen Blick feststellte. Auf der aufgeschlagenen Seite war das Kreuzworträtsel halb gelöst. »Aber jetzt möchte ich euch meine Wohnung zeigen. Habt ihr Zeit?«

»Eigentlich wollten wir die Kapelle besichtigen.« Das war Ari.

»Den ganzen Tag. Und wir sind sehr interessiert.« Das war Swantje.

Beide sprachen sie ihren Text zur gleichen Zeit, und natürlich zog Ari seinen Einwand auf der Stelle zurück. Zu dritt stiegen sie die krummgetretenen Stiegen des gewundenen Sträßleins hoch, vorbei an steinernen Trögen, in denen im letzten Jahrhundert noch öffentlich die Wäsche gewaschen wurde, machten vor einem modernen Gebäude halt.

Swantje kam sich vor wie im Traum. Was war mit ihr los? Folgte einem wildfremden Mann so einfach in die Wohnung? Aber da war Ari, ihr offiziell angetrauter Ehemann, der ihre Hand hielt, also konnte ihr nichts geschehen. Der Lift brachte sie zum vierten Stock, dort schloß Lucas die Wohnungstür auf.

»Ah«, sagte Swantje. Die Helligkeit blendete sie. Sie betrat ein Appartement, dessen rechte und linke Seiten fast vollständig aus Glasfenstern bestanden. Und jede bot eine gleich atemberaubende Aussicht. Rechts war es eine Art italienisches Bühnenbild, das sich dem Beschauer darbot, der Blick auf eine kleine Straße, die in einer Treppe endete, die Straße eingerahmt von verwitterten orange- und zitronenfarbenen Häusern, in deren Gärtchen passend dazu Orangen- und

Zitronenbäume blühten. Alte Frauen schlurften mit Einkaufstaschen über das Pflaster, blieben stehen, um sich auszuruhen oder Neuigkeiten auszutauschen. Zur Linken aber überblickte man die Bucht mit dem Meer. Ein phantastisches Panorama, war dem Ganzen doch das terrakottafarbene Dächermeer des ganz alten Villefranche vorgelagert. Die Wohnung selbst war in einer Mischung aus klassischem und provençalischem Stil eingerichtet, anspruchsvoll und sehr gemütlich, ohne Extravaganzen, die hier auch nicht hingehörten. Die Aussichten sprachen für sich.

»Gefällt es Ihnen, Swantje?«

Was war denn das? Lucas sprach ihren Namen fast korrekt aus. Hatte er heimlich geübt?

»Das hier ist nicht das reiche Deutschland mit dem sehr schicken München« – woher wußte er Bescheid? –, »sondern eine besonders altertümliche Ecke der Côte d'Azur. Was möchten Sie trinken? Champagner?«

Swantje wäre die giftgrüne Flüssigkeit lieber gewesen, die in einem der Kristallflakons glitzerte – wahrscheinlich Crème de menthe, Pfefferminzlikör –, aber Ari bevorzugte Champagner. Sie saßen in weißbespannten Sesseln und unterhielten sich. Zu gern hätte Swantje den übrigen Teil der Wohnung besichtigt – die Küche, das Schlafzimmer – oder ein paar persönliche Fragen an den Hausherrn gestellt – wo haben Sie früher gelebt? Sind Sie verheiratet? Haben Sie Kinder? –, aber sie wagte es nicht. Ari hätte es deplaziert gefunden. (»In Frankreich, Chérie, stellt man niemals indiskrete Fragen. Man fragt den anderen nicht aus.«) Einmal sprach Lucas von einer gewissen Mathilde. Dabei leuchtete sein Gesicht auf – oder lag das an der einfallenden Sonne? –, seine Augen wurden noch blauer. Mathilde. Manon und Mathilde. Jetzt kannte sie schon zwei Frauen, mit denen er verbandelt war.

»Und wie, Swantje, haben Sie sich bei uns eingelebt?« Rasch hob er eine Erdnuß auf, die auf den Teppich gefallen war, fuhr sich mit der Hand durch das dichte, leicht ergraute Haar. »Sind die Franzosen so schlimm?« Er lachte. Ari wollte protestieren, aber Lucas legte drei Finger (einer davon mit einem goldenen Ring, sieh mal an!) auf die Lippen. Er wollte ihre Antwort wissen.

»Nicht so schlimm«, gestand Swantje mit champagnergelöster Zunge. »Nur anders. Selbstbewußter, von sich überzeugt...« Sie zögerte.

»Sagen Sie ruhig arrogant. Damit treffen Sie den Nagel auf den Kopf«, wurde sie von Lucas unterbrochen. »Was wollen Sie? Frankreich ist bekanntermaßen eines der schönsten Länder der Welt, aber leider – so sagte ein boshafter Brite – von Franzosen bewohnt.« Er lachte wieder. Natürlich, als Franzose mit russischer oder griechischer Mutter konnte er sich leicht über sein Heimatland mokieren.

Ari hüstelte. Er war nicht einverstanden. »Und die Südamerikaner, bei denen du so lange gelebt hast. Sind die anders?«

»Machos, Blender, Räuber, Schauspieler, alle miteinander. Aber viel herzlicher und mitfühlender als wir. Auch offener ihren Nachbarn gegenüber. Aber genug der Selbstkritik. – Sie schreiben an einem Buch über Villefranche, Swantje?« Dabei sah er ihr in die Augen.

Swantje, die auf einem Sekretär das alte Tintenfaß entdeckt hatte und noch ein paar andere Dinge, die von Trödelmärkten stammen konnten, wurde unsicher. Machte er sich lustig über sie?

»Nicht allein über Villefranche. Allgemein über die Kunst an der Côte d'Azur. Hier in Villefranche dachte ich an Jean Cocteau und die Kapelle St. Pierre, außerdem an den Bildhauer Volti. Kennen Sie hier noch andere Künstler?«

»Es gibt noch den Maler Henri Goetz, der, glaube ich, sogar aus Deutschland stammt. Zusammen mit seiner Frau hat er ein kleines Museum errichtet. Einen Moment, ich sehe in einem Buch nach.«

»Tu das ein andermal, Luc.« Ari, der ungewöhnlich lange an einem Fleck gesessen hatte, wurde zappelig, sah auf die Uhr. »Weißt du, wir haben außer dem Flohmarkt und deiner Wohnung nichts von Villefranche gesehen. Vor allem möchte ich zu Mittag essen. Darf ich dich einladen?«

Lucas schüttelte den Kopf. »Danke, nein, ich verpflege mich selbst. Einen ›loup de mer‹ in Butter mit kleinen Kartoffeln und den neuen ›courgettes‹. Als Entrée Artischocken und hinterher eine ›tarte‹, ausnahmsweise nicht selbstgemacht.« Es klang bedauernd.

Wie gern hätte Swantje gegessen, was er zubereitete, aber Ari war nicht zu halten. »Danke für den Champagner, Luc. Setz dich doch gelegentlich mit meiner Frau zusammen. Hier in deiner Wohnung, die ihr so gut gefällt. Ich schlag gleich den Mittwoch vor. Mittwoch um elf? Swantje kommt mit dem Taxi. Du weihst sie in die Kunstszene von Villefranche ein, und sie erzählt dir von ihrem geliebten München. Einverstanden?« Er klatschte aufmunternnd in die Hände. Jetzt war er ganz der Boß, der bestimmte.

Swantje und Lucas sahen einander an. Ist Ari wirklich so naiv und treibt mich diesem faszinierenden Mann in die Arme? fragte sich Swantje, die sich im Augenblick nichts Verlockenderes vorstellen konnte als einen Nachmittag allein mit Lucas. Aber da hatte Lucas schon genickt.

»Ich kann Swantje auch abholen«, schlug er vor. »Außerdem gibt es einen Bus, der oben an der Straße hält. Von da aus sind es fünf Minuten bis hierher.«

»Telefoniert miteinander.« Ari stand bereits im Treppenhaus. »Au revoir. Soll ich Max von dir grüßen?«

»Tu das. Ich melde mich in Kürze bei ihm, brauche ein paar Familiendokumente für meine Recherchen. Wenn der Umgang mit ihm nur nicht so schwierig wäre! Guten Appetit und einen schönen Nachmittag.« Die Tür schlug zu. Lucas war verschwunden.

Wie im Traum ließ sich Swantje in das laut Ari beste Restaurant am Platz führen, »La mère Germaine«, direkt an der Strandpromenade gelegen. Es wurde von Rémy geführt, einem ehemaligen Tänzer aus Tahiti, der sich bei einer Frankreichtournee in die Tochter der Besitzerin verliebte und sie geheiratet hatte. Inzwischen sah man ihm seine Herkunft kaum mehr an. Er trug einen vollen weißen Haarschopf und gab sich sehr soigniert. Dem Ehepaar offerierte er ein Glas Champagner.

»Chou-chou und mein Vater aßen früher oft hier. Die Preise sind hoch, aber das Essen und die Weine sind ausgezeichnet.«

Sie begannen mit mariniertem Fisch, dann wählte Swantje den gepriesenen »loup de mer«, der hier nur mittelmäßig schmeckte und sie darüber nachdenken ließ, wie Lucas ihn wohl zubereitete. Ihr war schwindlig. Das lag an dem doppelten Champagner, zuvor dem Rosé und – ja, vielleicht auch an dem Besuch in der Wohnung mit der zweifachen Aussicht. Am liebsten wäre sie gleich nach Hause gefahren und hätte sich hingelegt.

Aber Ari traf Freunde, die an ihren Tisch traten und sie begrüßten. Swantje wurde dabei sehr aufmerksam gemustert. Das war sie also, die »berühmte« Deutsche. Swantje bereute, sich nicht mehr in Schale geworfen zu haben. Hier machte man sich sonntags fein. Straßenmusikanten mit farbigen Bändern an den Hüten spielten »Torna a Sorrento«, ein Bettler schlich von Tisch zu Tisch. Das Gedränge auf dem Trödelmarkt hatte zugenommen.

»Rémy weiß, was er verlangen muß«, bemerkte Ari später im Auto. Also war die Rechnung teuer gewesen. Konnte er sich das leisten, oder verbuchte er das Déjeuner unter Spesen? Wäre strenggenommen nicht korrekt

»Wer ist Mathilde?« fragte Swantje nach einer kleinen Weile.

»Mathilde?« Ari reagierte verwundert. »Wie kommst du darauf? Mathilde war Lucas Frau, seine ganz große Liebe. Älter als er und, wie es heißt, eine Schönheit. Ich habe sie nie gekannt, denn so lange sind Chou-chou und Max noch nicht zusammen. Mathilde ist vor ein paar Jahren gestorben. Angeblich an gebrochenem Herzen.« Aha, dieser Ausdruck existierte also auch im Französischen.

»An gebrochenem Herzen? Warum?«

»Weil Lucas sie betrogen hat. Damit ist sie nicht fertiggeworden. Er aber wohl auch nicht. Seitdem spielt er den einsamen Wolf. Kommt kaum aus seiner Höhle heraus. Daß er uns heute zu sich eingeladen hat, ist fast ein Ereignis.«

Thema beendet. So viele Gedanken verschwendete Ari nicht an Lucas, den er zwar interessant, anders als die anderen, aber so aufregend nun auch wieder nicht fand. Viel wichtiger: Was war mit Basil? Hatte er sich auf dem Geburtstag amüsiert? Basil. Ari bekam feuchte Augen, wenn er nur an den kleinen Kerl dachte. Ein Riesenglück, ein solches Kind zu haben.

Eine kleine Gestalt tanzte mit einem Laken über dem Kopf durch die Räume, stieß schrille Schreie aus, bewacht von einer häkelnden Djamila im pinkfarbenen Frottékleid. Basil. Er hatte bei Hervé, dem Geburtstagskind, »Das kleine Gespenst« als Video gesehen, diese Rolle sofort übernommen. Als Swantje ihn etwas rüde daran erinnerte, daß es Zeit zum Schlafen sei, schaltete er auf der Stelle um. »Oui, Madame«, gurrte er, küßte zärtlich ihre Hand. »Oui,

Monsieur.« Jetzt war Ari an der Reihe. Dabei schlug er die Hacken zusammen. Wo hatte er nur das wieder gesehen? Swantje konnte nicht anders. Sie kniete sich vor ihn hin, nahm ihn ganz fest in die Arme. Und wenn man mit seinen Söhnen auch nicht so zärtlich sein sollte – bei Nils war sie es auch gewesen, und es hatte ihm nichts geschadet.

»Merci, Madame«, flötete Basil, schlug seine tiefblauen Augen zwischen den dunkelseidenen Wimpern auf. Da küßte sie die Wimpern und dann seine Brauen und dann seine Stirn und dann seine Apfelwangen. Ein solches Kind, ein solches Kind… Sie war nicht weniger vernarrt als Ari.

16

Mittwoch. Swantje fuhr jedesmal zusammen, wenn das Telefon läutete. Lucas würde doch nicht etwa absagen? Aber nein, keine Nachricht aus Villefranche. Also nahm sie schließlich – nach langem Überlegen in einen blauen Rock, blauen Blazer und dunkelblaues Polo gekleidet – den Bus, fuhr nach Villefranche. Beim Aussteigen zitterten ihr die Knie, aber tapfer lief sie die bekannte enge Straße hinunter, wo eine Katze ihren Weg kreuzte. Fünf Minuten Weg, hatte Lucas gesagt, sie brauchte knapp drei. Die Haustür stand offen, und der Lift war auch schon da. Man schien sie tatsächlich zu erwarten. Wenigstens durfte sie sich dieser Illusion hingeben.

Es dauerte ein paar Minuten, bis Lucas auf ihr Klingeln öffnete. Aber das machte Swantje nichts weiter aus, so sehr war sie mit der Musik beschäftigt, die gedämpft durch die geschlossene Tür drang. Die Melodie kannte sie. Aber woher? Aus einem Film?

»Bienvenue, Swantje.« Dann stand er breit und imponierend vor ihr, in einer verbeulten weißen Hose und einem gestreiften Hemd. Seine Augen wirkten etwas verschwollen. Von zuviel Liebe, zuviel Lektüre oder zuviel Fernsehen? Jetzt spielte die Musik lauter, kam ihr noch bekannter vor. Das war doch, das war doch …

»Derrick.« Mit einemmal fiel es ihr ein, und sie verstand gar nichts mehr. »›Derrick‹.«

»Natürlich ›Derrick‹«, gab Lukas gleichmütig zurück. »Meine Lieblingsserie. Und nicht nur meine. Millionen Franzosen lieben sie. Ich versuche nach Möglichkeit keine Sendung zu versäumen.«

Swantje schüttelte fassungslos den Kopf. »Dieses altmodische Zeug? Das kann man doch heute gar nicht mehr sehen. ›Hol schon mal das Auto, Harry‹ – ›Stefan, da ist eine Frau für dich am Telefon‹«, ahmte sie die beiden Protagonisten nach. »Inzwischen gibt es doch viel bessere Serien.«

»Ich liebe ›Derrick‹«, verkündete Lucas im Brustton der Überzeugung. »Er wirkt so menschlich, hört immer zu, zieht sich gepflegt und elegant an. Unterscheidet sich angenehm von den ewigen Straßengangs in Lederjacken und mit jeder Menge Drogen aus den französischen Serien. Durch meinen Freund Derrick habe ich München kennengelernt, weiß, was es dort für wunderschöne Villen und tolle Nachtlokale gibt. Alles sehr stilvoll.«

»Aber das ist doch nur eine Seite von München«, klärte Swantje ihn auf. »Ich zum Beispiel lebe nicht in einer wunderschönen Villa, und besagte Nachtlokale habe ich noch nie von innen gesehen.« Swantje hatte den Salon betreten, nahm auf eine Handbewegung von Lucas in einem der weißen Sessel Platz, starrte auf den Fernsehapparat, wo Horst Tappert gerade aus seinen Glubschaugen bedeutungsvoll schaute.

»Swantje, ich bitte Sie, lassen Sie mir meine Illusionen. Auf diese Weise lerne ich Sie und Ihre Heimat besser kennen.« Das klang fast wie Basil, wenn er ihr schmeicheln wollte. Aber nein, das hier war noch raffinierter. Doch als sie den Kopf drehte und Lucas' leicht slawisch geschnittenes Gesicht sah, wußte sie, daß sie ihm unrecht tat. Er war kein billiger Verführer. Seine Augen logen nicht. Lucas meinte, was er sagte.

Er hatte Champagner kalt gestellt, zu dem er kleine Stücke Weißbrot reichte, bestrichen mit Tarama, der rosa Fischpaste. »Es ist kein Knoblauch daran«, beruhigte er Swantje, als sie nur zögernd danach griff. Woher wußte er so gut über sie Bescheid? – Obwohl sie nichts essen wollte, weil das »petit déjeuner« noch nicht lange genug zurücklag, und auch keinen Alkohol trinken, weil sie das noch mehr verwirrte, tat sie schließlich beides, war hinterher, wie nicht anders zu erwarten, zu keiner ernsthaften Arbeit mehr fähig.

Lucas übersah das. Gewissenhaft hatte er Unterlagen über den Maler und Sammler Henri Goetz und dessen Ehefrau, Christine Boumeester, vorbereitet. Das Ehepaar zeigte in seiner Kollektion »œuvres-souvenirs« vor allem Werke seiner Künstlerfreunde, zu denen Picasso, Mirò, Hartung, Picabia und andere Berühmtheiten gezählt hatten, also vornehmlich abstrakte Malerei. Hatte Swantje inzwischen das Volti-Museum besichtigt?

»Nein«, gestand sie. »Wir sind am Sonntag bei Rémy versumpft.«

»Beim guten Rémy. Seine Küche ist in Ordnung, nichts dagegen zu sagen. Aber ich glaube, ich nehme es mit ihm auf. Swantje, wenn sie Lust haben, können Sie das später testen.«

»Mit oder ohne Derrick?« Das Fernsehgeplappere, noch dazu mit ihr ungewohnten Stimmen, machte sie nervös.

»Selbstverständlich ohne.« Lucas schaltete den Fernseher aus. »Obwohl ich damit heute nichts Neues über München erfahre. Was mir sehr leid tut. Ich wollte Bayern schon immer mal besuchen. Sicher lohnt es sich.«

»Sie finden in Bayern eine wunderschöne Landschaft, wahre Juwele von Kirchen und jede Menge hübscher Mädchen«, antwortete Swantje nach kurzem Nachdenken. »Besonders hübsche sogar.«

»Davon bin ich überzeugt. Eines steht leibhaftig vor mir.« Lucas' augenzwinkernder Kommentar, während er Swantje das letzte Tarama-Sandwich reichte.

»Monsieur, ich muß doch sehr bitten, ich komme aus dem hohen Norden«, sagte sie etwas von oben herab, warf den Kopf in den Nacken.

»Pardon, Madame. Wenn Sie mir noch einmal verzeihen können.« Hallo, er besaß ja das gleiche mimische Talent wie Basil, machte ein so zerknirschtes Gesicht, daß Swantje unwillkürlich lächelte. Sie mußten sich kennenlernen, Lucas und ihr Sohn.

Während Lucas in der Küche verschwand, wo sie ihn rumoren hörte, lief Swantje von einer Fensterfront zur anderen, konnte sich an der Aussicht gar nicht sattsehen. Von hier aus nahm man an zwei ganz verschiedenen Arten von Leben teil – einmal die Enge der »bourgeoisie«, das andere Mal die unendliche Freiheit des Meeres –, Aspekte, die einen zum Philosophieren anregten. Auf der weißen Leinencouch sitzen, in die auf- oder untergehende Sonne schauen, nachdenken und schreiben … Das war doch etwas anderes als im Kellergeschoß. Aber Lucas schrieb ja schließlich auch. Die Geschichte seiner Familie. Sie wollte ihn darüber befragen.

Ehe sie sich versah, hatte er den Tisch gedeckt, appetitlich mit lachsfarbenen Sets und Servietten, weißem Porzellan und Silberbesteck. Swantje hatte es kaum mitbekommen, so geschickt und gleichzeitig lautlos bewegte er sich. Aus der Küche zogen köstliche Düfte. Aber sie durfte sie nicht betreten, nein, da war Lucas eigen.

»Die Küche ist zu klein für zwei Personen. Ich habe da meine Erfahrungen. Swantje, bleiben Sie bitte draußen, das Essen ist gleich soweit. Wenn Sie vielleicht die Rosen auf den Tisch stellen könnten?«

Sie stellte die Rosen hin und zwei Untersetzer für die Gläser, dann noch zwei, denn sie tranken ja auch Wasser, und kam sich dabei ungeheuer hilfreich vor. Wie schön, in einem so gepflegten Haushalt dienlich zu sein. (Bei Chouchou durfte sie nichts anrühren, absolut nichts. Einmal wollte sie in der Küche Teewasser aufsetzen, da hatte die Schwiegermutter fast ein Herzanfall ereilt. Und Saida spielte drei Tage lang beleidigt.) Aber sonst gab es für sie nichts zutun, Lucas hatte an alles gedacht. Wie gut ihm seine Küchenschürze stand. Sah gar nicht weibisch aus – im Gegenteil. Wirkte fast sexy.

Die Schürze legte er dann ab, als er zu Tisch bat. Immer noch fühlte sich Swantje in seiner Gegenwart verlegen, wagte ihm kaum in die Augen zu blicken. Wie viele Frauen hatte er auf diese Art verwöhnt? Nur die bildschöne Manon oder auch andere wie die rothaarige Kellnerin aus dem Café oder ähnliche Bekanntschaften? Ging sie im Grunde nichts an. Sie war glücklich verheiratet, hatte keinerlei Interesse an einer Affäre. Affäre ... Wie kam sie bloß auf so was? Langsam begann sie durchzudrehen. Dabei benahm sich Lucas völlig normal, wie ein entfernter Schwager oder väterlicher Freund, wie er neben ihr saß und sie fragte, ob er etwas Olivenöl auf ihre Tomate träufeln dürfte.

»Nur ganz, ganz wenig«, wehrte sie ab, denn ihr Magen reagierte empfindlich auf Öl.

»Aber meine Tomaten«, er sagte wirklich »meine«, »entfalten erst mit Olivenöl ihren vollen Geschmack. Wenn Sie wüßten, Swantje, wie gesund reines Olivenöl ist. Gerade habe ich in einer Zeitschrift gelesen ...« Und während sie sich über die wirklich göttlichen Tomaten machte, garniert mit Thunfisch und viel Petersilie, setzte er ihr ausführlich auseinander, was man, um bei bester Gesundheit steinalt zu werden, essen sollte und was nicht.

»Ich weiß gar nicht, ob ich sehr alt werden möchte«, meinte Swantje nachdenklich. Das war keine Koketterie, sie wußte es wirklich nicht. Na, wenigstens so alt, bis Basil erwachsen und selbstständig war. Aber dann?

»Das dürfen Sie nicht sagen.« Lucas war blaß geworden. Er schien irgendwie betroffen. »Eine solche Einstellung bezeichne ich als egoistisch. Sie müssen doch auch an all die anderen denken, die Sie lieben.«

Meinte er damit seine Frau? Swantje schwieg. Während sie später die Kalbsleber mit ein wenig zartem Kartoffelbrei aß, einen sorgfältig gezupften und geschleuderten »salade frisée« auf einem Tellerchen daneben – alles schmeckte köstlich, war natürlich zubereitet, ohne modische Kinkerlitzchen –, studierte sie heimlich Lucas' Hände. Sie waren vielleicht nicht im klassischen Sinne schön, keine Pianistenhände, aber sie besaßen etwas unglaublich Zuverlässiges. Und diese Hände hatten für Mathilde gesorgt?

»Darf ich fragen, wer die Dame auf dem Foto ist?« Swantje wies auf ein großes Bild im Silberrahmen, das eine ausgelassen lachende etwa Fünfzigjährige zeigte, sehr elegant im Samtkleid und mit Perlenschmuck. »Eine wirklich schöne Frau.«

»Das? Das ist meine Mutter, Malou. Ja, sie war in der Tat wunderschön. Ein wunderschöner Engel.« Er seufzte. »Und das«, blitzschnell hatte sich seine Miene gewandelt. Seine Stimme klang lebhaft. Mit seiner Serviette deutete er aus dem Fenster, »das da unten ist meine Freundin. Ich nenne sie Clémentine. Eine herrenlose Katze, inzwischen kugelrund. Sie wartet jeden Tag, daß ich ihr etwas zu essen bringe. Leider tut das meine Nachbarin auch, deshalb dieses Übergewicht. Wissen Sie, was sie mir gestern gesagt hat?«

»Eine Katze, die spricht?«

»Nein, die Nachbarin.« Lucas lächelte sein strahlendes Lächeln. »Sie redet sogar sehr viel, zu viel. ›Monsieur‹, sagte sie. ›Wir drei haben das gleiche Schicksal. Wir sind alle allein.‹ Wollen Sie noch mehr Salat?« Ohne ihre Antwort abzuwarten, tat er ihr die knackigsten Blätter auf.

»Ein Wink mit dem Zaunpfahl«, frotzelte Swantje. »Aber«, sie nahm ihren ganzen Mut zusammen, »Sie und allein? Das glaube ich im Leben nicht. Ich brauche nur an Chou-chous Sommerfest damals zu denken.«

Lucas kniff die Augen zusammen, so angestrengt dachte er nach. »Chou-Chous Sommerfest? Lassen Sie mir Zeit. Da gab es doch nur eine interessante Frau, und das waren Sie. Oh, ich glaube, ich kam mit Manon dorthin. Ja, ja. Manon. Ein süßes Mädchen, unbedingt, aber völlig ungeeignet, die Einsamkeit zu vertreiben.«

»Also Sie sind einsam?« bohrte Swantje nach. Der Rotwein machte sie mutig.

»Objektiv gesehen, ja. Aber ich leide nicht darunter. Oder fast nicht. Es ist eine selbstgewählte Einsamkeit, für mich im Augenblick die bestmögliche Lebensform. Ähnlich wie beim Inspektor Derrick. Der ist doch auch außerhalb seines Berufs sehr allein.« Ein Scherz. Gleichzeitig ein Signal, daß er nicht über sein Privatleben reden wollte. Swantje akzeptierte das.

Nach dreierlei verschiedenem Käse – nein, hier gab es keine Diskussion so wie bei Max, in welcher Reihenfolge man die Sorten zu essen hatte – und Birneneis servierte Lucas einen starken Kaffee. Danach schloß er energisch die Küchentür ab, bestand darauf, alles zu lassen, wie es war. Madame Cordoba, die italienische Concierge, würde sich später um den Abwasch kümmern.

»Und jetzt beschäftigen wir uns mit der Kunst.« Lucas steckte sich eine Zigarette an. »Der eigentliche Grund unseres Rendezvous. Nur deshalb haben Sie doch den einsamen alten Mann besucht. Sagen Sie die Wahrheit, Swantje.« Da Rauchwolken sein Gesicht einhüllten, konnte Swantje nicht sehen, welche Miene er dabei machte.

Nicht nur, dachte sie und sagte laut: »Ja, natürlich.«

Und Monsieur Lucas – Roche war sein Familienname, Swantje hatte ihn an der Tür gelesen – hatte sich hervorragend vorbereitet. Ohne zu stocken, spulte er vor Swantje das Leben und Schaffen des Bildhauers Volti ab. »Ein großer Künstler. Ich hätte vor dreißig Jahren eine seiner Plastiken kaufen sollen, damals, als ich Frankreich verließ. Zu dieser Zeit war er noch bezahlbar, aber ich hatte andere Sachen im Kopf. Und keinen überflüssigen Sou.«

»Was sind seine bevorzugten Sujets?« wollte Swantje wissen.

»Nackte Frauen«, erhielt sie die prompte Antwort. »Ich besitze eine Lithografie von ihm. Wenn Sie die sehen wollen?«

Schon hatte er sie leicht an den Armen hochgezogen, führte sie in ein schmales, verdunkeltes Zimmer mit Vorhängen, die ein buntes Vogelmuster zeigten, einem indianischen Teppich am Boden und vielen Bildern, die meisten davon Akte. Swantje war es unangenehm, sie zu betrachten. War Lucas ein Erotomane?

»Das da ist ein Volti, der hingegossene rötliche Körper. Schön, nicht wahr? Aber als Skulpturen sehen die Körper noch viel reizvoller aus. Man hat richtig Lust, sie zuberühren. – Sind Sie fertig mit Ihrem Kaffee? Dann können wir gehen.«

Es waren nur fünf Minuten bis zur Festung, wo sich das Volti-Museum befand, und Swantje kostete jede Sekunde des gemeinsamen Wegs aus. Auch wieder mal angenehm, neben einem hochgewachsenen Menschen zu laufen, der nicht andauernd putzmunter neue Ideen entwickelte, sondern schwieg, nur ab und zu stumm auf eine Taube wies, die ihren Unterschlupf in einer der blütenübersäten Mauern gefunden hatte.

Das Museum war beeindruckend. Wohlgerundete Frauenkörper in verschiedenen Positionen, träumend oder schlafend zumeist, stets sich ihrer Sinnlichkeit bewußt. Ob sie solch eine Plastik in ihrem Haus oder in ihrer Wohnung haben wollte? Swantje war sich nicht sicher. Als nächstes besuchten sie die von Cocteau ausgemalte Kapelle – man erkannte den kühlen Cocteau-Stil auf den ersten Blick, aber Swantje mochte ihn nicht sehr, er war ihr zu krakelig –, doch bei der Goetz-Boumeester-Sammlung hatten sie Pech. Sie war geschlossen. Aber Lucas hatte ihr so viele Unterlagen in die Hand gedrückt, daß sie sich davon auch so ein Bild machen konnte.

»Nächste Woche könnten wir uns Haut de Cagnes vornehmen oder Eze«, sagte er zum Abschied. »Und dann fahren wir vielleicht einmal hoch in die Berge, wo es ebenfalls einige Kunst zu entdecken gibt. Die Antikmärkte«, er zwinkerte ihr zu, »nicht zu vergessen. Nebenbei aber müssen Sie mir von meinem geliebten München erzählen, ja? Vielen Dank für den so angenehmen Nachmittag, den ich sehr genossen habe, und *auf Wiedersehen*.«

Die letzten Worte sagte er in einem mühsamen Deutsch. Er hob grüßend den Arm, ohne sich noch einmal umzusehen. Dann betrat er einen Supermarkt, um dort, wie er angekündigt hatte, Katzenfutter zu kaufen. Swantje bestieg inzwischen ihren Bus.

Die Fahrt zurück erlebte sie wie im Traum. Es war, als kehrte sie aus einer ganz besonderen Welt zurück in ihr tägliches Einerlei. Dabei – was war eigentlich passiert? Sie hatte mit einem – zugegeben nicht uninteressanten – Mann gegessen, er hatte für sie sogar gekocht, dann hatten sie sich über Kunst unterhalten und ein Museum und eine Kapelle besucht. Beim Laufen hatten sich – die Straße war eng – ihre Arme zweimal aus Versehen berührt. Swantje hatte getan, als merke sie es nicht, obwohl ihr ein kleiner Schauer über den Rücken gelaufen war – vielleicht lag es aber auch daran, daß es im Schatten kühl war –, beim zweitenmal hatte Lucas sie von der Seite angesehen. Aber das konnte auch Einbildung sein. Das war schon alles. Und nächste Woche würden sie sich wiedersehen und dann hoffentlich noch ein paarmal. Schließlich – rechtfertigte sich Swantje vor sich selbst – sollte es ein sorgfältig recherchiertes Buch werden.

Aus dem Garten drang Lärm. Chantal und Elaine waren für ein paar Tage aus Paris zurückgekehrt. Kichernd jagten sie um den geheizten Swimmingpool, wo Basil seine dritte Schwimmstunde nahm. Chou-chou hatte das so gewollt, extra einen Schwimmlehrer engagiert. Was zu einer längeren Diskusion mit Max führte, der ihr Geldverschwendung vorwarf. Doch wenn es um ihre Enkel ging, setzte sie sich ausnahmsweise immer durch.

Swantje trat näher. Basil gab sich alle Mühe, nur tauchte er partout den Kopf nicht unter Wasser, so wie es Alain, sein Lehrer, verlangte. Swantje war auf Basils Seite. Man sollte ihn zu nichts zwingen. Und wenn er erst nächstes oder übernächstes Jahr schwimmen lernte, war das immer noch früh genug. Allerdings hatte sie ihrem Sohn klargemacht, daß sie weniger Angst um ihn hätte, wenn er sich über Wasser halten konnte. Es passierte so viel in Schwimmbecken.

Als Basil seine Mutter sah, lachte er, ließ kurz die Stange los, die Alain ihm entgegenstreckte, um ihr zuzuwinken. Er trug zu große, bis zu den Knien schlotternde Badeshorts, hatte über die kurzen Ärmchen Schwimmflügel gestreift.

»Bravo, Basil, ich bin stolz auf dich«, rief sie ihm zu. »Nur weiter so. Eins, zwei, eins, zwei …«

Aber heute ging es schlechter als die ersten Male. Das lag an seinen Cousinen, die ihn ablenkten, und vor allem an seinem Husten, der ihn dazubrachte, immer wieder die Stange loszulassen und sich die Hand vor den Mund zuhalten. Basil legte großen Wert darauf, gut erzogen zu sein, den Erwachsenen, was Benehmen anging, in nichts nachzustehen. Ari unterstützte das, ging aber so weit, daß er seinem Sohn verbot, mit Juliana, der Tochter des Gärtners, zu spielen. Proletarierkinder seien für ihn kein Umgang. Machte er aus Basil einen Snob?

Als der Kleine nicht aufhörte zu husten, bat Swantje Alain, ihn aus dem Wasser zu nehmen. Er erkältete sich ja immer mehr.

»J'ai froid, j'ai froid«, bibberte Basil, ließ sich von seiner Mutter in ein großes Handtuch hüllen. »Mais, Alain, je vous remercie beaucoup. Vous êtes très gentil.«

Er versuchte ein Lächeln, das schief ausfiel, so kalt war ihm.

Später wollte er seine Cousinen besuchen, weil Djamila dort ein Picknick vorbereitet hatte, aber Swantje steckte ihn ins Bett. Dort schlief er gleich mit fieberheißen Wangen ein. Die Nacht verlief unruhig, Basil klagte über Hals- und Ohrenschmerzen, am nächsten Morgen hatte er hohes Fieber. Der Arzt wurde geholt. Er schüttelte bedenklich den Kopf, sprach von einem Virus, wollte dem Kleinen in den rechten Arm eine Spritze geben, verfehlte die Vene, versuchte es links. Basil brach in bitteres Schluchzen aus, was seiner Mutter fast das Herz brach. Diese französischen Ärzte! Sie hatte bisher nur mittelmäßige Erfahrungen mit ihnen gemacht. Rätselten wichtigtuerisch herum, gaben vage Diagnosen, aber kassierten kräftig.

Das Fieber stieg weiter, blieb vier Tage bei vierzig Grad. Ari sagte sämtliche Termine ab, saß am Bett seines Sohns, was Swantje noch nervöser machte. Nebenbei hatten sie alle Hände voll zu tun, Elaine und Chantal abzuwehren, die unbedingt ihren Cousin besuchen wollten.

»Stirbt Basil jetzt?« fragte Elaine, die in die Höhe geschossen war, neuerdings eine Brille trug.

»Dürfen wir bei dem Begräbnis dabeisein?« wollte Chantal wissen. Sie sagte das in voller Unschuld, verstand nicht, warum Swantje sie heulend am Arm packte und vor die Tür setzte. Djamila hatte alles beobachtet.

»Madame« sagte sie leise, reichte Swantje einen Krug mit heißer Milch und Honig. »Vielleicht ist das Fieber ja gut für Basil.«

»Warum?« fragte Swantje, die das Mächen am liebsten geschüttelt hätte. Was redeten sie alle für einen Blödsinn!

»Fieber läßt Kinder wachsen.« Djamila lächelte geheimnisvoll. Kannte sie also Swantjes Sorge, Basil würde weiterhin so klein bleiben. Ein Geschöpf mit den Instinkten der Natur. Aber hoffentlich war die Mär von dem durch Fieber beschleunigten Wachstum nicht nur ein afrikanischer Aberglaube. Man würde sehen. Erst mal mußte Basil wieder gesund werden.

Und dann war das Fieber über Nacht weg. Basil bewegte sich vorsichtig durch die Wohnung, noch etwas blaß und ohne seinen kleinen Bauch, aber die Gefahr schien gebannt. Ob er nun tatsächlich ein, zwei Zentimeter zugelegt hatte, konnte Swantje nicht so schnell feststellen. Vielleicht war es dazu auch noch zu früh. Ari jedenfalls war felsenfest davon überzeugt, aber sie kannte ja seine Art, die Dinge so zu sehen, wie sie für ihn am günstigsten waren.

Plötzlich war Donnerstag, der Tag, an dem sie Lucas wiedersehen sollte, und es fehlten ihr alle Tage, um sich darauf zu freuen. Man hatte sie um einen Großteil ihres Vergnügens gebracht. Sollte sie absagen? Noch war Basil nicht ganz auf dem Posten, aber Ari, der Swantjes Anspannung sah, redete ihr zu, sich abzulenken. »Du mußt heraus aus dieser Krankenhausatmosphäre. Weißt du was? Ich werde Basil in das große Aquarium in der Nähe von Biot mitnehmen. Dort muß ich mit dem Direktor wegen Fotoaufnahmen verhandeln. ›Marineland‹ ist fantastisch. Dort kann er Delphine und sogar Wale sehen.«

Also verbrachte Swantje den Nachmittag mit Lucas. Diesmal fing er sie – ganz in Jeansblau gekleidet und mit einer Art Cowboyhut auf dem Kopf – bereits an der Haustür ab, und sie fuhren die wenigen Kilometer hinauf bis nach Eze, ein Künstlerörtchen, das an den Felsen klebte wie ein Adlernest. Während sie von Atelier zu Atelier wanderten, ließ sich Swantje die Geschichte von Eze erzählen. Später aßen sie bei »Bofinga«, dem besten Restaurant am Platz, wo sie fast die einzigen Gäste waren. Swantje wählte als Vorspeise eine Fischsuppe »au pistou«, aber Lucas schüttelte nur leicht den Kopf. »Pistou« bedeutete eine reine Knoblauchmischung. Hatte ihr das niemand gesagt? Aber ja doch – bei Chou-chou war einmal die Rede darauf gekommen, aber sie hatte es wieder vergessen.

Swantje war zerstreut. Dauernd mußte sie an Basil denken. Hoffentlich wagte er sich in seiner Arglosigkeit nicht zu nah an die Wale heran. Sie spielte mit ihrem Brot, gab einsilbige Antworten.

»Sagen Sie, Lucas«, wandte sie sich schließlich an ihren Begleiter, der mit seinem Hammelkotelett beschäftigt war. »Wie war das mit Aris Onkel? Stimmt es, daß ihn die Deutschen umgebracht haben?«

Lucas runzelte die Stirn. Mit einer solchen Attacke hatte er nicht gerechnet. »Entschuldigen Sie, Swantje, aber in Aris Familienangelegenheiten kenne ich mich nicht aus. Sein Vater war ein besonders tüchtiger Mann, das weiß ich. Frédéric. Ich habe ihn auch einmal kennengelernt. Und Frédérics Bruder arbeitete, wenn mich nicht alles täuscht, in der Résistance. Die Deutschen haben ihn eingesperrt, das stimmt, zusammen mit zwei Journalisten, die für Juden und andere Verfolgte falsche Pässe ausstellten. Die Journalisten wurden später freigelassen, aber dieser Léon merkwürdigerweise nicht. Man munkelt von Verrat. Er wurde nach Deutschland deportiert, war in mehreren Lagern, wo er dann kurz vor der Befreiung durch die Amerikaner an Diphtherie starb. Eine sehr traurige Geschichte, aber lange her.«

»Trotzdem so gravierend, daß Chou-chou lange nichts von mir wissen durfte. Ari hat ihr nicht einmal von unserer Hochzeit erzählt.«

»Hatte das nur mit Léons Tod zu tun?« Lucas zuckte mit den Schultern. »Kann ich mir eigentlich nicht vorstellen. Chou-chou war schon immer eine eifersüchtige Mutter, wollte ihren Sohn mit niemandem teilen. Ihre Familie bedeutet ihr alles. Im Grunde ist sie eine herzensgute Frau. Das weiß auch mein Bruder Max, und trotzdem geht er ungeschickt mit ihr um. Sehr ungeschickt.«

»Den Eindruck habe ich auch«, bestätigte Swantje. »Und warum?«

»Warum?« Lucas nahm einen Schluck aus seinem Weinglas. »Weil er Komplexe hat, der Arme. Er hat es von uns Brüdern im Leben am wenigsten weit gebracht. War an allen möglichen Botschaften im Ausland, aber immer nur in kleinen Positionen. Bis er die Tochter eines Botschafters heiratete, eine Libanesin. Sie war ganz verrückt nach dem großen blonden Franzosen. Sie haben zwei Kinder, leben aber seit langem getrennt. Vor ein paar Jahren hat Max dann Chou-chou kennengelernt – ein Glücksfall für ihn –, ist bei ihr eingezogen und tyrannisiert sie seitdem. Er wird nicht damit fertig, daß er praktisch auf ihre Kosten lebt, nicht der eigentliche Hausherr ist. Deshalb diese Wutanfälle.«

»Und Sie, Lucas?« fragte Swantje. Jetzt war die Stunde der Wahrheit, jetzt sollte er auch von sich erzählen. »Sie haben beruflich sehr viel erreicht, nicht wahr?«

Er wiegte abschätzend den Kopf hin und her. Wie gebräunt er war. Sicher hielt er sich viel im Freien auf. »Viel erreicht? Wie man es nimmt. Sagen wir einmal so: Ich habe mir alle meine beruflichen Wünsche erfüllt. War Chef eines großen französischen Laboratoriums in Buenos Aires, und das mit dreißig. Der Erfolg ist mir nicht in den Schoß gefallen. Über Jahre hinweg habe ich Tag und Nacht gearbeitet. Natürlich, das Leben in Südamerika ist einfacher als hier, aber die Arbeitsmoral der Menschen auch anders, nicht zu vergleichen mit der französischen, geschweige denn der deutschen. Der französischen Mutterfirma ist das gleich, sie will gute Resultate sehen. Dazu kommen Intrigen, Eifersüchteleien in der Zentrale, auf die man keinen Einfluß nehmen kann, weil man zu weit weg ist. Trotzdem waren es wunderbare Jahre, die ich nicht missen möchte.« Er sah nachdenklich aus dem Fenster.

»Und dann haben Sie plötzlich Schluß gemacht. Entschuldigen Sie, aber Sie sind doch noch nicht alt.«

»Vierundfünfzig. Ja, ich habe Schluß gemacht, von einem Tag auf den anderen. Und seitdem bin ich ein beschäftigungsloser alter Mann, der sich, um seinem Leben einen Sinn zu geben, auf die Suche nach den Wurzeln seiner Familie macht und nebenbei versucht, eine schöne junge Frau in die französische Kunst einzuführen. Was gar nicht so leicht ist, denn sie weiß schon recht viel. – Bitte, die Rechnung.« Er winkte dem Kellner.

»Lucas, Sie sind… Sie sind…« Swantje fing an zu stottern. Lucas hatte sie mit seiner Geschichte beeindruckt. Sie verspürte den starken Wunsch, ihm etwas Nettes zu sagen.

»Ja? Wie bin ich?« Er hob den Kopf, fixierte sie erwartungsvoll aus seinen magischen Augen.

»Ach, ich weiß auch nicht. Nein, wirklich nicht. Aber jetzt müssen wir gehen.« Sie beeilte sich so sehr, daß sie ihre Strickjacke vergaß, die ihr der junge Kellner hinterhertrug.

Am Ausgang stand eine lebensgroße Pappfigur, die einen krausköpfigen Neger in schwarzen Hosen und gestreifter Weste darstellte. Er hielt eine Schüssel mit Bonbons in den Händen. Lucas griff tief hinein, stopfte Swantjes Handtasche voller Süßigkeiten.

»Für Ihren Liebling, Swantje. Der so viel leiden mußte. Sagen Sie ihm einen schönen Gruß von mir. Ich hoffe, ihn in nächster Zeit kennenzulernen. Laufen wir jetzt noch ein paar Schritte?«

17

Hätte man Swantje später gefragt, woran sie der Sommer 1993 besonders erinnerte, wäre ihre Antwort gewesen: »An Künstlerateliers und Kirchen.« Und hätte damit nur Lucas gemeint.

Dabei hatte dieser Sommer – berühmt wegen seiner tropischen Hitze und der geringen Niederschlagsmenge, außerdem wegen der vielen Waldbrände und einiger aufsehenerregender »crimes passionées« – Swantje noch anderes beschert. Nils hatte sie mit seiner Freundin besucht (trotz gegenseitiger Bemühungen wurde Swantje mit Jennifer nicht warm, sie war ihr einfach zu glatt und neutral, wie eine Tiefkühlpackung). Papa Sievers in Hamburg hatte seine Reise an die Côte d'Azur noch mal verschoben, Poussy wurde geschieden und – ja, Basil lernte schwimmen. Tatsächlich, der Vierjährige hatte es doch noch geschafft, sich einigermaßen über Wasser zu halten, was sein Selbstbewußtsein gewaltig stärkte. Das Fieber hatte nichts genützt – Basil war kleiner als seine Spielkameraden. Zwar intelligenter, charmanter, phantasievoller, aber eben, was die Körpergröße betraf, unterlegen. Seine Mutter bemühte sich, kein Problem daraus zu machen.

Die Modebücher hatte sie fertiggestellt, jetzt arbeitete sie emsig an dem Band über die Kunst an der französischen Côte d'Azur. Ohne Lucas wäre sie dabei nicht weit gekommen. Ihm machte das Thema, wie er sagte, selbst Spaß, und er hatte seine Familiengeschichte erst mal beiseite gelegt. Nur – eines Tages würden ihre gemeinsamen Recherchen abgeschlossen sein, und was war denn? Gab es danach noch einen Grund, Lucas regelmäßig zu sehen? Chou-chou mokierte sich jetzt schon darüber. Klipp und klar sagte sie Swantje ins sonnenverbrannte Gesicht, es sei in den guten Familien Frankreichs nicht üblich, daß eine verheiratete Frau einen attraktiven Junggesellen allein in seiner Wohnung besuche.

»Aber, Chou-chou«, mischte sich Max ein, der neuerdings an einem Stock ging, weil ihm die Hüfte weh tat, »mach dich nicht lächerlich. Luc ist mein Bruder.«

»Aber vor allem ein Mann«, gab Chou-chou zurück. Poussys Scheidung hatte neue Kräfte in ihr mobilisiert. Eine zweite Niederlage in der Familie kam nicht in Frage. Da konnte Ari noch so sehr für Lucas plädieren (wie er selbst über die Rendezvous dachte, behielt er für sich), sie beharrte auf ihrem Standpunkt.

»Soll ich Lucas also heimlich treffen?« fragte Swantje spitz. »Oder, besser noch, ihm aus dem Weg gehen?« Allein der Gedanke bereitete ihr Magenschmerzen.

»Chérie, davon kann nicht die Rede sein«, beruhigte Ari. »Ihr trefft euch so oft, wie du es für richtig hältst, und damit basta. Du mußt Chou-chou ja nicht von jeder Zusammenkunft erzählen.«

Das war sehr diplomatisch und auch sehr – französisch. Vor allem ging es Swantje gegen den Strich. Sie tat nichts Verbotenes, warum sollte sie also Geheimnisse haben? Chou-chou spielte ein gefährliches Spiel. Je mehr sie ihrer Schwiegertochter das Gefühl gab, sich unkorrekt zu verhalten, um so heftiger glaubte die sich aufgefordert, das auch wirklich zu tun. Endlich fühlte sie sich einmal frei, da ließ sie sich nicht gleich wieder in ein Korsett zwängen. Ihr Gefühl hatte sie nicht getäuscht. Sie paßte eben doch nicht in die Familie Atachou. Das Verhältnis zwischen Schwiegermutter und Schwiegertochter verschlechterte sich. Swantje war nicht länger bereit, Kompromisse zu machen.

Dabei waren die Treffen in Wahrheit so harmlos. Swantje fuhr mit Lucas nach Biot, um auf den Spuren von Fernand Léger zu wandeln (nebenbei erstand sie in einer der berühmten Glaswerkstätten ein Dutzend blaßblauer Schnapsgläser, die erste Anschaffung für das eigene Haus, von dem Ari immer öfter sprach); sie besuchte mit ihm in Nizza die Villa Masséna, in der sich wertvolle Kunstschätze aus dem fünfzehnten Jahrhundert verbargen; sie besichtigten die Villa »Ephrussi Rothschild«, wo Lucas zu einem Glas Champagner, natürlich der Marke Rothschild, einlud, sie entdeckten Picasso in Antibes und Mougins und Henri Matisse wiederum in Nizza und… und…

Einmal fuhren sie nach Grasse, wo die Lavendelfelder blühten. Wogende Bläue, so weit das Auge reichte. Lucas pflückte ein paar Stengel, reichte sie Swantje. Als sie ihre Nase in das Sträußchen steckte, schossen ihr Tränen in die Augen. Verlegen biß sie sich auf die Lippe.

»Was ist?« fragte er erschrocken, griff nach ihrer Hand.

Swantje brauchte eine Weile, bis sie sich gefaßt hatte. »Meine Mutter. Mutti hatte Lavendel so gern, ihre ganze Wäsche war damit parfümiert. Sie wollte nie ein anderes Parfum.«

Lucas sah sie aufmerksam an. »Sicher war sie eine wunderbare Frau. So wie meine Mutter, die erst als junges Mädchen nach Frankreich kam, sich hier nie richtig zu Hause fühlte. Ja, die Mütter.« Er seufzte. »Sie lieben uns, wie uns später keiner mehr liebt.«

Augenblicklich fühlte Swantje sich getröstet. Mit geschlossenen Augen sog sie den herbfrischen, hochkonzentrierten Duft ein, ließ sich später sogar ein »Eau de lavande – Bleu de Nice« schenken. Gratis gab es einen Sticker in Herzform dazu, den Swantje an ihren Sohn weitergab.

Lucas hatte inzwischen den kleinen Basil kennengelernt, war entzückt von seinem Charme.

»Ein ganz besonderes Kind.« Das klang ehrlich. »Bemüht sich, immer das Richtige zu tun, und erwartet keinen Applaus dafür. So stelle ich mir einen Enkel vor.«

»Haben Sie Kinder?« Endlich konnte sie die ihr so wichtige Frage stellen.

»Kinder? Leider nein. Mathilde, meine Frau, konnte keine Kinder bekommen. Trotzdem war es eine besonders glückliche Ehe.« Blitzschnell rührte er die Tomatensauce zu den Spagetti al dente an, die sich Basil gewünscht hatte. Ohne Knoblauch. Darum hatte Swantje gebeten. Eine Pause trat ein. Jetzt hätte Swantje natürlich fragen können, warum er, wenn die Ehe so glücklich gewesen war, seine Frau betrogen hatte, aber sie traute sich nicht. Wenn er nicht selbst davon anfing …

»Basil, schau mal. Dort ist Clémentine, eine Katze.« Lucas deutete hinunter auf die Straße, wo sich der mollige Minitiger über eine Büchse hermachte. »Hast du schon einmal eine Katze gestreichelt?«

Basil dachte mit tiefen Stirnfalten nach. »Nein«, sagte er dann wahrheitsgemäß. »Habe ich nicht. Aber ich habe schon eine Katze gesehen. Eine schwarze mit weißen Pfoten. Bei uns nebenan. Mein Papa hat sie verscheucht.«

Hatte Ari tatsächlich. Swantje erinnerte sich voller Bedauern an den Vorfall. Und später hatte Basil die Bekanntschaft einer Schildkröte bei einem Spielkameraden gemacht und zwei Hasen in einem Gehege bewundert. Seine Erfahrung mit Tieren war – abgesehen von Hugues, aber den durfte er nicht anfassen, Chou-chou fürchtete Ansteckungsgefahr – wirklich armselig.

»Aber ich habe Delphine besucht und Wale, so große.« Basil breitete die Arme aus. Richtig, den Ausflug nach »Marineland« hatte Swantje vergessen. »Ein Delphin hat mich fast aufgefressen.«

»Basil, jetzt übertreibst du.« Seine Mutter schüttelte den Kopf. »Delphine fressen keine Kinder. Und schon gar nicht, wenn ihr Papa dabei ist.«

Basil überlegte angestrengt. Er hatte aber doch die Wahrheit gesagt. Oder hatte er die Geschichte mit dem Delphin nur geträumt?

»Hast du Lust, Clémentine zu streicheln?« kam ihm Lucas zu Hilfe. Die Spaghetti nahm er inzwischen vom Feuer.

Basil war sofort bereit. Durch die Fensterfront, in der sich rötlich die Abendsonne spiegelte, beobachtete Swantje, wie die beiden unten aus der Tür traten, sich Hand in Hand der Katze näherten, die ihre Büchse geschickt nach allen Seiten wendete, um die letzten Brocken herauszukratzen.

Irgendwie sind sie sich ähnlich, Lucas und Basil, dachte Swantje, nahm sich eine Selleriestange von den »crudités«. Beide haben sie ein auffallend breites Kreuz und diese bei den Südfranzosen so seltenen blauen Augen. Gleichzeitig kommt Basil sehr seinem Vater nach. Olive und Olivchen. Eine Ironie der Natur. Und wo bleibe ich?

Lucas bückte sich, streichelte Clémentine, die sich zärtlich um seine Beine wand, dann nahm er Basils kleine Hand, führte sie über Clémentines Fell. Die Katze hielt still. Zwar richtet sie die Ohren auf, blieb abwartend stehen, aber sie lief nicht weg. Bis ein Motorrad vorbeiknatterte. Da machte sie einen Satz, verschwand unter einem parkenden Auto. Aber das hatte nichts mit Basil zu tun.

Stolz kam er zurück, berichtete, er hätte jetzt eine Katze zur Freundin und würde das allen erzählen.

»Chou-chou vielleicht nicht«, schlug seine Mutter vor.

»Chou-chou nicht«, plapperte der Kleine nach. Er war müde. Benommen kletterte er auf Swantjes Schoß, preßte den Kopf in ihren Rock. Gerührt beobachtete sie, wie seine seidigen Wimpern schwerer und schwerer wurden. Ein letzter tiefer Seufzer, dann war er eingeschlafen.

»Und die Spaghetti?« Swantje rückte sich ihren Sohn bequemer zurecht. »Lucas, jetzt haben Sie sich die ganze Arbeit gemacht, und der Gast schläft. Ich glaube, wir sollten besser gehen.«

Lucas wirkte enttäuscht. Nicht wegen der kalten Spaghetti, sondern wegen Swantjes Vorschlag. »Wollen Sie das wirklich? Wer weiß, vielleicht wacht Basil ja auf und hat Hunger. Ich könnte Ihnen inzwischen einen Cognac servieren, einen ganz besonderen.«

Swantje nickte. Warum nicht? Man sollte die Feste feiern, wie sie fielen. Für einen Augenblick fühlte sie sich rundum zufrieden. Einen selig schlummernden Sohn im Arm, Ari irgendwo unterwegs nach einem erfolgreichen Buchabschluß, wie er ihr zufrieden am Telefon mitgeteilt hatte, dazu Lucas an ihrer Seite, heute in einem gewebten mexikanischen Kittel statt eines Hemds, sein Hals so stark und nußbraun – was wollte sie mehr? Alles war gut, alles war schön.

Mit dem Glas in der Hand sah sie auf den Mond, der voll am Himmel stand. Es war ein besonders heißer Tag gewesen, jetzt sank die Nacht über Villefranche. Sie saßen nebeneinander auf der Couch, den Blick auf das Meer gerichtet. Entlang der sanften Küstenlinie schimmerte eine Lichterkette, auch die niedere und die mittlere Corniche waren erleuchtet.

»Showboat«, sagte Swantje. »Das kommt mir hier vor wie die Kulisse für ein amerikanisches Musical, irgendwie unwirklich. Ich erwarte jeden Moment eine Gruppe von weißgekleideten Marinesoldaten, die mützeschwenkend aus der Dunkelheit tritt und die Schönheit der Nacht preist, oder so ähnlich. – Was ist das da für ein Hotelschild, das abwechselnd aufflammt und erlischt?«

»Das ›Welcome Hotel‹.« Lucas schenkte Cognac nach. Dabei streifte sein weiter mexikanischer Ärmel Swantjes Schläfe. »Früher das bevorzugte Hotel der US-Marine. Daß Ihnen das heute zum erstenmal auffällt?«

»Ich war nachts noch nie hier.« Das klang frivol, und Swantje wurde rot. Welcome Hotel, Welcome Hotel – die Schrift flammte rot auf, dann grün, um für den Bruchteil einer Sekunde ganz zu verschwinden. Lieblingshotel der Matrosen. Also doch Showboat. Was die dort wohl getan hatten? Dreimal durfte man raten …

»Und was ist das?« Sie wies in die Ferne, wo sich, parallel zum Strand, ein leuchtender Wurm durch die Nacht wand.

»Das ist ein Zug. Gerade fährt er in den Bahnhof von Villefranche ein, eine wichtige Station auf der Strecke Nizza–Genua. Und dort kommt der Gegenzug. Sieht das nicht aus wie die Anlage einer Modelleisenbahn?«

»Showboat«, wiederholte Swantje schläfrig, drückte Basil enger an sich. »Oder auch Disneyland.« Durch den offenen Spalt der Glastür traf sie der warme Hauch des Nachtwinds. Die Luft hatte sich kaum abgekühlt auf der Straße herrschte noch reges Leben. Autos hupten, Jugendliche johlten, in der Ferne spielte ein Saxophon. Einmal tutete ein Schiff.

Dann mußte sie auch eingenickt sein. Als sie wieder aufwachte, saß Lucas immer noch neben ihr, hatte fürsorglich eine Decke über Basil und sie gelegt. Seine Zigarette glühte im Halbdunkel. Im Zimmer roch es nach kalter Spaghettisauce.

»Entschuldigung.« Swantje fuhr hoch, richtete sich flüchtig die Haare. »Was sind wir für schreckliche Gäste. Machen nichts als Umstände und schlafen dann noch ein. Jezt müssen wir aber schnell heim.«

»Ich habe die letzte halbe Stunde sehr genossen.« Mehr sagte Lucas nicht. Er nahm Basil vorsichtig hoch, trug ihn hinunter in sein Auto, legte ihn auf den Rücksitz. »Clémentine«, murmelte der Kleine im Schlaf, drehte sich auf die andere Seite. Swantje setzte sich neben Lucas. Sie war unruhig. Ari würde sich Sorgen machen. Sie hätte ihn anrufen müssen.

Aber so schnell kam sie nicht nach Hause. Als Lucas den Motor anließ, rollte aus dem Dunkel eine große, bunt angestrichene Zugmaschine an ihnen vorbei, der eine Reihe gewaltiger Laster folgte. »Cirque Gruss« prangte in dicken Buchstaben darauf, auf einige der Laster waren fauchende Tiger und tänzelnde weiße Pferde gemalt. Im Zeitlupentempo bewegte sich der nächtliche Zug vorwärts. Immer kam noch ein Wagen und noch einer. Unmöglich, sich daran vorbeizuschlängeln.

»Ein Zirkus«, staunte Swantje. »Schade, daß Basil schläft. Wenn der Zirkus länger bleibt, werde ich ihn mit meinem Sohn besuchen. Damit er«, sie lachte leise, » auch einmal größere Katzen kennenlernt. Er wird Augen machen. Pst«, sie hob die Hand, »hat sich da nicht gerade ein Löwe über die ewige Kurverei beschwert?«

»Sie kleine Romantikerin.« Lucas, den Arm auf das offene Seitenfenster gestützt, sah Swantje von der Seite an. »Hört die Tiere sprechen. Ich frage mich, warum Sie Kunstführer schreiben und keine Romane.«

»Das frage ich mich auch«, seufzte Swantje, sah auf die Uhr. Es war gleich zehn.

»Vielleicht könnte ich Ihnen ja bei einem Roman auch helfen.« Endlich war die Straße frei. Lucas zündete den Motor, legte den ersten Gang ein. Dabei berührte er unabsichtlich Swantjes Knie. »Ich habe in den vergangenen Jahren viel erlebt. Wunderschönes und Tragisches.«

Stumm rollten sie durch die Nacht. Zu gern hätte Swantje die letzten Minuten mit Lucas genossen, aber ihre Nervosität überwog. Hoffentlich hatte sich Chou-chou, die Übergroßmutter, nicht vor ihrem Haus aufgebaut, machte ihr oder gar Lucas eine Szene. Zuzutrauen war es ihr. Konnte Lucas vielleicht etwas weiter vorne halten?

Er tat es, ohne daß sie es sagen mußte, hatte also den gleichen Gedanken wie sie. Öffnete die Tür, half Swantje heraus, reichte ihr den fest schlafenden Basil. »Ist er zu schwer für Sie? Dann fahre ich noch ein paar Meter.«

»Danke, es geht.« Sie standen sich sehr dicht gegenüber. Einen Moment glaubte, hoffte Swantje, Lucas würde sich herüberbeugen und sie auf den Mund küssen. Aber nein, es blieb bei den üblichen flüchtigen Wangenberührungen. Rasch setzte sich Swantje in Bewegung. Einmal blieb sie kurz stehen, wollte nach rückwärts winken, aber das weiße Auto war schon verschwunden.

Chou-chou stand nicht vor dem Gartentor, dafür Ari. Hektisch lief er auf und ab.

»Da seid ihr ja endlich.« Erleichterung sprach aus seiner Stimme, als Swantje vor ihm stand. Auf der Stelle griff er nach Basil, nahm ihn ihr ab. »Wo habt ihr bloß gesteckt? Ich stehe seit einer halben Stunde hier. Vorher hab' ich bei Lucas angerufen, aber dort hat sich niemand gemeldet.«

»Wir steckten im Stau«, erklärte Swantje mit schlechtem

Gewissen. »In einem ganz absonderlichen. Gerade als wir in Villefranche losfahren wollten, rollte ein Zirkus mit seiner Kavalkade an Lastern und Anhängern vorbei. Du kannst dir gar nicht vorstellen, wie lang so ein Zug ist. Immer noch ein Wagen und noch ein Wagen. Und überall sitzen Tiere drin. Tiere, die sich fragen, wo es denn diesmal hingeht.« Sie lächelte in der Erinnerung. Der nächtliche Spuk hatte ihre Phantasie beflügelt.

Ari schüttelte den Kopf. Er fand das nicht komisch. Und noch weniger, daß sie nicht angerufen hatte. Das erste Mal, seit sie sich kannten, daß er beleidigt war. Ja, mehr noch, tief verletzt. Schweigend brachte er Basil ins Bett, zog sich dann ins Wohnzimmer zurück, wo Swantje ihn in Katalogen blättern hörte.

Swantje überlegte, ob sie sich entschuldigen sollte. Es hätte sich gehört, aber irgendwie sah sie es nicht ein. Immer sollte sie – nach Aris Willen und dem seiner Familie – funktionieren, alles richtig machen, die Liebe und Brave spielen. Nun hatte sie es einmal nicht getan, hatte einen Fehler begangen, so etwas wie Schuld auf sich geladen, aber andere taten das viel öfter. (Daß ihr Lucas gefiel, sehr sogar, war eine viel größere Schuld, aber davon wußte ja niemand.) Bis ihr einfiel, daß Ari ihr in den meisten Dingen freie Hand ließ. Selten mischte er sich ein – es sei denn, es betraf seine Mutter –, Swantje konnte im großen und ganzen tun, was sie wollte. Das war in seinen Kreisen nicht selbstverständlich. Daß er sich Sorgen um seine Frau und seinen Sohn gemacht hatte, war sein gutes Recht. Nein, nein, es blieb ihr nichts anderes übrig: Sie mußte sich entschuldigen.

Barfuß schlich sie in den kitschig möblierten »Salon«, wo Ari, tipptopp (»à quatre épingles«, wie man im Französischen sagte) gekleidet in dunkelblauer Hose und rosagestreiftem Hemd, ein Weinglas vor sich, lesend am Tisch saß, schlang von hinten die Arme um seinen Hals. »Pardon, pardon, pardon.«

Er hielt still, genoß ihre Umarmung. »Ist schon gut, Chérie, vielen Dank. Du mußt mich verstehen. Der Gedanke, dir oder dem Kleinen könnte etwas zugestoßen sein, macht mich wahnsinnig. Ich halte das nicht aus. Dabei wollte ich dir gerade heute eine Überraschung bereiten. Eine ganz besondere, die unser ganzes Leben ändern wird.« Seine Olivenaugen glänzten. Aus Gewohnheit fuhr er sich über das gelfrisierte Haar, aber da gab es nichts zu glätten.

Eine Überraschung? Ari würde ihr doch hoffentlich nicht eine große Reise vorschlagen, wie er es schon einmal angekündigt hatte? Sie wollte jetzt nicht verreisen, auf keinen Fall. Sie mußte mit Lucas noch viele Museen besichtigen, Kirchen, Geburtshäuser von Malern, Kunstsammlungen. die »Fondation Maeght« zum Beispiel fehlte ihr. Die hatten sie sich für nächste Woche vorgenommen. Also um Himmels willen keine Reise.

Aber Ari blieb standhaft. Er rückte nicht mit seiner Überraschung heraus, das sei die gerechte Strafe. Und jetzt sollte Swantje ganz schnell ins Bett zurückgehen, er käme gleich nach. Der Tag sei für alle lang und anstrengend gewesen.

Auch in den nächsten Tagen erfuhr sie nichts, denn plötzlich – Ari runzelte die blasse Stirn – hätten sich, was die Überraschung betraf, Schwierigkeiten ergeben. Swantje sah ihren Mann lange mit seiner Mutter sprechen. Wollte er ihr Basil ans Herz legen, während sie beide die Welt umrundeten? Chou-chou, so sehr sie den Kleinen auch vergötterte, würde dankend ablehnen, damit war sie überfordert, und Swantje würde einem solchen Vorschlag schon gar nicht zustimmen. Nicht, solange er noch so klein war. Ari sollte sich seine Reise also schleunigst aus dem Kopf schlagen.

Besuch der »Fondation Maeght« bei Vence. Sie hatten Donnerstag ausgemacht. Pünktlich stand Swantje vor Lucas' Tür, läutete. Vorher hatte sie sich noch vergewissert, daß der »Cirque Gruss« weiterhin am Strand gastierte. Konnte sie also mit Basil eine Vorstellung besuchen. Vielleicht am Sonntag, wenn Markttag war. Gut möglich, daß dann eine wohlbekannte Gestalt, Lucas nämlich, im Marktgetümmel auftauchte und sie in den Zirkus begleitete. Das Leben war schön …

Sie läutete wieder. Niemand machte auf. Komisch, er war doch nicht etwa ausgegangen? Lucas war zuverlässig, bisher wenigstens. Allerdings, die Franzosen … Nur Ari verkörperte deutsche Disziplin und Pünktlichkeit par excellence.

Immer noch näherte sich niemand der Tür. Swantje legte das Ohr an das Holz. Kein Geräusch drang von drinnen. Auch nicht die Musik aus »Derrick«, der jetzt täglich lief. Lucas versuchte, keine Folge zu verpassen. Er kannte München inzwischen fast besser als sie. Würde sie also die Zeit bis dahin in einem Café verbringen. Aber irgendwie war es komisch.

Schritte schlurften die Treppe herauf. Das konnte nicht Lucas sein, er hatte einen bedächtigen, aber keineswegs schleichenden Schritt. Hinter dem Geländer tauchte Madame Cordoba auf, die Concierge. In ihrer ewig gleichen dunklen Kittelschürze, grüne Klunker an den Ohren.

»Monsieur Lucas ist nicht da«, sagte sie in ihrem stark italienisch gefärbten Französisch. »Er ist verreist. Aber er hat mir einen Brief für Sie gegeben.«

»Verreist? Wohin?« Verwirrt nahm Swantje den Brief entgegen, den die Concierge aus ihrer Schürzentasche herauskramte. »Davon hat er mir nichts gesagt. Aber vielen Dank für den Hinweis. Guten Tag.«

Mit diesen Worten drehte sie sich auf dem Absatz um, lief

wie gehetzt die Treppe hinab. Sie wollte allein sein, wenn sie Lucas' Brief öffnete. Was für eine unleserliche Handschrift er besaß. Hoffentlich konnte sie alles entziffern.

Madame Cordoba trappelte hinter ihr her. Warum mußten die Leute immer so neugierig sein? Swantje rannte aus dem Haus, ein kleines Stück die Straße hinunter, bis sie einen ruhigen Platz auf einer Steinmauer fand. Dort las sie mit klopfendem Herzen: »Liebe Swantje, es tut mir leid, aber ich verreise. Nach Griechenland, auf eine Insel, wo der Großvater meiner Mutter einstmals Pascha war. Wenn mich nicht alles täuscht, lebte er mit seiner Zwillingsschwester zusammen, mit Zöpfen so lang, daß sie ihnen bis zur Taille reichten. Regt das nicht Ihre Romanphantasie an? Unsere Begegnungen werden mir immer unvergeßlich bleiben, das dürfen Sie mir glauben. Aber ich halte es für besser, es dabei bewenden zu lassen. Ich habe schon einmal großes Unglück angerichtet. Seien Sie ganz herzlich umarmt von Ihrem Lucas. PS: Grüßen Sie mir Ari und vor allem den kleinen Basil. Ich habe mich auch in ihn verliebt. Ist das ein Wunder? Bei dieser Mutter?«

Swantje ließ den Brief sinken. Hoffnungslosigkeit machte sich in ihr breit. Lucas war fort, das vor allem hatte sie dem Brief entnommen. Hatte Knall auf Fall das Weite gesucht, ohne sie vorher zu informieren. Ein Vertrauensbruch. Von einer Rückkehr sagte er nichts. Aber irgendwann würde er doch zurückkommen, mußte einfach. Hier in Villefranche besaß er eine Wohnung, seine Freunde und Freundinnen, einen Teil seiner Familie. Nur wann?

Etwas strich weich an Swantjes Beinen entlang. Clémentine. Sie miaute, hob den Kopf mit den senfgelben Augen, wirkte unentschlossen.

»Ja, du vermißt ihn auch, deinen Herrn.« Swantje nahm die Katze auf ihren Schoß, streichelte sie, bis sie zu schnurren begann (und ihre Katzenhaare Swantje in der Nase kitzelten), drückte sie fester, noch fester. Zwei Schicksalsgefährtinnen, vom gleichen Mann verlassen. Der war jetzt weit weg, auf einer Insel im Ägäischen Meer. Allein oder zu zweit? Ach, war auch egal. Ihr als verheirateter Frau stand es wahrhaftig nicht zu, darüber zu richten. Ja, sie, Swantje Atachou, war verheiratet, das sollte sie niemals vergessen, und vor allem – sie liebte ihren Mann. Was ging sie ein fremder Witwer mit einem verkorksten Seelenleben und der Sehnsucht nach fernen Ländern an?

»Ich liebe Ari, ich liebe Ari«, hämmete sie sich ein, umschlang wie schutzsuchend ihre Knie. Clémentine stellte das Schnurren ein, beobachtete sie argwöhnisch. In diesem Augenblick fuhr ein Auto vorbei, hupte. Hände winkten heraus, ein Kind zeigte übermütig seine Zunge. Das Auto war bis unters Dach mit Badesachen und Luftmatratzen vollgestopft. Man freute sich auf einen langen Tag am Meer.

Da begann Swantje zu weinen. Hielt sich an Clémentine fest und weinte. Sie war unglücklich wie seit Jahren nicht. Fühlte sich heimatlos, verraten, im Stich gelassen. Von einer Minute zur anderen interessierte sie das ganze Frankreich nicht mehr. Was hatte sie hier noch verloren? Am liebsten hätte sie das nächste Flugezug nach München genommen, wo jeder ihre Sprache sprach, sie hingehörte. Aber da war Basil, und er sollte nach dem Willen seines Vaters in Nizza aufwachsen. Also blieb ihr nichts übrig, als zu bleiben. Tapfer weiterzumachen wie bisher, ohne festes Ziel, ohne große Hoffnung, nur einfach weitermachen. Welch eine Perspektive!

Was hatte Lucas im Postscriptum geschrieben? Swantje strich das Papier mühsam wieder glatt, das sie im ersten Schock heftig zusammengeknüllt hatte. »Ich habe mich auch in ihn verliebt.« Und in wen sonst noch? Doch nicht etwa in sie, Swantje? Eine höchst durchschnittliche Frau, die, schon allein was das Aussehen betraf, weder Mathilde noch seiner Mutter und schon gar nicht dieser Manon das Wasser reichen konnte. Dazu war sie nicht mal Französin. Wo hatte er nur hingeschaut?

Immer noch schluchzend lief sie zur Haltestelle, setzte sich in den nächsten Bus. Villefranche würde sie nicht so schnell wiedersehen. Keinen Fuß würde sie mehr in den Ort setzen. Was sollte sie hier noch? Auf Schritt und Tritt an Lucas denken, sich an hunderterlei kleine Begebenheiten erinnern? Und was Clémentine betraf, so mußte sich die einsame Nachbarin um sie kümmern.

18

Chérie, hast du ein bißchen Zeit? Ich hätte gern mit dir gesprochen. Komm, setz dich zu mir in den Garten, ich bitte dich.« Das war Ari, er wirkte noch hektischer als sonst. Eine freudige Hektik. Seine Arme und Beine zappelten wie bei einem Hampelmann hin und her. Irgend etwas schien ihn intensiv zu beschäftigen. So intensiv, daß er weder fragte, warum Swantje schon zurück war, noch sich dafür interessierte, ob sie bereits gegessen hatte. Das einzige, was er wollte, und zwar ganz dringend, war, daß seine Frau neben ihm Platz nahm. Er hatte auch eine Flasche Champagner geöffnet.

Ari reichte ihr ein gefülltes Glas, nahm sich selbst eins. »Auf dein Wohl, Chérie. Und – herzlichen Glückwunsch.« Er verschluckte sich fast vor Nervosität.

Swantje stutzte. Wozu gratulierte er ihr? Daß Lucas heimlich das Feld geräumt, sich sozusagen auf französisch verabschiedet hatte? Steckte da vielleicht Ari dahinter?

»Du fragst gar nicht, worauf wir trinken.« Ari wirkte enttäuscht.

»Doch, natürlich.« Swantje zwang sich, gute Miene zum qualvollen Spiel zu machen. »Also – worauf?«

»Daß du ab heute Schloßherrin bist!« Feierlich betonte Ari jedes Wort. »Da staunst du, nicht wahr? Maîtresse d'une château. Ich habe heute morgen den Vorvertrag für den Kauf des Schlosses unterzeichnet, das früher der Schriftstellerin Louise de Vilmorin gehörte. Es liegt in der Nähe von Vence und ist wunderschön.« Ari strahlte. So glücklich hatte sie ihn noch nie gesehen.

»Ein Schloß?« Ihr schwindelte. »Aber, Ari, das ist für uns drei doch viel zu groß. Ein ganzes Schloß?«

»Ein ganzes Schloß«, wiederholte er voller Befriedigung. »Mit einem Teich, in dem Goldfische schwimmen, und einem großen, verwilderten Park. Ein Park, in dem wir herrliche Feste feiern können, über die die gesamte französische Presse berichten wird, ein Schloß, wie geschaffen für literarische Veranstaltungen, Seminare, Preisverleihungen. Wir können Künstler aufnehmen, wie Sergej, unseren russischen Freund, Journalisten dürfen sich bei uns für ein Wochenende einnisten – natürlich nur, wenn sie anschließend ausführlich über uns berichten. Und wenn sich ein Filmteam für das Schloß interessiert – warum nicht? Damit verdienen wir sogar Geld. Du wirst sehen: In kürzester Zeit werden die Editions Atachou in ganz Frankreich bekannt sein. Und noch darüber hinaus. Alle Welt spricht von uns.« Aufgeregt schenkte er sich Champagner nach.

War Ari größenwahnsinnig geworden? Oder handelte es sich schlicht und einfach um den Komplex des kleingewachsenen Mannes, alles ein paar Nummern größer und extravaganter haben zu wollen als Monsieur Durand von nebenan? Kürzlich erst hatte er handgearbeitete Schuhe nach London zurückgeschickt, weil ihm die Kappen nicht gefielen. Swantje hatte das lachend als Snobismus abgetan, aber vielleicht steckte ja mehr dahinter. Erst eine blonde, athletische Frau, die ihn um fast zwei Köpfe überragte und allein schon deshalb auf der Straße auffiel, und jetzt ein Schloß. Noch dazu in Vence, wo Swantje keine Menschenseele kannte, nachdem sie sich hier, mühselig genug, einigermaßen eingelebt hatte. Wieder von vorn anfangen, krampfhaft guten Eindruck machen, endlose Tage allein mit Basil in eiskalten Zimmerfluchten oder in einem verkommenen Park verbringen. Nein, lieber blieb sie hier in ihrem orientalischen Basar. Es würde sich doch weiß Gott eine Wohnung für sie drei finden lassen, so eine zum Beispiel, wie Lucas sie besaß. Lucas ...

Wenn ich in diesem Schloß wohne, bin ich viel zu weit weg von Villefranche, und er schreibt mich von vornherein ab, ging es ihr blitzschnell durch den Kopf. Sie mußte Ari das Schloß ausreden, ehe es zu spät war.

»Kannst du dir das denn leisten?« fing sie vorsichtig an, kostete von ihrem Champagner.

»Chérie, das ist doch das Phantastische daran: Das Schloß kostet fast nichts. Seit fünf Jahren steht es leer, jetzt hat ein Ferienclub Interesse angemeldet. Die Nachbarn sind natürlich dagegen, und da der Verkäufer mit ihnen keinen Ärger will, ist er stark mit dem Preis heruntergegangen. Gerade mal neun Millionen Francs.« Ari schnalzte mit der Zunge. Er konnte sein Glück immer noch nicht fassen.

Neun Millionen Francs. Das waren nicht mal drei Millionen Mark. In der Tat eine lächerliche Summe für ein ganzes Schloß – trotzdem, man mußte sie erst mal haben. Besaß Ari so viel Geld? Er hatte sich doch geschworen, keinen Sou von seiner Mutter anzunehmen. Wurde er jetzt schwach?

»Natürlich habe ich nicht so viel Geld«, fuhr Ari fort, als ahnte er Swantjes Zweifel. »Nicht bar. Aber ich habe eine Rechnung aufgestellt: Drei Millionen kann ich zusammenkratzen, drei Millionen leihe ich mir von einem Freund, und noch mal drei Millionen streckt mir die Bank vor. Chouchou bürgt dafür mit ihrem Haus. In zehn, fünfzehn Jahren ist alles abgezahlt, und dann, Chérie, gehört das Schloß ganz und gar uns. Das Schloß, in dem Louise de Vilmorin ihre berühmten Novellen schrieb und Picasso eine Nacht verbrachte. Das Schloß... Aber, Chérie, was macht du für ein Gesicht?« unterbrach er seinen Redefluß. »Freust du dich denn gar nicht?«

Er fragte sie so eindringlich und erwartete so begierig ihre Antwort, daß Swantje nicht anders konnte: Sie nickte gegen ihre Überzeugung. Zum zweitenmal hatte sie heute die gleiche Idee: sich Basil schnappen und weg! Nur – was erwartete sie in München? Nicht nur Agnes wohnte in ihrem Haus, auch Jennifer hatte sich jetzt dort eingenistet. Eine Tatsache, die Swantje gar nicht behagte. Nils stand vor seinem Vorexamen (endlich!), da hatte er wahrhaft Wichtigeres zu tun, als mit seiner Freundin sinnlose Diskussionen über die Befreiung des Mannes (eines von Jennifers Lieblingsthemen) zu führen. Jedenfalls – für sie und Basil war kein Platz. Aber wohin dann? Auf eine gewisse griechische Insel? Aber auf welche? Sie kannte nicht einmal den Namen. Und war sie dort überhaupt willkommen? Sicher nicht. Jetzt hatte sie sich endlich auf den Lavendelduft eingestellt, dort müßte sie auf Honig und Jasmin umsteigen. Nach Knoblauch stank es da wie dort. Besaß sie noch die Kraft für einen Neuanfang? Ja, nein, ja – wahrscheinlich eher nein. Wo sollte sie also hin?

»Doch, Ari, sicher, ich freue mich.« Swantje tat noch ein übriges, sie reichte ihm die Hand, die er ehrfürchtig küßte. Nicht morgen, nein, da hatte er einen wichtigen Termin, aber spätestens überübermorgen wollten sie gemeinsam nach Vence fahren und das Schloß besichtigen. Swantje sollte sich schon mal über Louise de Vilmorin informieren.

»Apropos Vence. Da wolltest du doch heute hin. In die ›Fondation Maeght‹. Hat das nicht geklappt?« Ari stellte die Frage wie nebenbei. Er war ganz mit seinem Schloß beschäftigt.

»Nein, es kam etwas dazwischen.« Mehr sagte Swantje nicht. Sie stand auf, schob ihren Korbstuhl zurück, umrundete langsam den Swimmingpool, in dem ein großes grünes Plastikkrokodil mit aufgesperrtem Rachen dümpelte. Basil hatte Angst vor dem Tier. Einmal behauptete er, das Krokodil käme nachts in sein Zimmer, packte ihn mit seinen gräßlichen Zähnen und schleppte ihn ins Meer. Basil, der Phantast. Er würde Lucas auch vermissen. Lucas ... Hugues hinkte Swantje hinterher, glücklich, Gesellschaft zu haben. Er war in den letzten Monaten sehr gealtert. Lange würde er es wohl nicht mehr machen. Liebevoll beugte sie sich zu ihm hinunter, tätschelte sein schuppiges Fell.

»Einen Swimmingpool lassen wir natürlich auch bauen«, rief Ari ihr nach. Inzwischen hatte er die Pläne vom Schloß geholt, sie auf dem Tisch ausgebreitet, beugte sich darüber. »So groß wie dieser hier. Mindestens.«

»Und einen Hund? Bekommen wir den auch?« rief Swantje zurück. Keine Antwort. Fieberhaft fuhr Ari mit einem Bleistift auf dem Plan herum, skizzierte, notierte, änderte ab.

»Louise Levêque de Vilmorin, geboren 4.4.1902 bei Paris, gestorben 26.12.1969 ebenda«, las Swantje in ihrem Literaturlexikon nach. »Französische Schriftstellerin, war mit Saint-Exupéry befreundet und ließ sich nach mehreren Auslandsaufenthalten in Verières-le-Buisson nieder. Sie verfaßte Gedicht, Romane und Erzählungen, in denen sie sich oft mit psychologischen Themen beschäftigte. Bekannt ist ihre enge Beziehung zu André Malraux ...«

Schau mal an, eine Literatin, die nebenbei die Liebe pflegte. Warum nicht? Woher sonst bezog sie wohl ihre Inspirationen? Und weil Swantje schon einmal beim Kramen war, machte sie gleich weiter. Was fiel ihr in die Hand? Ein schmales Bändchen mit dem Titel »Madame de ...«, Autorin:

Louise de Vilmorin. Man hatte die Novelle auch verfilmt, mit Danielle Darrieux in der Hautprolle. Swantje erinnerte sich gut daran.

Sollte sie das Bändchen als ein Zeichen sehen? Als Zeichen, daß es da einen gewisen Zusammenhang gab zwischen der französischen Dichterin und ihr. Warum sonst hatte sie das Buch rein zufällig mit nach Frankreich genommen? Vielleicht legte Madame de Vilmorin ja Wert darauf, daß Madame Atachou-Sievers ihr ehemaliges Domizil bezog. Wo sie, Madame Atachou, dann unter Umständen endlich die Ruhe und Muße fand, sich tatsächlich literarisch zu betätigen.

Eine Spur optimistischer gestimmt fuhr sie dem Schloß entgegen. Ari hatte seinen Fotoapparat eingepackt, außerdem einen gefüllten Picknickkorb, um sein kostbares Fast-Eigentum stilvoll à deux im Schloßpark einzuweihen.

Es war wiederum heiß, heiß, schwül und regenlos wie die ganzen letzten Wochen und Tage. Obwohl Ari mit offenem Wagendach fuhr, kühlte kein Lüftchen. Sie durchquerten eine leicht hügelige Gegend mit stark verbrannter Natur. Swantje kannte die Strecke, sie waren sie einige Male gefahren. So sonnendurchglüht wie heute war sie ihr nie vorgekommen. Hier war man viele Kilometer vom Meer entfernt, umringt von Weinstöcken und niedrigen Hecken, eine Aussicht wie in Villefranche gab es nicht.

»Von unserem Schloß aus hast du einen einmaligen Blick«, schwärmte der neugebackene Schloßherr, überholte ein Auto nach dem anderen. »Direkt auf das alte Vence. Göttlich.«

»Aber man sieht das Meer nicht«, widersprach Swantje, die gerade heftig an Lucas dachte.

»Das Meer? Nein. Wer will das sehen?« Ari, vibrierend

vor Ungeduld, reckte den Kopf nach links, bereitete sich darauf vor, einen Lastwagen, beladen mit abgeschnittenen Ästen und Grashaufen, zu überholen. Er fuhr sehr riskant.

Kurz darauf bog der Bugatti von der Hauptstraße ab, wand sich schmale, gekrümmte Wege entlang. Swantje erwartete ein Schild mit der protzigen Aufschrift »Schloß« zu sehen, aber das gab es nicht. Sie passierten ein kitschig buntangemaltes Haus mit einem Schwimmbassin davor, in dem eine einzelne Frau ihre Runden drehte, dann sprang Ari aus dem Wagen, öffnete ein eisernes Tor.

»Willkommen zu Hause«, sagte er, ohne eine Miene zu verziehen. Es mußte für ihn ein unglaublicher Augenblick sein. »Ich fahre noch etwa hundert Meter die Auffahrt entlang, dann gehen wir zu Fuß.«

Swantje schlug das Herz bis zum Hals. In diesem Moment entschied sich ihr Schicksal. Hier würde sie aller Voraussicht nach den Rest ihres Lebens verbringen, denn – so sprunghaft Ari auch war – ein Schloß verkaufte man nicht so schnell. Nein, an diesem abgelegenen Ort blieb sie für die nächsten zwanzig, dreißig, vierzig Jahre eingesperrt, von hier gab es kein Entkommen. Hatte sie einsperren gesagt? Das lag an dem halbzerfallenen, niedergetretenen Zaun, um den sich wilde Kletterpflanzen rankten. Sicher würde Ari ihn durch ein Eisengitter ersetzen lassen.

Und dann lag es vor ihr, das Schloß. Natürlich besaß es keinen Turm und keinen Burgwall und keinen Ziehgraben, so wie Swantje das sich in den letzten Nächten zusammenphantasiert hatte, sondern es war eher ein Herrenhaus, »mansion house«, wie die Engländer sagten. Einstöckig, mit Flügeltüren, die bis zum Boden reichten, aber riesengroß. Das lag vor allem daran, daß es aus zwei Flügeln bestand. Einer allein hätte schon einen ganzen Familienclan beherbergen können, aber gleich zwei! Es sei denn, man rechnete den zweiten Flügel für das Personal, das für so einen Besitz im Grunde nötig war, aber wo wollte Ari die Leute hernehmen und vor allem wie sie *bezahlen?!* Das war Swantjes erster Gedanke, und der zweite: Es ist sehr heruntergekommen. Hier sind umfangreiche Renovierungen notwenig. Was wiederum in der bangen Frage gipfelte. Wer soll das *bezahlen?!*

»Ist es nicht wunderschön, unser Schloß?« Ari seufzte ergriffen, legte den Arm um Swantjes Hüfte. »Wo Basil als stolzer kleiner Infant aufwächst. Wer weiß, vielleicht bleibt er ja nicht allein.«

Ein Seitenblick zu Swantje, die vor Schreck zusammenfuhr. Was hatte ihr Mann eigentlich noch für Ideen? Ein Schloß, ein Verlag, der die Grenzen Frankreichs sprengte, Thema der gesamten Yellow Press war, und jetzt vielleicht noch ein zweites Kind. Kam nicht in Frage! Nicht mit ihr. Sie war jetzt dreiundvierzig, hatte keine Lust, sich neue Komplikationen aufzuladen. Bereits mit einem solchen Schloß war sie mehr als überfordert.

»Es ist so groß«, sagte sie leise, um überhaupt etwas zu sagen. »Diese vielen, vielen Fenster.«

»Wir müssen doch nicht alle Räume bewohnen.« Ari hatte wie immer die passende Antwort parat. »Als erstes fangen wir mit der Küche, zwei Bädern und zwei oder drei Zimmern an. Nach und nach breiten wir uns dann weiter aus, ohne Eile. Außerdem – vergiß nicht, das meiste werden Gästezimmer.« Inzwischen hatte er seinen Fotoapparat gezückt, knipste das Schloß von allen Seiten.

Gästezimmer. Dann waren sie also niemals unter sich. Ständig von wild diskutierenden (die Franzosen diskutieren so gern), den Pinsel oder die Feder schwingenden Künstlern umgeben, die sich ungefragt ihre Mädchen einluden, Batterien von Rotweinflaschen leerten und auf dem ganzen

Grundstück Zigarettenstummel verstreuten. Eine Begegnungsstätte der »beaux arts«. Und Brasil, herausgeputzt wie der kleine Lord, mittendrin.

»Chérie, setz dich doch bitte auf den Brunnenrand. Stütz die Hand auf. Ja, so ist es gut. Aber lächle. Lächle. Und dort ist das Bassin mit den Goldfischen. Tu so, als wenn du sie füttern würdest.« Wie eine Eidechse huschte Ari hin und her, den Fotoapparat im Anschlag. Er hatte schon zwei Filme verknipst. Irgendwann mußte Swantje ihn auch fotografieren.

Als wenn ich sie füttere! Und wer füttert sie wirklich ...? Auch wieder so ein ungelöstes Problem. Aber Ari wie die ganze Familie Atachou hatte mit Tieren nichts im Sinn. Ihre ganze Aufmerksamkeit gehörte den Kindern, bevorzugt den eigenen.

Und wenn ich mir, träumte Swantje, ein Pferd herstelle? Sicher gibt es hier irgendwo Stallungen. Ein Pferd für mich und ein Pony für Basil. Dann hätte ich etwas, worauf ich mich freuen könnte. Wir würden durch den Schloßpark reiten, jeden Tag die Umgebung ein bißchen mehr erkunden. Allerdings – um Galoppstrecken scheint es mir hier schlecht bestellt.

Zeit, sich das Schloß von innen anzusehen. Ehrfürchtig schloß Ari – mit Kastellan-Gebärde – die Haupttür mit einem mächtigen Schlüssel auf. Sie betraten einen langgestreckten Saal mit Säulendekor und einer prächtigen Stuckdecke, die voller Spinnweben hing. Dahinter lag die Küche.

»Vorsicht, hier kommt eine Stufe und da noch eine. Der Fußboden ist ziemlich ruiniert, den müssen wir als erstes richten.« Ari pustete sich Staub von seinem gestreiften Blazer, mit dem er eine Wand gestreift hatte.

Nicht nur der Boden, alles war heruntergekommen. Man merkte, daß das Schloß viele Jahre unbewohnt gewesen war.

Doch ein gewisser Charme, eine Art Noblesse, die sich in einzelnen, sehr reizvollen Details zeigte, war ihm nicht abzusprechen. Da gab es einen überraschend gut erhaltenen Kamin mit Jagdszenen im Halbrelief, die Küche besaß einen besonders schönen Fliesenboden, und in einigen Zimmern hingen altertümliche Glaslüster, die man wohl vergessen hatte, abzunehmen. Swantjes Gesamteindruck: Das Schloß war ein Bijou, nur völlig renovierungsbedürftig und für eine so kleine Familie, wie sie es waren (und bleiben würden), viel zu groß.

»Wo ist das Zimmer der Dichterin? Und wo hat Picasso übernachtet?« fragte Swantje, aber Ari wußte es nicht. Inzwischen hatte er den Fotoapparat gegen Bleistift und Block ausgetauscht, notierte, wo die ersten Reparaturen vorgenommen werden sollten, zählte die zerbrochenen Fensterscheiben (fünfunddreißig!), wählte für Basil ein sechseckiges Zimmer mit gemalten Papageien an den Wänden aus. Swantje hatte sich heimlich auch bereits Ihr Refugium reserviert: klein, versteckt im hinteren Teil des Ostflügels und mit einem romantischen Erker, in dem sie ihren Schreibplatz einrichten wollte.

Viel später, als sie aus dem moderriechenden Dunkel ins Freie hinaustraten, traf es Swantje wie ein Blitz. Glühend brannte die Sonne auf sie herab, sie konnte kaum atmen. Mit dem letzten ihr verbleibenden Humor stellte sie sich vor, wie ihr bei jedem gesprochenen Wort Feuerschwaden aus dem Mund fuhren, ähnlich wie bei dem Drachen im Märchen. Prompt setzte das Kopfweh ein, das, seit sie in Nizza lebte, ein häufiger lästiger Begleiter war. Diesmal lag es auch an den Grillen, die in einer Lautstärke zirpten, wie sie Swantje selten gehört hatte. Ein ohrenbetäubender Lärm. Die ganze Luft schien zu vibrieren. Die meisten Touristen hielten das für idyllisch. Swantje dagegen zog das sanfte

Läuten von Kuhglocken vor, außerdem einen bewegten blauweißen und keinen starr lavendelfarbenen Himmel so wie hier. Aber vielleicht wußte sie selbst nicht mehr, was sie eigentlich wollte.

Was würde Lucas zu dem Schloß sagen? schoß es ihr durch den dröhnenden Kopf. Würde er mir zureden oder abraten? Was im Grunde an der Sache nichts ändert. Ari hat dieses Schloß in seinem Olivenköpfchen, geht nie mehr davon ab. Lucas. Dauernd dachte sie an ihn. Wenn sie nur noch ein einziges Mal mit ihm sprechen könnte. Aber der Ungetreue war weit weg, beschäftigte sich mit dunkeläugigen Zwillingsmädchen, die Zöpfe bis zur Taille trugen.

»Und das, Chérie, ist der sagenhafte Blick, von dem ich dir erzählt habe.« Theatralisch deutete Ari in die flimmernde Ferne. »Dort siehst du Vence in seiner vollen Pracht. Viele würden für diese Ausicht ein Vermögen zahlen.«

Tat Ari auch, denn um das Schloß einigermaßen bewohnbar zu machen, mußte er noch einmal neun Millionen Francs auf den Tsich legen. Mindestens. Von dem verwilderten Park ganz zu schweigen.

»Schön, sehr schön.« Swantjes Kopf drohte zu platzen. Gab es hier denn keinen kühlen Schatten? Aber nein, das lichte Pinienwäldchen, das den wesentlichen Teil des Parks einnahm, ließ die Sonne größtenteils durch. Es fehlten hohe Tannen, wenigstens eine ausladende Buche. Außerdem mußte man den würzigen Piniengeruch in dieser Konzentration erst mal vertragen. Wenn nur die vermaledeiten Zikaden endlich Ruhe geben würden. Schliefen die eigentlich nie?

»Und jetzt, Chérie, packen wir den Picknickkorb aus. Déjeuner sur l'herbe, noch dazu auf unserem eigenen hochherrschaftlichen Grund – das habe ich mir immer gewünscht.« Blitzschnell entrollte Ari ein weißes Tischtuch auf dem verbrannten Gras, stellte Teller und Gläser darauf. »Du wirst staunen, ich habe einen besonders exzellenten Rotwein eingepackt, einen Château Laroze 1992. Wer weiß, vielleicht gibt es eines Tages einen Châteu Atachou... Darf ich bitten?« Ehe sie sich versah, hatte Ari ihr einen Strohhut mit rotem Band aufs Haar gedrückt, den gleichen, den er auch trug. »Noblesse oblige.«

Es gab feine und grobe Pastete, gespickt mit Pistazien, püriertes Gemüse in Teigtaschen – eine Spezialität der Region – mit Rosmarin gewürzte Hühnerschenkel, »fleurs de courgettes«, in Mehl gewalzt und in Öl gebraten. Danach einen großen zerlaufenen Camenbert, den sie mit Silberlöffeln aßen, und als Dessert Waldhimbeeren mit Crème.

Swantje kostete höflich von allem, ließ vorsichtshalber die grobe Pastete aus, trotzdem spürte sie hinterher einen verdächtigen Gechmack im Mund. »War da irgendwo Knoblauch dran?« Es klang gereizt.

»Glaube ich nicht, Chérie.« Ari zuckte die schmalen Schultern. »Ja, vielleicht hat man das Gemüse in einer Schüssel püriert, die man vorher ganz leicht mit Knoblauch einrieb, mehr kann nicht sein. Aber was machst du für ein entsetztes Gesicht?« Er begann zu lachen. »Als hättest du einen Schloßgeist gesehen? Die legendäre Louise de Vilmorin?«

Swantje sprang auf, stemmte die Hände in die Hüften. Französisch-aristokratisch sah das sicher nicht aus, aber das war ihr im Augenblick egal. »Ich will nicht, daß man mich hereinlegt«, schrie sie mit verschmiertem Mund. »Und wenn man sich dabei noch so schlau vorkommt. Ich hasse das, ich hasse das. Hast du verstanden, Ari?«

19

Um auf andere Gedanken zu kommen, beschloß Swantje, ihrem Vater eine Geburtstagsüberraschung zu machen und ihn zu besuchen. Zusammen mit Basil. Der Großvater sollte endlich mal seinen jüngsten Enkel persönlich kennenlernen. Am Telefon hatten sie schon einige Male miteinander gesprochen. Basil plapperte recht hübsch ein paar Worte Deutsch, schickte schmatzende Küßchen durch die Leitung.

Gottfried Sievers war zwar nicht ernsthaft krank, aber er litt unter Schwindelanfällen, die sich die Ärzte nicht erklären konnten, sein Blutdruck war zu hoch und sein Herz schlug zu schnell. Eine Reise, noch dazu im Flugzeug, schien deshalb gefährlich, obwohl sich der alte Sievers nichts sehnlicher wünschte.

»Warte, bis wir erst mal im Schloß wohnen«, tröstete Swantje ihn am Telefon. »Dann hole ich dich mit dem Auto ab, und du hast hier dein eigenes Zimmer, nein, eine ganze Zimmerflucht. Außerdem organisiere ich dir einen Butler oder, noch besser, ein hübsches Zimmermädchen, eine Toinette oder so.« Sie lachte. Gott sei Dank, der Humor war ihr noch nicht abhanden gekommen.

Ihr Verhältnis zu dem Schloß war nach wie vor gespalten. Manchmal empfand sie als großen Blödsinn, als Fehler seines Lebens, was Ari da veranstaltete, dann wieder freute sie sich fast darauf. Blätterte heimlich in Zeitschriften für Innendekoration, überlegte, wie sie dieses oder jenes Zimmer einrichten würde. Bis sie die Vorstellung von der Riesenanzahl der Zimmer aufs neue deprimierte. Inzwischen hatte sie eine verwitterte Marmorbank im Schloßpark entdeckt, ein wirklich verschwiegenes Plätzchen und dazu schattig. Dort sah sie sich manchmal in Gedanken sitzen, mit einem Stoß weißer Blätter neben sich. Und während die Vögel zwitscherten und vielleicht doch ein Hund zu ihren Füßen lag – der Zikadenlärm drang zum Glück nicht bis dorthin –, würden ihr die Worte aus dem Herzen strömen. Oder aus der Feder. Kam darauf an, wie poetisch man das sah.

»Das Fräulein vom Schloß«. Sie hatte zumindest schon den Titel. Das Fräulein, das sehr hochnäsig war, aber auch sehr einsam. Täglich ritt es auf seinem Schimmel über die Heide, pflückte unterwegs Himbeeren vom Strauch, die seine weißen Handschuhe beschmutzten. Und während die Dorfburschen die Reiterin ehrfürchtig anstaunten, warf sie dem stattlichsten von ihnen die Handschuhe zu, mit dem Befehl, sie zu waschen und ihr dann ins Schloß zu bringen. Aber persönlich. Wie es dort weitergehen sollte, wußte Swantje noch nicht. Jedenfalls ziemlich bewegt. Swantje war selbst über ihre erotische Phantasie erstaunt. Sie hatte gedacht, das läge hinter ihr.

Lucas hatte einmal geschrieben. Eine Karte an Basil, auf der er auch seine Mutter grüßen ließ. Wie gütig! Swantje hatte die Karte nach allen Seiten gedreht und gewendet, mit viel Mühe auf dem Poststempel »Samos« entziffert. Also war er auf der Insel Samos (Lesbos wäre ihr lieber gewesen), aber vielleicht hat er ja nur einen Ausflug dahin gemacht und von dort die Karte abgeschickt. Er sprach von vielen Katzen, die er fütterte, und ob Basil nicht einmal Clémentine besuchen könnte. Wie denn? Allein war das unmöglich. Mußte ihn seine Mutter begleiten. Aber die hätte

Lucas auch persönlich ansprechen können. Um die Karte gab es einen kleinen Kampf. Beide wollten sie aufheben. Swantje brachte ihren Sohn nur durch einen Trick dazu, drauf zu verzichten. Sie versprach ihm nämlich, eines Tages gemeinsam mit ihm Samos zu besuchen. (Und fühlte sich schuldig, weil sie Basil heimlich das »Bleu de Nice»-Herz, die Erinnerung an Lucas, entwendet hatte.) Es klebte jetzt in ihrem Kleiderschrank.

»Aber erst müssen wir in unser Schloß ziehen«, erklärte Basil wichtig. Er war schloßinfiziert, begleitete seinen Vater andauernd dorthin, wünschte sich, daß Chantal und Elaine mit ihm dort wohnten. Ari hatte ihnen schon mal ein Zimmer zugesagt. Chou-chou war auch begeistert von dem Schloßprojekt. Na klar, dachte Swantje bissig, erhöht ihr gesellschaftliches Ansehen in Nizza noch mehr, wenn sie von einem Sohn erzählen kann, der Schloßbesitzer ist. Natürlich würde sie ihren Enkel vermissen, aber man könnte nach Chou-chous Vorstellungen die Wochenenden ja en famille gemeinsam im Schloß verbringen. Die Nichten und Neffen und auch deren Freunde und Freundinnen freuten sich schon darauf. Und was ist mit mir? fragte sich Swantje, fühlte Panik in sich aufsteigen. Denkt denn kein Mensch dran, ob ich das alles will? Nachdem Lucas jetzt – zu Chouchous großer Erleichterung – abgereist ist, wird wieder in alter Weise über mich verfügt.

Ari sagte zu allem ja. Im Moment war seine Miene allerdings etwas besorgt: Der Kostenvoranschlag für die Schloßrenovierung fiel viel höher als angenommen aus. Aber er würde eine Lösung finden. Nur Max – und das machte ihn Swantje richtig sympathisch – bezeichnete das Schloß als Größenwahn. Größenwahn, wie er in der Familie Atachou an der Tagesordnung sei. Das sagte er nur zu Swantje und auch erst nach dem dritten Glas Whisky. Später bereute er anscheinend die Bemerkung, denn er kam nie wieder darauf zurück. Auch Gottfried Sievers fand das Projekt – wie er es nordisch-rücksichtsvoll ausdrückte – »ein büschen kühn«. Aber, milderte er ab, die jungen Leute von heute (damit meinte er Ari) seien eben anders als frühere Generationen, würden weniger wägen, dafür mehr wagen, was man ja angesichts ihrer Zukunftsperspektiven verstehen könnte.

Ari begrüßte Swantjes Reise nach Hamburg. Würde sie auf andere Gedanken bringen, nachdem sie in letzter Zeit so nervös war. Aber gleich nach ihrer Rückkehr müßte sie dann unbedingt den Kunstführer zu Ende schreiben. Die Druckerei wartete schon. Swantje nickte stumm. Auf Lucas würde sie sicherlich nicht warten. Den konnte sie als Berater und auch sonst abschreiben. Gleichzeitig ärgerte sie sich über Aris Druck. Dieses Buch war komplizierter als die anderen, das mußte er wissen. Konnte er nicht mal auf ihre Niedergeschlagenheit Rücksicht nehmen? Oder ging ihm seine Karriere, so wie Poussy das knallhart ausgesprochen hatte, wirklich über alles? Sogar über ihr Wohlbefinden?

Irgendwie merkwürdig, nach so langer Zeit wieder in Hamburg zu sein. So kühl hatte sie die Stadt nicht in Erinnerung gehabt. Kühl, was das Wetter und auch die Mentalität ihrer Bewohner betraf. Dabei waren sie ganz besonders freundlich, als Swantje sich nach dem Flughafenbus erkundigte, der inzwischen woanders stand, aber sie wahrten höflich Distanz. Das taten die »niçois« zwar auch, besonders Fremden gegenüber, aber sie ließen dabei neugierig ihre Augen wandern, musterten, kamen zu dem Schluß, daß sie selbst allen anderen überlegen seien. Der Hamburger dagegen war diskret. Kleidete sich unauffällig elegant, schrie nicht auf der Straße herum, ließ keine Zigarettenschachteln oder Obsttüten fallen, wo es ihm gerade paßte. Angenehm, aber nach soviel Nizza zunächst gewöhnungsbedürftig.

Ari hatte unbedingt ein Zimmer im Hotel »Atlantik« oder den »Vier Jahreszeiten« reservieren wollen – seine Familie sollte standesgemäß absteigen –, aber Swantje hatte abgewehrt. War wirklich nicht nötig. Viel lieber kam sie in einer der kleinen, blitzsauberen Frühstückspensionen an der Außenalster unter, die sie von früheren Schulausflügen her kannte. Würde Basil mehr beeindrucken als diese Luxushotels. Er war schon viel zu sehr verwöhnt.

Und ihr Sohn enttäuschte sie nicht. Er war begeistert von den zwei streng voneinander getrennten Einzelbetten, bezogen mit steifem Damast, die in der Mitte des kleinen Zimmers standen (»Maman, in so einem schmalen Bett habe ich noch nie geschlafen«), räumte seine Sachen ordentlich in den Schrank, ließ sich von Frau Barth, der Pensionsinhaberin, eine Tasse Schokolade reichen. Dabei entdeckte er Pepi, den Wellensittich, in seinem Käfig, fütterte ihn mit Kuchenbröseln und löcherte Swantje, ihm auch einen zu kaufen.

»Das mußt du mit deinem Papa ausmachen.«

»Wie schön der Kleine spricht«, staunte Frau Barth, die einen Bernsteinanhänger über der gestärkten Bluse trug. »Und gleich zwei Sprachen. Mein Sohn hat mit drei Jahren noch herumgestottert.«

»Basil ist fünf«, klärte Swantje auf, hätte sich selbst am liebsten ein bißchen kleiner gemacht. Es nützte alles nichts: Basil streckte sich nicht in die Höhe. Hatte er einen Schwur getan, nicht mehr zu wachsen, so wie Oskar Matzerath, der Blechtrommler? Manchmal wurde ihr richtig angst.

Aber er war so lieb und artig in seinem kleinen Blazer mit Schlips, seinem Lieblingsaufzug, weil er damit wie sein Papa aussah. Seine blauen Augen strahlten, als er die Karten für die S-Bahn selbst verlangen und stempeln durfte. Es war eine lange Strecke bis zum Hauptbahnhof. Swantje kannte von früher her die Namen aller Stationen, fing an, sie aufzusagen, vertat sich, was Basil zu einem mahnenden Kopfschütteln veranlaßte. »Maman, du hast einen Fehler gemacht.«

»Ich mache viele Fehler. Dauernd. Immer. Gott sei Dank. Und nun komm, wir müssen aussteigen.«

Der Hauptbahnhof, einstmals der glänzende Verkehrsmittelpunkt Hamburgs, enttäuschte sie. Armselige Gestalten schlurften durch die Halle, baten um »'ne Mark«, farbige Familien hatten sich mit Sack und Pack auf dem Boden niedergelassen, an einer Ecke des Bahnhofsplatzes wurden offensichtlich Drogen verkauft. Man sah viel Polizei. Was zwar ein Gefühl von Sicherheit gab, den schäbigen Gesamteindruck aber noch verstärkte.

Swantje war richtig froh, als sie das Altersheim erreichten, eine imposante alte Villa in einem Park, hauptsächlich für ehemalige Angehörige des Schuldiensts reserviert.

»Guten Tag, Frau Sievers. Wir haben uns aber lange nicht gesehen. Geht es Ihnen gut? Ach, das ist wohl Ihr Sohn? Wie niedlich. Ein richtiger kleiner Kavalier.« Basil hatte aus einer Laune heraus eine Verbeugung gemacht. »Ihr Vater erwartet sie schon.« Das war Frau Meyer-Gerthes, die seit Jahren an der Rezeption arbeitete.

Im Aufzug roch es muffig und nach Essen. Basil sagte nichts, aber er verzog die Nase. Vor dem Zimmer ihres Vaters hielt Swantje an.

»Jetzt klopfen wir beide, aber du gehst erst mal allein hinein. Hast du deine Blumen? Die überreichst du ihm. Und sag ›Opa‹, nicht ›grand-père‹ oder ›Daddy‹.«

Basil nickte. Er war zu allem zu gebrauchen. Swantje klopfte, öffnete die Tür, schob Basil hinein. Erst hörte man nichts, dann eine kleine Stimme, die »guten Tag, Opa« sagte. Swantje traten die Tränen in die Augen. *Ihr* Sohn und *ihr* Vater. Ein Geschenk des Himmels, daß es so viele Personen gab, die sie liebte. Und die hier waren zwei der allerliebsten.

Als sie wenige Augenblicke später das Zimmer betrat, saß Basil auf den Knien seines Großvaters, knabberte an einer Scheibe englischem Kuchen. Sanft streichelten die alten Hände über Basils seidenweiches Haar.

»Ein solcher Junge.« Gottfried Sievers schüttelte ungläubig den Kopf. »So verständig, richtig erwachsen, habe ich mir meinen Enkel nicht vorgestellt. Er hat nicht die geringste Scheu vor mir. Es ist, als wenn wir uns seit langem kennen.«

»Tut ihr doch auch. Du hast geschrieben, Basil hat dir Bildchen gemalt, und dann habt ihr oft miteinander telefoniert. Grüß dich Gott, Vati.« Sie trat näher an ihn heran, küßte ihn. Er hatte sich verändet. Nicht nur, daß er seine straffe Haltung verloren hatte, zusammengekauert in seinem Sessel saß, nein, er sah leidend aus, nicht wirklich krank, aber auch nicht gesund.

»Grüß dich Gott, guten Tag, bonjour.« Gottfried Sievers lächelte. Es gelang ihm nicht recht, sein Gesicht war verzogen. Hatte er einen Schlaganfall erlitten? »Du bewegst dich ja zwischen mehreren Sprachen beziehungsweise Dialekten. Und als was, mein Kind, fühlst du dich wirklich? Als Norddeutsche, als Bayerin, als Französin?«

»Als deine Tochter.« Sie küßte ihn wieder. Wie gut, daß sie den Entschluß gefaßt hatte und nach Hamburg gekommen war. Viel zu lange hatte sie sich nur um die eigenen Angelegenheiten gekümmert.

Sie tranken Tee, den Gottfried Sievers aufs Zimmer bestellte. Basil durfte sich inzwischen seine Schmetterlingssammlung ansehen, die ihm gewaltig imponierte. Dauernd wies er auf einzelne der toten Insekten mit den ausgebreiteten Flügeln, behauptete, »den habe ich schon bei uns im Garten gesehen und den im Schloß...», was nur halb und halb stimmte. Wieder ging die Phantasie mit ihm durch.

Später ruhte Gottfried Sievers ein Stündchen. Basil verlangte, neben ihm zu liegen, wollte auch von Maman zugedeckt werden. Während die beiden schliefen, zog sich Swantje in einen Sessel zurück, blätterte in alten Büchern aus ihrem Elternhaus, horchte auf die regelmäßigen Atemzüge von Großvater und Enkel und das Ticken der Standuhr. »Wenn Mutti nur dabei wäre«, dachte sie, und ein jäher Schmerz durchzuckte sie. Über den frühen Tod ihrer Mutter würde sie nie hinwegkommen. Da konnte der Himmel noch so viel Glück über sie ausschütten. Sie wollte morgen gleich das Grab besuchen.

Der Hamburg-Besuch lief im Zeitraffertempo ab. Zwei Tage später war der Geburtstag. Ihr Vater hatte es durchgesetzt, daß seine Familie am Mittagessen teilnahm (Swantje hätte ihn viel lieber in ein Restaurant geführt, aber das wollte er nicht. Er gehörte hierher, wie er betonte), wo Swantje staunend erlebte, wie viele der alten Damen sich um den Vater scharten, den Blumenstrauß bewunderten, den die Heimleitung auf seinen Platz gestellt hatte. Hätte Swantje nicht einen zweiten, üppigeren mitgebracht, wäre der Schmuck etwas dürftig ausgefallen. Aber – im Alter wurde man bescheiden.

Gottfried Sievers war hier Hahn im Korb, er hatte nicht übertrieben. Wer ihm heute allerdings die Schau stahl, war sein Enkel. Basil lachte, scherzte, führte sein tadelloses Französisch vor und das nicht ganz so tadellose Deutsch, spielte den Clown und den Charmeur. Und half später den Mädchen, das Geschirr vom Tisch zu räumen. Ein voller Erfolg.

»Das, Swantje, war mein schönster Geburtstag seit langem«, sagte der Vater zum Abschied. »Ihr habt mir eine große Freude bereitet. Du kannst stolz auf deine Söhne sein, Nils scheint ja jetzt auch seinen Weg als künftiger Tierarzt zu machen. Und wie geht es Ari? Schade, daß ich ihn noch nicht kennenlernen durfte. Aber als Schloßherren«, er lächelte schief, »statte ich euch sicher einen Besuch ab.«

Den letzten Tag benutzte Swantje dazu, durch Hamburg zu streifen, Basil immer an ihrer Seite. Sie besichtigten den Hafen, besuchten die architektonisch kühn gestalteten Einkaufscenter in der City, aßen ein Eis am Alsterpavillon, wo Basil die Schwäne fütterte, schauten sich die Fleete und alten Lagerhäuser an. Wenn das Wetter nur ein bißchen besser gewesen wäre! Aber es nieselte unentwegt. Die Hamburger nahmen es mit Humor, saßen plastikverpackt im Freien, schnackten über den vergangen oder kommenden Urlaub an der Nord- oder Ostsee.

Abends nieste Basil, und Swantje hatte Halsschmerzen. Trotzdem raffte sie sich auf, zum Essen zu gehen, führte Basil in ein richtig gutbürgerliches Restaurant, wo sie Holsteiner Schnitzel bestellte und Basil Labskaus. Brav aß er seinen Teller leer, erklärte dem weißhaarigen Kellner, daß es so etwas in Nizza nicht gab. Nein, gab es dort nicht, und auch kein Graubrot und keine Götterspeise zum Nachtisch und keinen Grog. Alles war gut, erweckte bei Swantje Kindheitserinnerungen, lag aber auch schwer im Magen. Warum hatte sie nicht einen spritzigen Rosé statt des dunklen Malzbiers gerunken? Sie lag die halbe Nacht wach im Bett, tröstete Basil, der weinerlich wiederholte, nie, nie mehr Labskaus essen zu wollen.

Halb krank kamen sie in Nizza an. Dort strahlte die Sonne mit Ari um die Wette. Er hatte daheim einen Imbiß vorbereiten lassen. Leichte Salate mit ein bißchen italienischem Schinken. Gleich anschließend sprang Swantje in den Swimmingpool, ließ sich von der Sonne trocknen. Und mußte sich wohl oder übel eingestehen, daß die Lebensqualität an der Côte d'Azur doch eine ganz besondere sei.

Aber Ari sagte sie nichts von dieser Erkenntnis.

20

Die Wochen, die Monate gingen dahin. Die Hitze zog sich bis in den Herbst hinein. Es hatte zu wenig geregnet, die Bauern bangten um ihre Ernte. Mittelpunkt in Swantjes Leben war nach wie vor ihr kleiner Sohn und jetzt also auch das Schloß. Noch immer hatten die Reparaturen nicht begonnen; erstens, weil Ari nicht die richtigen (und preiswertesten) Handwerker gefunden hatte, und dann war der Kaufvertrag noch nicht unterzeichnet.

Es gab finanzielle Probleme. Der Freund, der Ari drei Millionen Francs leihen wollte, zog sich zurück, auch die Bank legte nicht so einfach, wie Ari sich das vorgestellt hatte, die gewünschte Summe auf den Tisch. Max frohlockte, Chou-chou schäumte. Man wagte, einem Atachou den Kredit zu verweigern? Sie würde unverzüglich die Bank wechseln. Was sie auch tat. Die meisten ihrer Millionen hatte sie sowieso in Monaco und in der Schweiz, wie Swantje von Poussy wußte. Aber was war nun mit dem Schloß? Ari hatte sich so sehr darauf versteift, ein Rückzug würde seinem Selbstbewußtsein einen gewaltigen Schlag versetzen. Nein, Chou-chou setzte alles daran, daß ihr Sohn das Geld von ihr nahm. Wenn er es unbedingt wünschte, könnte er es ihr später zurückzahlen, sonst würde es eben vom Erbe abgezogen. Noch weigerte sich Ari.

Swantje bekam das Hin und Her nur am Rande mit, sie schrieb ohne große Begeisterung an ihrem Kunstführer weiter, wobei sie sich zwang, nicht an Lucas zu denken, der nichts mehr von sich hatte hören lassen. Einmal flog sie für ein Wochenende nach München, fand einen zufriedenen Niels vor und eine unverändert wenig ergiebige Jennifer (Agnes hatte sich wieder mit Paco, ihrer alten, zehn Jahre jüngeren Liebe, zusammengetan), kehrte nach Frankreich mit der Erkenntnis zurück, daß die beiden wohl so schnell nichts auseinanderbrachte. Und wenn schon! Sie wollte sich nicht unnötig aufregen. Heute wurde ebenso schnell geschieden wie geheiratet.

Vorerst hatte sie Wichtigeres im Kopf. Basil würde nächstes Jahr in die Schule kommen. Die »école maternelle«, eine Art Kindergarten, wo die ganz Kleinen den Tag verbrachten, hatte Swantje ausgelassen. Sie besaß genug Zeit, sich ganztägig um ihren Sohn zu kümmern. Aber demnächst begann die richtige Schule. Wo sollte sie Basil anmelden? In Nizza oder in Vence? Würden sie nächsten Herbst schon im Schloß wohnen? Und wenn nicht, wo dann?

»Ich werde alles in eurem Sinn regeln«, versprach Ari, küßte Swantje auf die Wange. Er hatte ein Rendezvous mit einer neuen Bank, die sich kooperativer zeigte, anschließend wollte er zum Schloß rüberflitzen, wo er sich mit dem Patron einer Firma für Fliesenarbeiten traf. Es würde also später werden.

»Darf ich mitkommen, Papa?« fragte Basil, zur Abwechslung als Musketier verkleidet. Swantje hatte die Requisiten beim Besuch einer Kindermodenschau geschenkt bekommen.

»Heute nicht, Chérie. Das nächste Mal. Dann suchen wir auch im Schloß einen hübschen Platz für deine Schildkröte.« Ari hatte es eilig. Rasch wechselte er noch die Krawatte, besprühte sich mit Eau de Cologne, las ein paar Fussel von seinem Blazer. Er wirkte wie aus dem Ei gepellt.

»Mama, ich bekomme eine Schildkröte. Hast du gehört? Vielleicht nenne ich sie d'Artagnan.« Basil schwenkte aufgeregt seinen Hut. »Und auch einen Hund? Oder eine Katze, eine getigerte?«

»Erst mal eine Schildkröte, eine besonders schöne. Dann sehen wir weiter. Adieu, ihr beiden.« Er küßte Swantje noch einmal und dann seinen Sohn, ehe er in den Bugatti sprang.

»Fahr nicht so schnell«, rief Swantje ihm nach. Eine überflüssige Bemerkung. Ari fuhr so, wie er wollte. Mit einem Schal um den Hals – sie hatte irgendwo einen Virus aufgeschnappt, fror und fieberte abwechselnd – setzte sie sich in den Garten, um mit Hilfe von Katologen, Büchern sowie einiger persönlicher Notizen pflichtgemäß das letzte Kapitel des Kunstführers zu schreiben. Und wann würde es »Das Fräulein vom Schloß« sein? Sie konnte bislang nur davon träumen.

Es wurde dunkel. Swantje hatte nicht mehr genügend Tageslicht. Sie holte Basil, der mit seiner neuen Freundin Gabrielle spielte – Poussy hatte sich Djamila nach Paris geholt –, gab ihm von Saida gekochte rote und grüne Fusilli zu essen, dann brachte sie ihn ins Bett. Das Federbarett in der kleinen Faust, schlief er ein, das Olivchen.

Chou-chou, die wußte, daß Swantje am Abend allein war, hatte sie zum Dîner eingeladen. Vor allem, um ihrem Sohn eine Freude zu machen, das Verhältnis zwischen den beiden Frauen war nach wie vor gespannt. Es gab einen gekochten Lachs, den Chou-chou – wie Max in bewährter Weise betonte – höchstpersönlich bei ihrem »poisonnier« ausgesucht hatte, kreisrunde kleine Kartoffeln und »salade verte«, danach die berühmte Eistorte.

Swantje sah sich in dem kleinen, schmucklosen Speisezimmer um. Jetzt verbrachte sie hier den vierten Herbst, und es hatte sich nichts geändert. Die gleiche blasse Tischdecke, das gleiche blasse Porzellan, das gleiche unterwürfige und, wie Swantje meinte, hinterlistige Lächeln von Saida, Max mit der Glocke in der Hand, das Haar frisch gefärbt, Chou-chou mit leidendem Gesichtsausdruck, das Gesicht frisch gestrafft, die gleichen belanglosen Gespräche. Und doch waren zwei Dinge anders geworden. Erstens: Sie, Swantje, galt nicht mehr als Fremde, wurde wohl oder übel akzeptiert (wenn auch, wie sie mutmaßte hinter ihrem Rücken heftig kritisiert), und zweitens: Die Beziehung zwischen Chou-chou und Max begann sich umzukehren. Neuerdings war es Chou-chou, die bestimmte oder es wenigstens versuchte, während Max seinen autoritären Tonfall herunterschraubte. Das hatte auch damit zu tun – wußte Swantje abermals von Poussy –, daß Max sich hatte scheiden lassen und nun heimlich hoffte, Chou-chou würde ihn heiraten. Außerdem hatte er große Schwierigkeiten inzwischen schon mit beiden Hüften, mußte sich in der nächsten Zeit operieren lassen.

»Dein Französisch hat sich sehr gebessert«, lobte Max, um etwas Nettes zu sagen, schenkte Swantje Weißwein nach. Dann griff er nach Chou-chous Glas.

»Aber ich trinke doch keinen Wein, das weißt du genau«, regte sich Chou-chou auf. »Meine Galle verträgt das nicht. Nimm das Glas mit in die Küche, Saida.«

»Was macht schon ein einziges Glas aus?« ging Max in die Höhe. »Es ist doch nicht nötig, den Wein wegzuschütten.« Eine Ader auf seiner Stirn schwoll an. »Und, Saida, die Kartoffeln sind zu kalt. Ich will sie heiß auf dem Teller haben. Das habe ich schon so oft gesagt.«

Also war doch alles beim alten geblieben. Swantje war erleichtert, als sie sich zurückziehen konnte. Ihre Halsschmerzen hatten derart zugenommen, daß sie Mühe hatte, die – kalten – Kartoffeln herunterzubringen, was Max abermals veranlaßte, auf Saida herumzuhacken. Chou-chou nahm die Bonne in Schutz, ihre Miene sagte, daß sie Swantje für die Schuldige hielt. Und wenn schon ... Eilig lief Swantje die Treppe hinunter. Sollten sie sich ihretwegen die Augen auskratzen und später dann, einigermaßen versöhnt, allein vor ihrer gigantischen Fernsehleinwand sitzen, um sich eine der albernen Quizsendungen anzutun – ihr war es egal. Ihr Gesicht glühte, Augen, Ohren und der Hals brannten wie Feuer.

Sie nahm ein heißes Bad, was nicht viel brachte, wickelte sich in einen Frottémantel, dann schlief sie ein. »Jetzt könnte Ari langsam kommen«, war ihr letzter Gedanke. »Aber er müßte auf der Couch schlafen, damit ich ihn bloß nicht anstecke.« Gleich darauf träumte sie schon. Wilde, unheimliche Dinge.

Aber was war das? Eine Hand, die sie schüttelte. Gehörte sie zu dem Alptraum, der im Schloß und dort vor allem im Park spielte? Eine Bestie hatte sich darin versteckt, trachtete Basil und ihr nach dem Leben. Eine Bestie mit haarigen Pfoten voller nadelspitzer Krallen.

Aber nein, die Nägel, die sich in ihr Fleisch drückten, waren nicht nadelspitz, sondern ausgesprochen kantig und ganz kurz geschnitten.

»Madame«, klang ihr Saidas Stimme ins Ohr. »Madame, wachen Sie auf. Madame Chou-chou will Sie sehen. Es ist ein schreckliches Unglück passiert!«

Swantje fuhr auf. Basil, war ihr erster Gedanke. Es ist etwas mit Basil geschehen. Aber er schlief doch so friedlich in seinem Bett. Stöhnend richtete sie sich auf, die Hand auf den pochenden Hals gepreßt, beugte sich nach vorn. Gott sei Dank, da lag ihr Sohn, den Federhut neben sich. Jetzt lächelte er, warf sich auf die andere Seite. Aber wenn nicht Basil, wer dann? Wem, um Himmels willen, war ein schreckliches Unglück passiert? Poussy, ihren Kindern, einer von Chou-chous vielen Cousinen? Wenn ihr das Denken nur nicht so schwerfallen würde! Unter Schmerzen stützte sie sich mit beiden Händen aufs Bett, schwang die Beine auf den Teppich. Es hatte sie erwischt, sie war wirklich krank. Kürzlich erst Basil, schon zum zweitenmal, und jetzt auch sie. Nizza war ein gefährliches Pflaster, sie hatte es immer schon gewußt. Sie mußte mit Ari sprechen, falls sie in ihrem Zustand überhaupt ein Wort herausbrachte. Ari…

In diesem Augenblick fiel es ihr ein. Ari war nicht da. Normalerweise hätte er Saida abgefangen, seine Frau auf eine behutsame Weise selbst aufgeweckt. Aber vielleicht schlief er ja wirklich auf der Couch…

»Ari?« krächzte sie, ließ sich von Saida in einen frischen Bademantel helfen. »Mein Mann?«

Saida preßte dramatisch die Lippen aufeinander. Ihre Augen blitzten vor Mitteilungsbedürfnis, mit großartiger Geste breitete sie die Arme aus. Dann schien sie einzusehen, wie elend es Madame Swantje ging. Sie schüttelte nur den Kopf, machte eine Geste, daß Swantje sich auf ihre magere Schulter stützen sollte.

Der Weg bis zum großen Salon kam Swantje wie eine Ewigkeit vor. Stumm folgte sie der Marokkanerin, unfähig, einen klaren Gedanken zu fassen. Lucas, dachte sie einmal, es ist etwas mit Lucas. Aber nein, dafür hätte man sie nicht aus dem Bett geholt. Nicht für Lucas. Sie wickelte sich fester in ihren Bademantel, hustete. Warum war ihr mit einemmal so kalt?

Die nächste halbe Stunde erlebte Swantje wie in einem Alptraum. In ihren Fieberphantasien erkannte sie eine wie erstarrte Chou-chou im schwarzen Seidenkimono, einen verschlafenen Max, der seine Lebensgefährtin zu trösten versuchte, eine Cousine, die wer weiß woher aufgetaucht war, einen jungen Polizisten mit dem Képi in der Hand. Unter verlegenem Räuspern teilte er mit, wie sehr er es bedauere, eine schlimme Nachricht überbringen zu müssen. Dabei richtete er den Blick gegen die Decke, wo Saida kürzlich begonnen hatte, die Weihnachtsbeleuchtung zu installieren. Monsieur Aristote Atachou sei auf der Straße zwischen Vence und Nizza tödlich verunglückt. In einer Kurve hatte er die Herrschaft über seinen Bugatti verloren, war wohl auch zu schnell gefahren. Genickbruch, der Wagen sei völlig zertrümmert. Er bitte die Herrschaften und vor allem die Ehefrau des Verunglückten, sein aufrichtiges Beileid entgegenzunehmen et cetera et cetera.

Swantje hörte und starrte und fror und fieberte und verstand und verstand auch wiederum nicht. Am liebsten hätte sie hell aufgelacht, wäre die Szenerie nicht so gespenstisch gewesen. »Ari? Ari doch nicht. Mein Mann niemals. Der so Springlebendige, Optimistische, voller Enthusiasmus und Elan? Ari nie. Die müssen sich getäuscht haben. Eher, viel eher würde mir etwas passieren. Nein, nein, das ist alles ein großer Irrtum. Und jetzt muß ich zurück ins Bett. Ich bin krank. Gott, wie elend ich mich fühle.«

Und ohne daß sie jemand aufhielt, tastete sie sich in ihr Zimmer zurück, wo sie im Vorbeigehen Basils Köpfchen streichelte, um dann total erschöpft in ihr Bett zu sinken. »Ari, da war doch etwas mit Ari«, dachte sie als letztes, ehe sie wieder in Fieberträume versank. »Komisch, daß er sich nicht um mich kümmert. Sieht ihm so gar nicht ähnlich.«

Als Swantje wieder einigermaßen gesund war – der Infekt erwies sich als hartnäckiger, als alle zunächst angenommen hatten –, war alles vorbei. Der erste Schock, die Trauerfeierlichkeiten, das Begräbnis. Die Krankheit hatte ihr das Schlimmste erspart. Jetzt mußte sie lernen, mit dem Verlust ihres Mannes und der neuen Situation fertig zu werden. Zunächst weigerte sie sich, Aris Tod zu akzeptieren, einfach weil er nicht vorstellbar war. Ari. Monsieur Hunderttausendvolt. Dem alles gelang, was er sich in den Kopf setzte, auf seine Art ein kleines Genie, voll sprühender Ideen und Energie. Er schien unverwundbar, hatte doch noch so viel vor. Sie ließ sich mit einem Taxi nach Vence fahren, sah sich die Kurve an, wo Aris Auto zerschellt war, doch da war gar nichts zu sehen, die Kurve schien nicht einmal besonders eng. Warum war er so gerast, hatte das Schicksal herausgefordert? Um möglichst schnell wieder daheim zu sein? Aber das war unverantwortlich, fast trug sie ihm das nach. Bis sie erfuhr, daß Aris Besprechung mit der Bank erfolgreich verlaufen war. Der Fliesenleger erzählte ihr, in welcher Hochstimmung Monsieur Atachou gewesen sei. Beim Wegfahren hätte er ihm anvertraut, er sei der glücklichste Mann der Welt. Das beruhigte Swantje ein klein wenig. Ari war im schönsten Moment seines Lebens gestorben. Das erste Mal, daß sie die Wahrheit akzeptierte. Jetzt konnte sie auch weinen.

Das größte Problem war Basil. Man hatte ihm erzählt, daß seine Maman und sein Papa überraschend krank geworden seien, und den Kleinen zu Poussy nach Paris gebracht. Das war sogar Chou-chous Idee gewesen, und Swantje war ihr dankbar dafür. In Paris spielte Basil mit den Cousinen, denen man genauso den Tod des Onkels verheimlicht hatte. Er war abgelenkt, besuchte die großen Parks und auch ein Theater, fragte aber immer nach seinen Eltern. Bis Swantje ihn nach Hause holte. Da flüchtete er sich in ihre Arme, meinte, er wolle doch lieber keine Schwester haben, und wo sei Papa?

»Papa ist immer noch krank«, log Swantje schweren Herzens. »Vielleicht dauert es lange, bis er wieder heimkommt, aber ich und deine kleine Freundin Gabrielle sind ja da. Wer weiß, vielleicht kommt auch Nils bald zu Besuch.«

Nils hatte ihr einen sehr lieben Brief geschrieben, in dem er bedauerte, Ari zunächst voller Mißtrauen, ja, richtig unfreundlich begegnet zu sein. Gott sei Dank hätte sich ihr Verhältnis später verbessert. »Jetzt, Mama«, schloß er seinen Brief, »bin ich wieder Chef der Familie. Sag das auch meinem kleinen Bruder, um den ich mir viele Gedanken mache. Ich umarme euch herzlich.« Ein Brief, der Swantje tief bewegte.

Aber Basil ließ nicht locker. Immer wieder wollte er wissen, wie es dem Papa gehe und ob er ihn besuchen könnte. Bis Swantje nichts anderes übrigblieb, als ihrem Sohn die Wahrheit zu sagen. Er starrte sie an, als hätte sie ihn ins Gesicht geschlagen. Dann lief er in den Garten, war viele Stunden unauffindbar. Schließlich entdeckte Swantje ihn im hintersten Winkel des Gerätehauses, einen Stoffhasen, das erste Geschenk seines Papas, eng an sich gepreßt. Lange Zeit sprach er kaum ein Wort, wollte auch keine Schildkröte, die seine Mutter ihm gern zum Trost geschenkt hätte. Nein, aber er wünschte sich dicke Zigarren (aus Schokolade), wie sie sein Papa immer geraucht hatte.

Von einem Tag auf den anderen war das Leben ernst und düster, die Leichtigkeit hatte sich verflüchtigt. Jetzt erst merkte Swantje, wieviel Schwung Ari in ihren Alltag gebracht hatte, mit seinen vielfältigen Plänen, seiner Phantasie, seinem immerwährenden Elan, seiner nie erlahmenden Freundlichkeit. Und auch erst jetzt erkannte sie, was er ihr bedeutet hatte. Er war sicher nicht ihre große Liebe gewesen, sie hatte ihn mehr als »copain« geschätzt, ein Mensch, der stets das Beste für sie wollte, ihr alle, auch die materiellen Sorgen abnahm, sie hatte sich beschützt und geliebt gewußt – jetzt gab es das alles nicht mehr. Und wenn auch

Poussy behauptet hatte, die Arbeit bedeute Ari alles, mehr sogar als seine Familie, so hatte er das jedenfalls geschickt zu verbergen gewußt.

Was sollte aus dem Schloß werden? Nicht kaufen, beschloß Swantje. Sie hatte kein Geld und wollte sich nicht verschulden. Hoffentlich war der Vertrag rückgängig zu machen. Da kam Swantje ein Zufall zur Hilfe. An dem Tag, als sie den Immobilienmakler aufsuchen wollte, las sie im »Nice Matin«, daß man den Schloßbesitzer verhaftet hatte. Er hatte seinen Besitz dreimal verkauft, einer der Käufer war Ari gewesen. Außerdem sei die Immobilie deutlich überschätzt, nur ein paar hundert Meter davon entfernt war eine Mülldeponie geplant.

So was konnte also auch Ari passieren. Swantje lächelte zärtlich. Gleichzeitig war sie froh, daß er von dem »échec« nichts mehr erfahren hatte, ein solcher Fehlschlag hätte seinen Stolz empfindlich getroffen. Als sie Chou-chou die Zeitung gab, zuckte die nur mit den Schultern. »Mein Sohn hätte das wieder in Ordnung gebracht«, war ihr Kommentar. Wieder fühlte sich Swantje schuldig.

Nein, bei Chou-chou wollte sie nicht weiter wohnen bleiben. Die Stimmung im Haus hatte sich noch mehr verschlechtert. Chou-chou kam über Aris Verlust nicht hinweg, würde es wohl niemals, zog sich immer mehr in sich zurück, hatte an nichts mehr Interesse. Außer an Basil. Basil sollte den ganzen Tag um sie sein. Aber das wollte wiederum Swantje nicht. Sie mußte ganz schnell eine Entscheidung fällen. Eine? Nein, ein Dutzend. Sollte sie doch in Poussys Haus ziehen? Die Schwägerin hatte in Paris einen neuen Mann kennengelernt, wollte ganz dort bleiben. Aber was war, wenn sie in den Ferien zurückkam? Und – das Allerwichtigste – von welchem Geld sollte Swantje leben? War es mit ihrem Stolz vereinbar, daß sie einen Teil des Erbes annahm, wie Chou-chou ihr das anbot (und dabei doch nur an Basil dachte)?

Oder sollte sie besser arbeiten? Aber wo? Im Verlag? Konnte sie ihn überhaupt allein weiterführen? Ehrlich gesagt traute sich Swantje das nicht zu, sie war keine Geschäftsfrau und würde es als Deutsche hier in Südfrankreich schwer haben. An wen also verkaufen? Fragen über Fragen, die sie quälten.

Am meisten aber bereitete ihr Basil Sorge. Er war blaß und in sich gekehrt, hatte sich aber wie durch ein Wunder um ein paar Zentimeter gestreckt, als hätte es dafür eines Schocks bedurft. Eine Schildkröte lehnte er immer noch ab. Was aber dann? Swantje wollte ihm, um ihn auf andere Gedanken zu bringen, unbedingt einen vierbeinigen Spielkameraden schenken. Einen Hasen? Oder vielleicht eine Katze? Chou-chou würde sie akzeptieren, schon um ihrem vaterlosen Enkel eine Freude zu machen.

Basil überlegte. »Wenn eine Katze«, sagte er nach einer kleinen Weile, »dann nur Clémentine.«

Clémentine? Er erinnerte sich also noch an die Katze vor Lucas' Haus, die er kaum ein paarmal gesehen und ein einziges Mal gestreichelt hatte! Hatte sie auf ihn einen so großen Eindruck gemacht? Oder war es eher Lucas gewesen?

Lucas. Natürlich hatte Swantje in den letzten Wochen und Tagen auch an ihn gedacht – er war immer in ihren Gedanken, wenn auch nach allem, was geschehen war, mehr und mehr verblaßt –, doch sie hatte sich fast dazu gezwungen, ihn zu vergessen. Nach Aris Tod hatte sie Wichtigeres zu bedenken, die Zeit der teenagerhaften Schwärmereien war vorbei. Nein, das Kapitel Lucas war ein für allemal abgeschlossen. Von seiner Seite schon längst. Jetzt auch von ihrer.

»Clémentine«, bettete Basil, hob die blauen Augen zu seiner Mutter auf. Es war, als hinge sein ganzes Seelenheil davon ab. Also fuhr Swantje am nächsten Tag mit ihm nach Villefranche – Chou-chou flunkerte sie etwas von einem Arztbesuch vor, sie hätte den Ausflug nie verstanden –, sie nahmen wie früher auch den Bus. Das erste Mal, daß Basil wieder lachte. Er beugte sich aus dem Fenster, winkte Passanten zu.

Mein lieber, kleiner Junge. Wie schön, daß es dir im Bus gefällt, dachte Swantje, nahm ihn auf den Schoß. Das werden wir jetzt öfter haben. Das Luxusleben ist vorbei. Kein Bugatti mehr, kein Mercedes, den ich mich hier sowieso nicht zu steuern traue, keine schicken Ausflüge aufs Meer, keine teuren Restaurants. Mir macht es nichts aus, ich bin das gewohnt. Das einfache Leben ist wenigstens nicht so kompliziert. Wenn nur der Verlust von Ari nicht wäre.

»Maman, nicht traurig sein«, bat Basil, setzte ihr den Musketierhut, den er immer bei sich hatte, auf den Kopf. Da mußte sie lachen. Dabei hatte sie sich das Haar, das sie aus einer plötzlichen Laune heraus (vielleicht auch aus Trauer) hatte abschneiden lassen, was ihr Gesicht jünger und sie andererseits erwachsener aussehen ließ, gerade erst ordentlich gekämmt.

»Bienvenue à Villefranche.« Seit Lucas Verschwinden war sie nicht mehr hier gewesen. Eine Sekunde lang krampfte sich ihr Herz zusammen. Wie lange lag das schon zurück, ihre Treffen und ihre Ausflüge mit Lucas. Und was war seitdem alles passiert!

»Komm, Basil, schön vorsichtig sein.« Sie half ihm aus dem Bus, nahm ihn fest an der Hand, schritt mit ihm, beide in weißen langen Hosen und blauweißgestreiften Pullis, die gewunde kleine Straße hinunter.

Hier war die Ecke, wo Clémentine immer gefressen

hatte. Und – siehe da – sie saß sogar da. Putzte sich in der blassen Sonne das Fell, war gerade beim Rücken angelangt, was sie zu komplizierten Verrenkungen veranlaßte, sah dick und rund wie früher aus.

»Clémentine«, rief Basil glücklich, bückte sich, um sie zu streicheln. Wäre Ari dabeigewesen, hätte Swantje gemahnt: »Vorsicht, du kannst dir eine Krankheit holen«, aber so sagte sie nichts. Kannte Clémentine den Jungen wieder oder sehnte sie sich nur nach Streicheleinheiten – jedenfalls ließ sie sich willig liebkosen, barg den Kopf schnurrend in Basils Hand.

»Maman, schau, wie lieb sie mich hat.« Basil war entzückt. »Und ich habe sie auch lieb. Maman, ich möchte Lucas so gern erzählen, daß Clémentine mich wiedererkannt hat. Gehen wir ihn besuchen?«

»Liebling, Lucas ist nicht da. Er hat dir von einer griechischen Insel eine Karte geschickt. Die Karte mit der Schafherde und dem Hirten mit langem Bart. Erinnerst du dich?« Swantje versuchte mit aller Macht, Basil von seiner Idee abzubringen.

Aber sie hatte nicht mit seiner (Aris?) Hartnäckigkeit gerechnet.

»Das ist doch so lange her. Damals, als Papa noch da war. Könnten wir nicht doch nachschauen, ob Lucas wieder zu Hause ist? Bitte.«

Also doch.Warum auch nicht? Sie hatten noch Zeit bis zum nächsten Bus, und Madame Cordoba würden sie schon nicht begegnen. Und da, wie es der Zufall wollte, die Haustür offenstand, kletterte Swantje mit Basil im Schlepptau die drei Treppen hoch. Das Herz schlug ihr bis zum Halse. Mit wieviel innerer Aufregung war sie hier ein- und ausgegangen, es waren immer ganz besondere Stunden gewesen.

Basil machte vor Lucas' Tür halt. Immer noch der gleiche

abgetretene Läufer, der so gar nicht zu der eleganten Wohnung paßte, er gehörte längst erneuert. Aber was interessierte sie das? Lucas war nicht da, natürlich nicht. Was tat sie hier überhaupt? Gerade wandte sie sich ab, wollte mit Basil gehen, da hörte sie hinter der Tür Musik. Eine Melodie, die sie kannte. Swantje lauschte angestrengt. Nein, das war nicht »Derrick«, das war…

»›Ein Fall für zwei‹«, sagte eine Stimme. Die Tür hatte sich geöffnet, ein Mann in einem bestickten griechischen Kittel stand vor ihr. Lucas. Mit längerem und auch grauerem Haar, das Gesicht dunkel verbrannt, die Statur fast noch imposanter, als Swantje sie in Erinnerung hatte. Auch seine Augen kamen ihr noch herrlicher vor. Wie auf einen geheimen Befehl hin begannen ihre Hände zu zittern. Warum schaute er sie so seltsam an?

»›Derrick‹ wurde leider abgesetzt«, fuhr er freundlich fort. Lucas schien gar nicht erstaunt, sie zu sehen. »Jetzt sehe ich mir jeden Tag ›Ein Fall für zwei‹ an, mit dem sehr sympathischen Rechtsanwalt Dr. Renz und dem cleveren Privatdetektiv Matula. Die Stücke sind sehr gut konstruiert. Was ich bedauere, ist, daß, die Serie in Frankfurt spielt. Auch eine interessante Stadt, aber ich will doch München immer besser kennenlernen.«

Pause. Er hatte so viel gesprochen und noch gar nicht erklärt, warum er weggefahren und jetzt wieder da war, warum er sich nicht gemeldet hatte und ob er von Ari wußte. Lucas…

Wie immer schien er zu ahnen, was sie bewegte. »Mein tiefes Beileid«, sagte er leise, und es kam von Herzen. »Swantje, es ist so furchtbar, was Ihrem Mann passiert ist. Ich kann es immer noch nicht glauben. Er war ein so großartiger Mensch. Ich wollte Ihnen einen langen Brief schreiben, aber dann habe ich es nicht gewagt, nachdem ich mich so heimlich aus dem Staub gemacht habe. – Und du, mon cher Basil? Schön, dich zu sehen. Groß bist du geworden, ein richtig stattlicher Junge.«

»Stimmt das?« Basil horchte auf. Vielleicht, dachte Swantje, hat er die ganze Zeit gefühlt, daß er kleiner war als die anderen. Hatte es gewußt und darunter gelitten. »Ja, wenn ich auf einen Stuhl steige, überrage ich alle Leute.«

»Mußt du gar nicht, Basil. Du wirst von allein immer größer. Warte nur ab. Aber bitte, kommt doch herein. Wie unhöflich von mir, so liebe Gäste vor der Tür stehen zu lassen.«

Sie traten ein, und sofort war Swantje wieder von der Atmosphäre der Wohnung gefangen. Diese herrliche Aussicht nach beiden Seiten! Wie blau das Meer war. Schaumkronen tanzten darauf. In der Ferne lag ein prächtiges schneeweißes Schiff.

»Nehmen Sie Platz. Einen Kaffee für die Maman, eine Cola für den Sohn?« Lucas hob fragend die Augenbrauen. Sein Gesicht leuchtet, dachte Swantje. Er scheint sich wirklich zu freuen. Ja, er ist richtig aufgeregt.

»Ja, bitte eine Cola.« Das war Basil, der auf Zehenspitzen durch den Wohnraum schritt. »Lucas, Clémentine hat mich wiedererkannt. Ganz bestimmt. Ich durfte sie streicheln, und sie hat geschnurrt. Zeigst du mir das Badezimmer, damit ich mir die Hände waschen kann?«

»Natürlich.« Lucas nahm den Kleinen mit hinaus. Als er zurückkam, stand Swantje noch immer an der Fensterfront mit Blick auf das Meer. Nachdenklich starrte sie auf das weiße Schiff, von dem gerade ein Boot ins Wasser gelassen wurde. Passagiere stiegen ein.

»Bitte, Lucas«, sagte sie mit einemmal. »Ich möchte Sie so vieles fragen. Aber eines vor allem. Warum haben Sie Ihre Frau betrogen?«

Sein Gesicht verschloß sich, die Augen erloschen. Er kaute nervös an der Unterlippe. »Weil ich dumm war, sehr dumm. Mehr gibt es dazu nicht zu sagen. Dumm und schwach und leichtsinnig. Aber ich habe hundertfach dafür bezahlt. Warum wollen Sie das wissen?«

»Einfach so.« Swantje zuckte mit den Achseln. Auf einmal wünschte sie, Lucas stände neben ihr. Dicht, ganz dicht. Sie brauchte jemanden, an den sie sich anlehnen konnte.

»Und danach?« Diese Frage mußte sie noch stellen.

»Danach? Danach habe ich niemanden mehr geliebt.« Er seufzte. Seine Augen begannen wieder zu strahlen, als er weitersprach: »Bis mir eines Tages auf dem Flohmarkt eine so große, so blonde, so schöne Frau einen Blick schenkte, den ich nicht mehr vergessen konnte. Eine Frau, anders als die anderen. Eine Frau ohne Koketterie und ohne Berechnung. So eine, wie man sie sich wünscht. Aber sie war – mein Pech – verheiratet.«

»Ja«, sagte Swantje. Was sollte sie auch sonst sagen?

»War«, wiederholte Lucas, und es klang bedeutungsvoll. »Swantje, eines Tages, wenn viel, viel, aber nicht zuviel Zeit vergangen ist, wenn die Trauer nicht mehr so groß scheint und das Leid etwas vergessen, könnten Sie sich dann vorstellen, daß wir ...«

»Maman«, klang es von der Tür her. Dort stand Basil, mit gewaschenen Händen, sein Musketierbarett auf dem Kopf. Er roch auffallend nach Lavendel. »Maman, wenn ich zukünftig irgendwo wohnen will, dann nur mit Clémentine. Glaubst du, daß Lucas sie uns gibt? Oder kommt er vielleicht selber mit? Ja? Frag ihn doch. Bitte.« Umständlich kramte er aus seiner Hosentasche eine Schokoladenzigarre, steckte sie sich in den Mund, paffte imaginäre Rauchwolken in die Luft.

Lucas sah Swantje an. Sie lächelte.